TRENT INTERVENES

E.C.BENTLEY

ミステリーの本棚

トレント乗り出す

E.C.ベントリー

好野理恵訳

国書刊行会

Trent Intervenes
by
E. C. Bentley
1938

トレント乗り出す　目次

トレント乗り出す

ほんもののタバード

The Genuine Tabard

アメリカ合衆国大使館付海軍武官主催の晩餐会で、フィリップ・トレントが、ラングリー夫妻と出会ったのは、まったくの偶然であった。夫妻は初めてのヨーロッパ旅行の途中だった。晩餐が給仕される前のカクテル・タイムの間に、トレントはジョージ・D・ラングリーに引き寄せられた。その場にいたうちで最も男ぶりがよかったからである――背が高く、頑健に身体を鍛えており、堂々たる目鼻立ちの、活力に満ちた血色のよい顔と、豊かなグレーの髪が、彼を実際の年齢より若々しく見せていた。

トレントは彼とロンドン塔、チェシャー・チーズ（ジョンソン博士の行きつけとして有名だった居酒屋）、ロンドン動物園といった、夫妻がその日訪れた所について語り合った。海軍武官がトレントに話したところでは、ラングリーは彼の遠縁にあたるとのことだった。技術者の製図室用機材を製造して巨万の富を築き、仕事の本拠地であるオハイオ州コードヴァの著名な市民であり、スカイラー家の者と結婚していた。スカイラー家の者というのがどんな者なのか、トレントにはわかりかねたが、結婚するのに申し分のない人間なのだろうと推察した。そして、その推察は晩餐の席でラングリー夫人と隣り合わせた時、正しいことが確かめられた。

ラングリー夫人は、いつでも自分の出来事が一番面白い話題だという想定に基づいて振る舞っていた。明るくユーモアたっぷりの話し手であり、器量も気立てもよい女性であったため、たいてい、その通りなのだった。彼女はトレントに古い教会に夢中なのだと話した。フランスやドイツやイングランドで、数え切れないくらい見学して写真に収めたと言った。十三世紀のステンドグラスを愛してやまないトレントは、シャルトルの大聖堂について語り、それに対してラングリー夫人は、ほんとうに完璧すぎて言葉では言いつくせないと答えた。トレントはグロスターシャー州のフェアフォードには行ってみたかと尋ねた。夫人はそこを訪れていた。そしてそこを訪れた日こそが、ヨーロッパで過ごした中で最高の日だったと夫人は強調した。それは確かに美しくはあったが、そこの教会のせいではなく、その午後に見つけた掘り出し物のせいだった。

トレントはその話をしてくれるよう頼んだ。これがなかなかの話なのだとラングリー夫人は言った。ギフォードさんがフェアフォードに私たちをお車で連れて行ってくださったの。トレントさんはギフォードさんをご存じでいらして？——サフォーク・ホテルをお住まいにしていらっしゃるW・N・ギフォードさんですわ。今はパリにいらしてますけど。トレントさんも、あの人とは是非お知り合いになっておくべきですわ。だってステンドグラスや教会の礼拝用品や真鍮記念牌や骨董品全般のことを、何でもよくご存じなんですもの。ウェストミンスター寺院で、ゴシック様式の窓格子をスケッチしている彼と知り合って、私たち、いいお友達になりましたの。ロンドン近郊をあちこちドライブに連れて行ってくださったんですのよ。もちろん、フェアフォードもよくご存じで、そこで私たち、とっても楽しく過ごしましたの。

ロンドンへ戻る途中、アビンドンを過ぎると、ギフォード氏は、コーヒーの時間だと言い出した。いつも五時頃をコーヒー・タイムと決めていて、自分で淹れた、上等のコーヒーを魔法瓶に入れて持参していた。停めるのにちょうどいい場所を探して、彼らはゆっくりと車を進めた。すると、とある道の曲がり角で、ラングリー夫人が変わった名前の書かれた道標に目を留めた——イピスコピなんとか。イピスコピという言葉が「主教」の語源になったギリシア語に派生すると知っていた彼女は興味を示した。そこでギフォード氏に車を停めてくれるよう頼んで、風雨にさらされた文字を読んだ。標識にはこう書かれていた。「シルコット・イピスコピまで二分の一マイル」。

トレントさん、そんな場所をご存じでいらした？　ギフォードさんもご存じありませんでしたの。でもその美しい名前だけで十分、とラングリー夫人は言った。教会があるはずだった。それも昔の時代のものが。とにかく彼女は是非ともシルコット・イピスコピを自分のコレクションに加えたくなった。すぐ近くなのだもの、と彼女はギフォード氏に頼み込んだ。そこへ行って、光が十分あるうちに二、三枚スナップを撮りたいわ。コーヒーもそこで飲めるでしょう。

教会はあった。そばに司祭館が建ち、その少し背後に村落が控えていた。教会は墓地の奥に建っており、その小道を歩く途中で、彼らは周囲に高い柵を巡らしたひとつの墓に気づいた。墓石を立てていない平墓で、わずかな土台に載っていた。彼らが注目したのは、それが古い墓石でありながら、打ち捨てられて荒れ放題なのではなく、きれいに苔や埃が取り払われ、碑銘を読むことができたからであった。周りの芝もきちんと刈り込んであった。そこに彼らが読み取ったのはサー・ローランド・ヴィアリーの墓碑銘だった。そしてラングリー夫人は、思わず歓声をあげてしまったのだとトレントに語った。

彼女が声をあげた時、墓地の境界の生け垣を大鋏で刈り込んでいた男が、一行を、彼女の印象では、怪訝そうに見ていた。多分、寺男だろうと思ったので、彼女は愛想のよい態度で、その墓石の碑銘を写真に撮っても差し支えはないかと尋ねた。男は自分の関知するところではない、それはいわば司祭の墓なのだから、司祭に訊いてみればいいと言った。つまりそれは司祭の曾祖父の墓で、司祭がいつもきちんと手入れをしているというのだ。司祭さまにお会いんなる気がおありなら、たぶん、今時分は、教会においでなさるよ。

ギフォード氏は、ちょっとばかり面倒でも、それだけの価値はあると思うから、ぜひともこの教会は見ておくべきだと言った。教会は彼の見立てではあまり古いものではなかった——だいたい十七世紀中頃のものでしょうとギフォードさんはおっしゃいましたわ、まだ青二才の貧弱な教会ですわね、とラングリー夫人は明るく皮肉っぽく言った。ギフォード氏が言うには、こういう地名の場所には、おそらく何世紀も前から教会があったが、焼失するか、崩れ落ちるかして、今の建築に建て替わったのだろうとのことだった。それで一行は教会内に入っていった。すぐさまギフォード氏が小躍りした。説教壇、内陣仕切り、腰掛け、ステンドグラス、中二階のパイプオルガンの外枠、それらすべてが、なんとみごとに同時代のもので統一されていることか、と彼は指摘した。ラングリー夫人が写真を撮るのに夢中になっていると、聖職者服を着た、愛想のよさそうな顔の中年の男が、大判の本を小脇に抱えて聖具室から現われた。

ギフォード氏は自分と友人たちは偶然通りかかった者で、この教会の美しさに引かれて、内部を見てみようと思い立ったのだと紹介した。司祭さま、本堂の窓の、紋章入りのステンドグラスについてお教え願えませんか？　司祭は説明してくれた。だがラングリー夫人はその時、どこの家系よりも、司祭自身の一族の歴史に興味を覚えた。そこですぐに、彼の曽祖父の墓の話を切り出した。

司祭は微笑んで、サー・ローランドの名にはうんざりしているのだが、ただ、この墓を守ることを義務と心得ていると語った。この地でヴィアリー家の者だけが、この墓に埋葬されるからだった。聖職禄は一族の長たるものが受け継ぎ、この二百年の間にシルコット・イピスコピの教区司祭となったヴィアリー家の者は、彼で三人めだった。ラングリー夫人が墓石の写真を撮るのはまったくかまわないと彼は言った。しかし柵越しにハンドカメラでうまく写せるかと危ぶんだ。そしてもちろん、とラングリー夫人は言った。司祭さまのおっしゃる通りでしたわ。すると司祭は、墓碑銘の写しがほしいのかと尋ねてきた。司祭館へお越しいただけるなら、奥さまに写しを作って差し上げましょう。そして妻にお茶でも出させましょう。この申し出に、トレントが想像した通り、三人は大喜びしたのだった。

「しかし、ラングリー夫人、その墓碑銘の何がそれほど嬉しかったんですか？」とトレントは訊いた。「サー・ローランド・ヴィアリーという人に関するものらしい。ここまでのところ、それしか聞いておりませんが」

「それをお目にかけようと思っていたところですの」とラングリー夫人は言って、ハンドバッグを開けた。「きっと、あなたは私たちほど大切なものとはお思いにならないでしょうね。国のお友だちに送って差し上げようと思って、私、写しをどっさりこしらえましたの」彼女はタイプされた小さな紙片を広げた。トレントはそこに次のような文面を読み取った。

この墓所に収められしは
英国軍中将、
ガーター紋章官
黒杖式部官
尚書府書記官

サー・ローランド・エドマンド・ヴィアリーの亡骸
一七九五年五月二日
七十三歳にして他界
魂の救済を主の御手に安んじてゆだねる
同じくラヴィニア・プルーデンス
右の者の妻
一七九九年三月十二日
六十八歳にて永眠す
良識、気品ある立ち居振舞い
倹約の美徳、高潔さに富める女性なり
「ここは主の門なり
心正しき者、ここより入らん」

「確かに、当時の様式のいい見本を手に入れられましたね」とトレントは感想を述べた。「現在では、たいてい必要な事実に続けて、『愛の思い出に』くらいのことしか書き込みませんからね。称号について言えば、ご賞賛もうなずけますね。ファンファーレが鳴り響きそうな肩書きだ。金貨の音もかすかに混じっているように思えます。サー・ローランドの時代には黒杖式部官というのは名誉ある職だったんでしょうね。尚書府というのが何か、僕にはわかりかねますが、書記官という職は廷臣として栄《は》えある、名ばかりで実入りの多い役職のひとつだったと記憶しています」

ラングリー夫人は宝物をしまいこむと、いとおしげにバッグをさすった。「ギフォードさんがおっしゃるには、その官職は国王のために、ある種の法的手数料を徴収するお仕事で、実務に携わる別の人に二、三百ポンドを支払ったとしても、年に七、八千ポンドの収入になっただろうということですわ。ええ、その司祭館はただもう最高でしたわ。人知れず、すべてのものが美しく時を重ねている、古びた館。広間の壁に長いオールがかかっていました。私が尋ねますと、司祭さまはオックスフォードに学ばれた時、オール・ソウルズ・カレッジの代表としてボート・レースに出場なさったんですって。奥さまも魅力的な方。それに、聞いてくださいな！　奥さまにお茶を出させて、私のために墓碑銘の写しを作ってくださっていた時、司祭さまはご先祖のお話をなさったんです。サー・ローランドが紋章院（一四八三年に設立された紋章認可・家系図の記録保管などの他、王家・王国の典礼を司る王立機関）の長官に任命されて遂行した初めての任務は、セント・ジェームズ宮殿の階段から、ヴェルサイユ講和条約を宣言することだったんですのよ。想像してみてくださいな、トレントさん！」

トレントは釈然としない顔で彼女を見た。「するとそんな昔に、ヴェルサイユ講和条約というものがあったんですね（一七八三年締結の米国独立承認に関する条約のひとつ。パリ条約として一括されることが多い）」

「ええ、ございました」いくぶん強い口調でラングリー夫人は言った。「それも、とても重要な条約。あなたがご存じなくても、アメリカで私たちは憶えておりますわ。合衆国が署名した、初めての条約なんですもの。この条約の中で、英国政府は敗北を喫し、戦争に終止符を打って、私たちの独立を認めたのです。ご先祖が合衆国との講和を宣言したのだと、司祭さまがおっしゃった時、私、ジョージ・ラングリーが耳をそばだてるのがわかりましたわ。そして、その理由もね。

いえね、ジョージは独立戦争関連の品の収集家なんですの。申し添えますと、なかなかけっこうな品もいくつか持っておりますのよ。主人はあれこれ尋ね始めました。そうしたら、いつのまにか、奥さまが古い紋章院長官の官服《タバード》を出していらして、見せてくださったんですわ。もちろん、タバードがどんなものか、ご存じですわね、トレントさん。ほんとうにすてきなお衣装！　ひとめ見て、もうすっかり気に入ってしまいましたわ。そしてジョージときたら、蟹みたいに目が飛び出さんばかり。赤い繻子《サテン》の、あの色味の素晴らしいこと、それから、赤、金、青、銀色の目もあやな色彩で縫い取られた英国王家のご紋章。めったに見られるものではありませんわ。

さっそくジョージは隅の方でギフォードさんと話しはじめました。ギフォードさんが口をすぼめて、首を振るのが見えました。でもジョージは諦めませんでした。すぐそのあと、奥さまがお庭を案内してくださっている時、主人は司祭さまに直談判に出ましたの。

ヴィアリー氏は全然乗り気ではなかった、とジョージは申しておりました。けれど主人は、その気になれば、そうとうなやり手になれる人ですの。とうとう司祭さまも気持ちが傾いていると認めざるをえなくなりました。息子たちを一人前にするのに物入りなこと、高くなる一方の所得税、それに相続税のことや、その他いろいろ。ついに司祭さまは、よしとおっしゃったのです。ジョージが買い値としてどのくらいの数字を示したか、トレントさん、それはあなたにも誰にもお教えするわけにはまいりませんわ。堅く秘密を守るように誓わされておりますのでね。でも主人が申しますには、この手の取引でみみっちい振る舞いは禁物なんですってね。それに司祭さまは後にも先にも、値引きには応じそうもない感じだったそうです。いずれにしても、他の骨董品マニアが持っていないものを手に入れるためなら、ジョージはいくらだって出し惜しみはいたしませんでしたわ。主人は翌日、紙幣で揃えたお金を持って、タバードを引き取りに来ようと申しました。司祭さまは、それは大変けっこうなことだ、そうしたら私たち三人を昼食に招き、ご自分の署名を付したタバードの由来書を用意しておこうとおっしゃいました。そして私たちはその通りにして、タバードはグレヴィル・ホテルの私たちのスイートルームにございますわ。衣装戸棚に鍵をかけてしまってありますの。ジョージは朝な夕なに、それを取り出しては、うっとりと眺めておりますのよ」

トレントは正直に実生活の話はあまり興味がないと言った。「それにしても」と彼は言った。「ご主人が手に入れた品を拝見させていただけないものでしょうか。僕はたいした骨董好きではありませんが、紋章には興味がありましてね。これまでに見たタバードはどれも現代のものばかりなのです」

「ええ、もちろんですわ」とラングリー夫人は言った。「晩餐の後で、主人と会う約束をなさって。主人も喜びますわ。隠しておけるような性分じゃございませんもの、ええ、ほんとうに」

翌日の午後、グレヴィル・ホテルのラングリー夫妻の居間で、タバードはハンガーにかけられて、トレントの思慮深い眼差しの前にさらされていた。傍らでは新しい持ち主が得意げに見守っていたが、その表情には一抹の懸念がないわけではなかった。

「ねえ、トレント君」と彼は言った。「どうだね？　正真正銘のタバードに間違いないだろう？」

トレントはあごをさすった。「ええ。タバードです。以前いくつか見たことがあります。一度など人に着せて絵に描きましたよ。リッチモンド紋章院主任が、完全な装束姿で肖像画をと望まれたものですから。これはあらゆる点でまっとうなものです。こういったものはなかなか入手が難しいんです。近年までは、紋章官のタバードはその人の所有物となり、一族の手元に残ったと思います。

そして一族が窮乏すると、こっそり売ることもあったでしょう。ちょうどこれがあなたに売られたような具合にね。それが今では事情が違ってきてしまったのです。そうリッチモンド紋章院主任は教えてくれました。紋章官が亡くなると、タバードはそれを拝領した紋章院へ返却されるからです」

ラングリーは安堵の吐息をついた。「私のタバードが本物だと、お墨付きがもらえてよかったよ。見せてほしいと言われた時、これに何かいんちき臭いところがあるとお考えなのではと、そんな気がしたものでね」

トレントの顔にじっと目を注いでいたラングリー夫人が首を振った。「今もそうお考えのようだわ、ジョージ。そうではなくって、トレントさん？」

「そうです。残念ながら。これは興味深い来歴のある特別なタバードとして、あなたに売られましたね。ラングリー夫人がそのお話をなさった時、これは騙されたなと確信したのです。奥さまは英国王家の紋章に変なところがあるとはお気づきになりませんでしたね。これを拝見したかったのは、単にその点を確かめたかったからです。これは明らかに一七八三年のガーター紋章官のものではありません」

ラングリーの顔から気の良さがすべて拭いとられ、露骨に気むずかしい表情になった。顔色はかなり紅潮していた。「君の言うことが本当で、あの老人がこの私を詐欺のカモにしたんだとしたら、トレント君、私は命と引き換えにしても、あいつを監獄にぶちこんでやる。だが、まったく信じがたい。聖職者ともあろう者が――しかも、この国最高の名門の出身で、あんな昔ながらの風光明媚で平和な土地に住んで、面倒を見るべき信者やらなにやらを抱えながら――そんなことをするとは。

ほんとうに自分の言っていることに確信があるのかね？」

「僕にわかるのは、このタバードの英国王家の紋章がまるっきり適切でないってことです」

夫人が声を上げた。「まあ、何をおっしゃるの、トレントさん。私たちだって何度も英国王家の紋章は見ておりますわ。これとすっかり同じものを。いずれにしても、あなたはこれが本物のタバードだっておっしゃったじゃありませんの。ちっとも呑み込めませんわ」

「英国王家の紋章については」とトレントは言いづらそうに言った。「弁解をさせていただかなくては。いいですか、王家の紋章は歴史によって変遷します。十四世紀にエドワード三世はフランスに対して王位継承権を主張しました。そして百年にも及ぶ戦争となり、結局、彼の子孫はその主張が現実離れしていると思い知ることになります。それでも、英国王家の紋章にはフランスの百合を加えたまま、十九世紀初頭まで決して外そうとしませんでした」

「まあ！」ラングリー夫人の声は消え入りそうだった。

「それに加えて、ジョージという名の最初の四人の王とウィリアム四世は、ハノーヴァー王家の王でした。ヴィクトリア女王の代になって、女性だったためにハノーヴァー家を継げなくなるまで、そのためにブラウンシュワイク家の紋章が英国王家の紋章に押し込まれていたのです。実際、アメリカ合衆国との講和を宣言した年のガーター紋章官のタバードは、イングランドの豹、スコットランドの獅子、アイルランドの竪琴、フランスの百合、それに、ハノーヴァーの掲げる、獅子数頭、白馬、そして、いくつかのハートまで加わった、おそろしくごちゃごちゃしたものでした。ひとつの楯型の紋にこれだけ嵌め込むのはかなり窮屈でしたが、どうにか収まっていました。そしておふたりのタバードの紋章は、夢にうなされそうな、そんな代物とは似ても似つかないのがおわかりでしょう。これはヴィクトリア時代のタバードです。立派な、素性のいい上衣ですよ。きちんとした紋章がついていないわけではないし」

ラングリーはテーブルを叩いた。「ええい、とにかく、金さえ取り戻せれば、こんなものはいらん」

「やってみるのみですね」とトレントは言った。「可能性はなきにしもあらずです。ですけど、この品を見せてほしいとお願いした理由はね、ラングリーさん、不愉快な事態からあなたをお救いできればと考えたからなんです。つまり、あなたがその掘り出し物を持ってお国へ帰り、人々に披露して、その来歴を語ったとしますね、それが新聞ダネになる、誰かがその真贋に疑問を抱き、僕が申し上げたようなことを調べ出し、そしてそれがおおやけになる。ね、あなたにとってあまり楽しいことではないでしょう」

ラングリーはふたたび顔を赤らめた。そして妻と意味ありげな視線を交わした。

「いやはや、まったく仰せの通りだ」と彼は言った。「とんだ大恥をかきましたが、こんなことをした卑劣漢の名前はわかっている。こんな目に遭うくらいなら、いっそ支払った額の二十倍の金を、札束で失くしたほうがまだましでした。感謝に堪えませんな、トレント君。いや、心から。実を言えば、私たちは国に帰って世間から賞賛を浴びる心積もりだったのです。こんなけったくそ悪いものを持って帰って、話が広まっていたら、どんなことになっていたか、間違いなく想像がつく。くそ！　それを考えると――いや、今はそれどころではない。こんなものは、すぐにあの老いぼれ詐欺師に突っ返して、やつをぎゅうぎゅうとっちめてやる。缶切りでこじあけてでも、やつから金を取り返してやりますよ」

トレントは首を振った。「僕はそれについてはあまり楽観的に見ていないんですよ、ラングリーさん。でも、明日その場所へ行ってみるというのはいかがでしょう。僕と僕の友人も同行しますよ。友人というのは、こういったたぐいの事件に興味のある男でしてね、きっとお役に立ちますよ」

ラングリーは力を込めて、それはまさに望むところだと言った。


翌朝、ラングリーを迎えに来た車は、一見そうは見えないが、スコットランド・ヤードのものだった。同じことは身なりのこざっぱりした運転手にも言えた。車中にはトレントと、トレントがオーエン警視だと紹介した、黒い髪に丸い顔の男が乗っていた。道々、警視の要望でラングリーは、タバードを手に入れた経緯について、思い出せる限り詳しく語った。タバードは一縷の希望を込めてスーツケースに入れて一緒に持ってきていた。

アビンドンまであと数マイルのところで、運転手はスピードを落とすように指示された。「幹線道路から脇道にそれたのは、アビンドンの手前のこの付近だったとおっしゃいましたね、ラングリーさん」と警視は言った。「これからよく見ていてくだされば、その場所をお示しになれるかもしれません」

ラングリーは警視を見つめた。「何だね、おたくの部下は地図を持ってないんですかね？」

「持ってますよ。しかし、こいつの地図にはシルコット・イピスコピなる地名はないんです」

「それだけじゃない」とトレントがつけ加えた。「どこの地図にもありませんよ。いや、あなたが夢でも見たのだろうと言っているわけでは決してないんです。しかし、事実、そうなのです」

ラングリーは、参った、とひと言洩らすと、一心に窓の外を睨んだ。そしてすぐに、停めてくれと声をかけた。「この曲がり角にまず間違いありません」と彼は言った。「牧場のあの二つの干し草の山と、その向こうの柳の木の生えている池が決め手です。しかし確か、あそこには道標があったんだがな。今は無くなっていますが。あの時、夢を見ていたのでないとすれば、きっと今、夢を見ているんだ」そして車が速度を上げて、脇道を走っていくと、彼は続けて言った。「そうだ。確かに前方にある、あの教会ですよ。あの屋根付の門、それに墓地――司祭館がある、櫟《いちい》の木も、庭も、なにもかも。さあ、みなさん、ただちに、あいつをとっつかまえてやりましょう。こんなケチな場所の名前なんぞ、知ったことじゃない」

「このケチな場所の、地図上の名前は」とトレントが言った。「オークハンガーです」

三人の男は車から降りて、屋根付の墓地門を通り抜けた。

「例の墓石は？」とトレントが訊いた。

「すぐむこうですよ」ラングリーが指さした。一同は柵で囲われた墓へと足を向けた。アメリカ人は手で頭を押さえた。「そんなバカな！」と彼はうめいた。「確かにこれがその墓なんだ。なのに、こう書いてある。この教区のジェームズ・ロデリック・スティーヴンズの亡骸、ここに眠る」

「サー・ローランド・ヴィアリーの三十年ほど後に亡くなった人らしいですね」碑銘をつぶさに読んでいたトレントが言った。傍らで警視が言葉もなく、感心したように、軽く腿を叩いた。「では、司祭がこの謎に光を投げかけてくれるか、確かめるとしますか」

三人は司祭館へ向かった。オーエンの呼び鈴に応えて、顔色のいい黒髪の娘がドアを開け、ラングリーを認めて微笑を浮かべた。「やあ、何はともあれ、君は本物だ！」と彼は声を上げた。「エレンとかいったね？　私のことを憶えていてくれたんだね。少し、ほっとしたよ。司祭さまにお会いしたいんだが、ご在宅かね？」

「参事会員《キャノン》（主教座聖堂所属の高位聖職者で主教を補佐する）さまは、二日前にお戻りになっています」娘は、あるじの司祭が要職にあることをかなり強調して言った。「今は村の方へいらっしゃっています。でもじきに戻っていらっしゃいますわ。お待ちいただけますか？」

「待つとも」ラングリーは断固として宣言した。三人はタバードが取引された大きな部屋へ案内された。

「では司祭さまはずっとお留守だったのかな？」とトレントが訊いた。「キャノンだって言ったね？」

「キャノン・マバリーですわ。そうです、一ヶ月間イタリアにいらしてたんです。お留守の間、先週までここにいらしたご夫婦が、お屋敷を管理していました。私と料理番は残っておふたりの身のまわりのお世話をしていたんです」

「それで、その男性——ヴィアリー氏——が、お留守の間、司祭の仕事を任されていたのかい？」かすかな笑みを浮かべて、トレントは尋ねた。

「いいえ、そのことは、コットモアの教区司祭のジャイルズさまに頼んで行かれました。キャノンさまはヴィアリーさんが聖職者だなんて全然ご存じじゃなかったわ。お会いになったことさえないんです。この場所を見にいらして、いろいろお決めになったのは、ヴィアリー夫人なんです。夫人もそのことは一言もおっしゃらなかったみたいです。おふたりがいなくなってから、私たちがお話ししたら、とってもびっくりなさって。『まったくわけがわからん』っておっしゃるんです。『なぜまた、隠しておったのか』って。『だけど』って私は言いました。『どっちにしても、おふたりとも、すてきな方たちでしたよ。おふたりに会いに見えたお友だちも、とてもいい方たちで。その運転手さんというのが、また申し分のない、ご立派な方でした』って、私、そう言ったんです」

トレントはうなずいた。「じゃあ、ふたりには、友だちが会いにきていたんだね」

娘はこのうわさ話にすっかり興じていた。「ええ、そうです。あなたを連れてらした男の方が」

――彼女はラングリーの方を振り返った。「あの方、その前にも別の方たちを何人か連れていらっしゃいました。その方たちもアメリカ人だったと思います」

「英国風のアクセントじゃなかったという意味だな」ラングリーがそっけなく指摘した。

「そうです。それにみなさん、とてもマナーがよかったわ、あなたもそうですけど」と娘は言った。

ラングリーの当惑と、トレントと警視がひそかに交わした苦笑にはまったく気づいていなかった。

そして警視が今度は主導権を握った。

「そのご立派な運転手だがね、小柄で痩せ型、鼻が長くて、頭が薄くなりかかっていて、いつも煙草をふかしている男じゃなかったかね?」

「ええ、そう。その通りだわ。ご存じなんですね」

「知ってるよ」オーエン警視はむっつりと言った。

「私もだ!」ラングリーが叫んだ。「私たちが墓地のところで声をかけた男ですよ」

「ヴィアリー夫妻は、自分たちの、ええと、礼拝用品を持っていたかね?」と警視は訊いた。

夢中になったエレンは目を大きく見開いた。「ええ、きれいな品物をお持ちでした。だけど、お友だちが来た時だけしか出さなかったわ。その他の時は、ヴィアリーさんの寝室のどこかにしまっていたんだと思います。料理番と私は、たぶん盗難に遭うのを心配しているんだろうと思ってました」

警視は短い口髭を片手で押さえつけた。「そうか、そうだと思うよ」と彼はまじめな顔で言った。

「で、あんたの言う、きれいな品ってどんな物だね？　銀器とか陶器とか、そんなものかね？」

「いいえ、おっしゃるような、ありきたりの物じゃないんです。ある日、おふたりはきれいな脚付きの杯を出していました。金無垢みたいで、色とりどりに小さな図形や模様がその上に描かれているんです。そして青や緑や白の色石が、まんべんなく埋め込まれていて、ほんとに目がくらんじゃったくらい」

「デベナムの聖杯だ！」と警視が叫んだ。

「それって、有名な物なんですか？」と娘が尋ねた。

「いいや、誰も知らんさ」とオーエン警視は言った。「先祖伝来のお宝だよ。某家秘蔵のね。我々はほんのたまたま知ってただけだ」

「あの人たちがそんな物を持ち歩いていたなんて」とエレンは言った。「それから、一度なんて、大きな本を出してました。飾り窓のテーブルに広げて置いてましたっけ。黄色い紙に金色の面白い文字がびっしり書いてあって、ページが全部、金や銀やいろんな色のきれいな可愛い絵で縁取られていたんです」

「マレインの詩篇書だ！」とオーエン。「ほら、どんどん行こう！」

「それから」娘はラングリーに向かって先を続けた。「すてきな赤い上着がありました。半クラウン銀貨にあるような紋章がついていたわ。あのふたりが、あなた方のために出して見せたんですよ。憶えてらっしゃいますよね。私がお茶を運んだ時、衣裳箪笥の前にかけてあったわ」

ラングリーの顔がゆがんだ。「そういえば、そうだったな」と彼は言った。「いま、君のおかげで思い出したよ」

「キャノンさまが今、道をこちらへ」窓の向こうにちらりと目をやって、エレンが言った。「みなさんがここにいらっしゃるって、お伝えしてきますね」

彼女は急いで部屋を出ていった。そしてまもなく、長身で猫背の老人が入ってきた。その顔は穏やかで、えもいわれぬ学者然とした雰囲気を漂わせていた。

警視が挨拶に立った。

「警察の者です。キャノン・マバリー。私と連れの者は、先月この屋敷を借りていた人間について、公式の捜査のためにおうかがいした次第です。といっても、たいしてお手間は取らせないと思います。おたくのメイドが、我々がほしかった情報を、すでにあらかた提供してくれたようですので」

「ああ、あの娘か!」司祭はうわのそらで言った。「あの娘がしゃべっておったかね。ほうっておけば、際限なく話が続きますぞ。さて、みなさん、おかけくだされ。おお、そうじゃった、ヴィアリー夫婦のことでしたな。だが、あの夫婦におかしな点などありましたかな? ヴィアリー夫人は実に品のある、育ちのいい人でしてな、ここを出て行く時も文句なくきちんと片づけてありましたぞ。支払いも前金でしたしな。夫人の言うには、あの夫婦はニュージーランドに住んでおって、ロンドンには知り合いがいないということじゃった。イングランドを旅行中で、この片田舎に仮の住まいを探しておったのじゃ。ここぞが真のイングランドだ、と夫人は言っておった。まことに物のわかった夫婦じゃと、わしは思いましたな。埃っぽくて騒々しいロンドンへさっさと飛んで帰ってしまう、大方の外国人旅行者とは大違いじゃ。ひとつには、それに心を動かされましてな。喜んでこの司祭館をお貸ししたようなわけなんじゃ」

警視は首を振った。「やつらのような如才ない連中は、やたら手の込んだ小細工を弄するんです。それで夫人は自分の亭主が聖職者だとは一言も言わなかったのですね」

「そうじゃよ、あとでそれを聞いた時は面食らいましたわい」と司祭は言った。「しかし、大したことでなし、何か理由あってのことじゃろうて」

「その理由ですがね、思いますに」とオーエンは言った。「夫人がそんなことを言ったら、あなたが大いに興味をそそられて、根掘り葉掘りお訊きになりかねないからですよ。ほんとうに司祭の妻なら、わけもなく答えられる質問でも、彼女はうっかりぼろを出すかもしれない。夫の方は、素人相手なら十分、司祭として通ったでしょう。相手が英国人でない素人の場合はなおのことです。キャノン、お気の毒ですが、あなたの借家人はペテン師だったんです。そもそも名前にしてからが、断じてヴィアリーではありません。彼らの素性は知れてません――わかればいいと思っていますがね――我々にとっては新手を編み出した新顔でしてね。しかし彼らが何物であるかは申し上げられます。盗っ人兼ペテン師です」

司祭は椅子に沈み込んで、あえぎながら言った。「盗っ人兼ペテン師！」

「それに素質に恵まれた役者でもありますよ」とトレントは請け合った。「そして昨年起こった、カントリー・ハウス連続盗難事件の盗品の一部を、あなたのこの屋敷に持ち込んだんです。盗品の中には金に換えるのが不可能と思われるものもあって、警察が首をひねったものですよ。そのうちのひとつが、紋章官のタバードです。サー・アンドリュー・リッチーの父君が着用された物だと、オーエン警視が教えてくれました。ご存命中はマルトラヴァーズ紋章院主任だったんです。リンカンシャーのサー・アンドリューの別荘が荒らされた際、非常に高価な宝飾品類多数とともに盗まれたのです。タバードを一般市場で売ろうとすれば足がつきやすいですし、なんといっても、これはその由来が一緒についていなければ、ほとんど値打ちのない物です。そこで彼らがやったことは、アメリカ人の買い手にアピールする話をでっちあげ、獲物を見つけて、買うように仕向けることでした。客はかなりの大枚をはたいたはずです」

「哀れなカモ！」ラングリーが低くつぶやいた。

キャノン・マバリーは震える手を挙げた。「どうもよくわからんのじゃが、彼らがわしの家を使ったことと、それがどういうつながりがあるのですかな？」

「それがこの計画のかなめだったのです。彼らがどのようにタバードに関する計画を練り上げたかは正確にわかります。他の品物も同じようにして売りさばいたに違いありません。窃盗団は四人組でした。借家人夫婦の他に、人あたりがよくて教養のある人間がいました――骨董品と美術品に精通した男だと思います。その男の仕事は、ロンドンを訪れる富裕な人たちと知り合いになり、信用を得て、名所旧跡を案内し、親交を深め、そして最後に、この司祭館に連れてくることです。今回の場合、この教会を見ようという提案は客自身から出たようです。彼らは何の疑いも抱きませんでした。幹線道路の曲がり角にある道標の、ロマンティックな地名に自ら引きつけられたのです」

司祭は弱々しく首を振った。「だが、あの角に道標なんぞ、ありゃせんよ」

「ありません。ですが、彼らが共犯者の車であの曲がり角を通りかかる予定の時には、出ていたんです。むろん、偽の道標で、書いてあるのは偽の地名です――何かまずいことになった時、詐欺行為の行われた場所を突き止めるのが難しくなるようにね。それから、墓地に入ると、彼らの興味をそそる碑銘を刻んだ、とある墓石に目が留まったというわけです。逐一お話しして、お時間をむだにする気はありません。要するに、その墓石、あるいは墓に貼り付けた碑面も、偽のものだったということです。そこに書かれた偽の碑文は、詐欺に話を持って行くためのものでした。こうして詐欺が行われたのです」

司祭は椅子にかけたまま、身を起こした。「言語道断な冒瀆行為じゃ！」彼は声高に言った。「ヴィアリーと称するその男は――」

「ヴィアリーと称するその男が」とトレントは言った。「実際に冒瀆行為を働いたとは思いません。やったのは連中の四人めのメンバーで、ヴィアリーの運転手を装っていた男だと思います――実に面白い人物ですよ。オーエン警視が彼のことを話してくれます」

オーエンは考え深げに口髭をひねった。「そう、犯人たちの中で、正体がわかっている唯一の人間です。アルフレッド・コーヴニー、それがやつの名前です。ちょっとした教育を受け、なかなか才能豊かな男です。以前は舞台の大道具方、小道具方をやってましてね、まあ根っからの職人ですわ。混凝紙《パピエ・マシエ》（パルプにチョークや糊などを加えたもの。張子の材料）をひと桶あたえておけば、型を取り色を塗って、やつに本物そっくりに作れないものなどありません。墓石の偽の碑面はこうして作られたと、私は信じて疑いませんよ。必要に応じて嵌めたり外したりできるように、ふたのような具合に作られたのかもしれませんな。ですが、碑文はちょっとばかりアルフの手には余る――ギフォードが草稿を書き、やつは墓地の他の古い墓石の文字を模したのでしょうな。もちろん、インチキ道標はアルフの作です。必要な時に立てておき、芝居が終わると取り去ったのです。

アルフは悪い仲間に入りましてね。手先の器用さを買われて、盗っ人専業になっちまったんです。

二度ばかり監獄にも入ってます。サー・アンドリュー・リッチーの別荘、その他二件の容疑がかかっている数人のうちの一人でした。他の二件というのは、エンシャムの荘園から聖杯が盗まれた件、スウォンボーン卿の屋敷から詩篇書が盗まれた件です。この屋敷に持って来た品と三件の窃盗で奪った宝石類を、やつらはまんまと処分したに違いない。これまでのところ、やつらを逮捕するメドは立っとりません」

やっとなんとか立ち直ったキャノン・マバリーは、微笑みかけて、他の者たちを見た。「犯罪者一味に利用されるとは」と彼は言った。「わしにとっては初の体験じゃ。いや、しかし、じつに面白い。つゆほども疑いを持たぬ外国人がここに連れて来られると、わしの借家人が司祭に扮して現われ、この家に招じ入れ、盗品を買うようにと誘いかけたとおっしゃるのですな。ほんの少しも疑念を起こされぬように計画するには、はっきり言って、これほどうまい手はほかに思いつきませんな。自分の司祭館にいる教区の司祭ですぞ！　不正があろうなど誰が思いましょう？　わしの法衣の威力があったればこそ、このペテンはうまく運んだのだと思いますがな」

「僕が知る限り」とトレントは言った。「やつはただひとつ、間違いをしでかしました。小さなミスです。でも、それを聞いた瞬間、詐欺師に間違いないとわかったんです。やつはあなたが広間に掛けているオールのことを尋ねられました。僕自身はオックスフォードの出身ではありませんが、オールが与えられるということは、その人の属するボートチームが特別に優秀だったからだと思います」

眼鏡の奥で司祭の目が輝いた。「わしが選手となった年、ワダム・カレッジのボートはテムズのボートレースで五回も入賞を果たしたのじゃ。わしの生涯で最も幸福な週じゃった」

「しかし、あなたの輝かしい功績はそれだけではありませんでしたね」とトレントはほのめかした。「たとえば、ワダムを卒業なさった後、オール・ソウルズ・カレッジの特別研究員になられたのではありませんか？」

「そうじゃ。むろん、それも嬉しかった」と司祭は言った。「じゃが、その嬉しさはまた別のものじゃ。いや、まったく、ボートレースの時の嬉しさとは比べ物にならんよ。それにしてもなぜ、そのことをご存じなのかな？」

「あなたの借家人が犯した小さなミスから、そうではないかと思ったんですよ。オールのことを尋ねられて、彼はオール・ソウルズ・カレッジの代表としてレースに出たと言ったんです」

キャノン・マバリーは笑い出した。ラングリーと警視はあっけにとられて見ていた。

「どういうことか、読めましたぞ。やつめ、司祭の役作りの手がかりを探して、わしの書斎を漁りよったにちがいない。わしは五年間、寄宿の特別研究員をしておったから、蔵書のかなりの数に、わしの名とオール・ソウルズの校名と紋章を記した蔵書票がついておる。やっこさんが間違うのも無理はないわい」そしてふたたび、老紳士はからからと笑った。

ラングリーがしびれを切らした。「私もジョークは好きなんですがね。このオチがわからんとあっては、蛇の生殺しみたいなものだ」

「ええ、このオチはですね」とトレントが教えた。「オール・ソウルズから選手としてボートレースに出た者などいないってことなんです。あのカレッジにいちどきに四人以上も学部学生が在籍したためしはないんですから。残りはみんな特別研究員なんですよ」

絶妙のショット

The Sweet Shot

「いえ、たまたま、その時は海外に行ってましてね」とフィリップ・トレントは言った。「英国の新聞には目を通しておりませんでしたので、今週ここに来るまで、その怪事件については何も知りませんでした」

小柄で痩せた、浅黒い顔のロイドン大尉は、自動電話機を分解するという、細かい——そして禁じられた——作業にいそしんでいたが、いま、作業を中断して、刻み煙草を入れた広口瓶に手を伸ばした。ケンプスヒル・クラブハウスにある彼の事務室の大きな窓からは、心躍らすゴルフコースの十八番グリーンが見下ろせた。大尉は記憶をたぐりながら、その向こうのハリエニシダの繁るスロープのあたりに視線をさまよわせた。

「まあ、これを怪事件と呼ぶとすればの話ですがね」と彼はパイプを詰めながら言った。「そう呼ぶ者も中にはいます。謎であってほしいのでしょうな。たとえばコリン・ハント、あなたが滞在している家のあるじだが、彼もそう呼んでいる。それをよしとせず、完全に納得のいく説明がついたと言う者もいます。私にも、誰でも知っている程度のことならお話しできますよ」

「ここの秘書だから、という意味ですね」

「それだけではないのですよ。言うなれば、私は死亡現場に居合わせた——あるいは隣合わせたといったところかな——ふたりの人間のうちのひとりなのです」ロイドン大尉はそう言うと、足を引きずりながら炉棚のところへ行き、英国陸軍工兵隊の紋章とモットーが蓋に浮彫りにされている銀の箱を取った。「煙草を一本どうぞ、トレントさん。長い話だが、お望みとあればお聞かせしましよう。アーサー・フリアについてはお聞き及びと思いますが？」

「いえ、ほとんど知りませんが」とトレントは答えた。「ただ、あまり評判のよい人物ではないことだけはうかがっていますが」

「まったくね」ロイドン大尉は含みのある口調で言った。「私の義理の兄だということは？　聞いてない？　まあいい。さて、四ヶ月前の話になります。月曜日――あれは、そう――五月の第二月曜日でした。フリアは朝食前にハーフ・ラウンドを回るのを習慣にしていました。日曜日を除いて――彼は日曜日については厳格だったのでね――ほとんど毎日、どんな悪天候だろうが、たいていひとりきりで回っていましたよ。自分でクラブを担いで、これに生活がかかっているといわんばかりに、あらゆるショットをつぶさに研究しながらね。その甲斐あって、腕前は実に大したものでしたよ。ここでのハンディキャップは二で、アンダーショーでは確かスクラッチ（ハンディキャップがゼロのこと）だったと思います。

　八時十五分前に一番ティー・グラウンドに出て、九時までには自分の家に戻っていました。家はここから数分のところにあるのです。あの月曜の朝、彼はいつも通りに回り始めました――」

「いつもの時間に？」

「ほぼ定刻にです。クラブハウスで、何かつまらんことで支配人を叱りつけて二、三分遅れました。そしてそれが生きている姿を目撃された最後です。つまり、話のできるほど間近でということですがね。九時ちょっと過ぎに、私がブラウスンと回り始めるまで、他には誰もティー・グラウンドに出た者はありません。ブラウスンはこの地区の軍隊付司祭でしてね、私は彼と司祭館で朝食を共にしました。司祭は私と同じく足が悪いので、司祭の都合が合えば、よく一緒にプレーするのです。

一番グリーンをホール・アウトして、次のティーへと歩いていた時です。ブラウスンが言いました。『大変だ！　あそこを見ろ。何かあったんだ』司祭は二番ホールのフェアウェイを指差しました。そこに男が倒れているのが見えたのです。芝生の上に手足を広げて、うつ伏せになっていて、動きませんでした。ところで、そこは第二ホールのこういう場所です――手前半分が窪地になっていて、ちょうどその真上に立つ以外は、コースの他のどの場所からも死角になるくらいの深さがあるのです。ご自分で回る時に見てください。ティー・グラウンドは、ちょうどその真上にあたります。それで我々にその男が倒れているのが見えたわけです。我々は駆け寄りました。

　フリアでした。その時間なら彼に違いないとわかってはいました。すでに息絶えていました。生きている人間には不可能な具合に関節がはずれて横たわっていたのです。服はずたずたに破れ、それに焼け焦げていました。髪も――彼はいつも帽子を被らずにプレーするのですが――顔も手も同じでした。キャディ・バッグは数ヤード離れたところにありました。ちょうどその時使っていたブラッシー（ソールに真鍮のプレートをはめ込んだ一時代前の木製のフェアウェイ用クラブ）が死体のすぐそばに落ちていました。

　見たところ外傷はありませんでした。私はこれよりずっと悲惨な現場を数多く見てきましたが、司祭は吐き気を催したようでした。そこで彼に、クラブハウスに戻って医者と警察を呼ぶように言ったのです。私はここで番をしているからとね。医者と警察はまもなくやって来て、仕事が済むと死体は緊急自動車で運ばれていきました。さあ、私が直接お話しできるのはこれで全部です、トレントさん。ハント家に滞在なさっているなら、おそらく検屍審問のことなどをいろいろとお聞きになっているでしょうな」

　トレントは首を振った。「いや。今朝、朝食のあとでコリンが、フリアがコースの途中で不可解な死に方をしたと、ちょっと話をしかけたのですが、その時、何かの用事で彼に来客がありましてね。それで、このコースで二週間分のプレーを申し込むつもりだった僕は、ついでにこの事件のことをあなたにお訊きしようと思ったんですよ」

「わかりました」とロイドン大尉は言った。「どのみち、検屍審問については私からお話しできますよ――死体発見に関して少しばかり自分の証言を述べるために、その場にいなければならなかったのでね。フリアの身に何が起きたかについては、医者の証言はかなり混乱していました。彼が途方もない衝撃を受けて死んだという点は一致していました。その衝撃は彼の全身の隅々にまで及び、幾つかの関節をはずしたけれども、目に見える外傷を作るほどの強さではなかった。その点を除くと、意見は食い違いました。一番先に死体を見た、フリアの主治医は、彼が雷に打たれたに違いないと断言しました。確かに雷雨はなかったが、その週末はずっと雷鳴がしていたし、時には稲妻がそんなふうに振る舞うこともあるのだと主治医は言いました。しかし警察医のコリンズは、この国の気候でそんな現象があること自体疑わしいが、たとえあったにせよ、雷の一撃で身体の部位がそんなにずれるはずはないと主張しました。もし雷だったとすれば、スチール・ヘッドのクラブに落ちるはずだと彼は言いました。だがクラブはまったく損傷を受けずにキャディ・バッグに収まっていたのです。コリンズはなんらかの爆発が起こったに違いないと考えていました。どんな種類の爆発なのかは考えつきませんでしたがね」

トレントは首を振った。「それで陪審が納得したとは思えませんね」と彼は言った。「しかし、正直な意見としてはそれで精一杯だったのかもしれないな」しばらく彼は無言で煙草を燻《くゆ》らした。ロイドン大尉はその間、駱駝《らくだ》毛のブラシを手に電話機の故障箇所に取り組んでいた。「でも、おそらく」とトレントがようやく口を開いた。「もしそんな爆発が起こっていたら、誰かが爆音を耳にしたでしょうね」

「大勢が聞いたでしょうな」とロイドン大尉は答えた。「だが、あろうことか――このあたりでは誰も爆発音など気に留めないのですよ。あちらの道の向こう側に石切り場がありましてね、午前七時を過ぎると、しょっちゅう発破の音が聞こえるんですから」

「気分の悪くなるような鈍い音が？」

「それはもう、ひどい気分ですよ」ロイドン大尉は言った。「付近に住んでいる我々全員がね。だからその点は問題にならんのです。ええ、コリンズは実に信頼できる男です。しかしあなたの言われた通り、彼の証言は実際には何の説明にもなっていません。そしてもうひとりの医師は、その正否は別として、一応、説明をつけていました。その上、検屍官と陪審が晴天に雷が発生するという現象について聞いた覚えがあって、その意見が受け入れられたのです。とにかく、彼らの出した評決は、不慮の事故死でした」

「歌の文句にあるように、誰も否定できなかったというわけですね」とトレントは言った。「そして、他に証言はなかったんですか？」

「いくつかありました。でもそれについては、私と同様のことを、ハントからお聞きになれますよ。その場にいたんですからね。すみませんが、もう失礼しなければなりません」とロイドン大尉は言った。「町で約束がありましてね。支配人が二週間のプレーの契約書をお作りします。本日プレーなさりたければ、たぶん手配してくれますよ」

トレントが昼食を摂りに戻ると、コリン・ハントと妻は大乗り気でその話の続きをしてくれた。あんな評決はたわ言だと夫妻は断言した。コリンズ医師は自分の仕事をよくわきまえている。それにひきかえ、ホイル医師ときたらとんだ耄碌《もうろく》医者だ。フリアの死には、いまだに筋の通った説明はついていない、と。

　その他の証言は、たしかに面白かったと彼らの意見は一致した。ただし、何の役にも立たなかった。フリアは二番ホールでのティー・ショットを打った後に目撃されていた。窪地の底、死に遭遇した地点へと向かって歩いているところだった。

「しかしロイドンの話では」とトレントが言った。「そこは真上に立たないと、彼の姿を見ることができない場所だとのことですが」

「そう。この目撃者は彼の真上にいたんだよ」ハントはきっぱりと答えた。「千フィートよりもっと上からだったと、そう言っていた。英国空軍の軍人で、ここからさほど遠くないベクスフォード・キャンプから爆撃機を操縦してきた男なんだ。ある演習の最中で、ちょうどあの時間にコースの上空を通過した。彼はフリアを知らない。ただ、二番ティーから歩きだした男に目を留めた。それがそのコースで目に入った唯一の人間だったからだ。ゴセットというのが、飛行機に乗っていたもうひとりの男なんだが、ここの一時会員でね、フリアについて、よく――というか、みなが知る程度のことは――知っていた。ただし、彼はフリアを見てはいないんだがね。とはいえ、パイロットが問題の時間にひとりの男を目撃したのは明白なんだ。そして彼の証言は、フリアが死の直前には間違いなくひとりだったということを証明するために取り上げられた。他にフリアを見た人間はあとひとりだけで、彼をよく知る別の男だ。ここで以前キャディをやっていて、その後、石切り場に勤めた。この男は丘の中腹で作業をしていて、フリアが一番ホールでプレーをして、二番ホールに向かうのを見ていた。もちろん誰も一緒じゃなかった」

「では、十分それは立証されたわけですね」とトレントは言った。「彼はひとりでしかありえなかったようです。しかし、どういうわけか、何かが起こった」

ハント夫人が疑わしげに鼻を鳴らして、煙草に火をつけた。「そうね。何かがね。だけど私個人としては、それが何かなんて、あまり気にならなかったわ。イーディスは——フリア夫人のことですけどね。ロイドンのお姉さんよ——あの男とそりゃ、ひどい生活を送っていたんですよ。彼女は愚痴っぽいことは何も言いませんでしたよ。けっしてね。そういうタイプの人じゃないんですもの」

「とにかく、このうえなくいい女性だ」とハントが断言した。

「そうよ。たいがいの男性にはもったいないくらいだわ。ほんとに」ハント夫人はトレントのためにつけ加えた。「もしコリンにしじゅう罵られたり殴られたりしてたら、いくら私が貞淑で有名な妻だからって、そうそう堪え忍んでばかりはいられませんよ」

「だから私はそういうことはやらないんだ。私が非の打ちどころのない夫でいるのは、言いふらされるのが恐いからなんだよ、フィル。こっちが何が起こったのかもわからないうちに、女房にお払い箱にされてしまうさ。イーディスについては、決して何も語らなかったというのは本当だよ。だが、事件が起こってからの彼女の変わりようが、雄弁に事実を物語っているというわけだ。弟と暮らすようになってから、フリアが生きていた頃よりずっと幸せそうだし、きれいになった」

「弟と一緒に暮らすのも、そう長いことではないでしょうよ」とハント夫人は低い声で言った。

「そうだな。チャンスさえあれば、私が結婚したいくらいだからな」ハントが心底しみじみと同意した。

「いやあね！　あなたなんか花婿候補の最初の六人の中にも入っていないわよ」と彼の妻は言った。「レニーにゴセット、それからサンディ・バトラーもね――ほら、ごらんなさい。だけど、きっと田舎のうわさ話なんてうんざりでしょ、フィル。今日の午後のプレーは予約なさったの？」

「ええ。ケンブリッジ大学のつむじ曲がりの化学の教授とね」とトレントは答えた。「教授には硫酸でもかけてやろうかって顔をされましたけど。でもプレーをご一緒するのは承知してくださいましたよ」

「それはまた、難儀なことを」ハントが評した。「見たとおり、年寄りではあるんだがね、あの教授はショート・ゲームの鬼だよ。しかもここのコースは目隠しされてもわかっている。君にはできない芸当だね。まあ、自分で見せかけているほど、つむじは曲がってはいないがね。ところで、教授はフリアが打った最後のショットが決まるところを見た人間だ――さぞや見事なショットだっただろうな。話を聞かせてもらいたまえ」

「そうするつもりです」とトレントは言った。「支配人がそのことを話してくれたので、それで教授にお相手を願ったんです」

その午後、コリン・ハントの予言は的中した。五ストロークのハンデを受けたハイド教授は、十七番で一ストローク勝ち越し、最終ホールで四フィートのパットを決め、ゲームに勝ちを収めた。グリーンを後にする時、まるでトレントがその場で言ったことに答えるかのように、教授は切り出した。「そうだな。フリアの死にまつわる奇態な状況について、話してやろう」

トレントは目を輝かせた。教授はプレー中、ほとんど口をきかず、二番ホールの後でトレントがそれとなくその話題に触れた時も、脅しつけるような唸り声であしらわれただけだったからである。

「彼のプレーする最後のショットが決まるところをわしは見た」老紳士は言葉を続けた。「本人の姿はついぞ見なかったがな。見事なブラッシーのショットだった――まあ、運もよかったのだ。ピンから二フィート足らずのところにまで転がっていった」

トレントは考え込んだ。「そうですか。つまりですね、あなたは二番グリーンの付近におられた。するとボールが丘を越えて、ホールへ向って転がってきたんですね」

「そのとおり」ハイド教授は答えた。「手本にすべきプレーだった。できればの話だがな。第二打がもう三十ヤードも伸びていれば、今日、君もできたかもしれんよ。わしは一度もやったことがない。だがフリアはしばしばやっておった。ほんとうにいいティー・ショットの後、丘を越える長い第二打をブラインドで完璧に飛ばせば、グリーンにオンするかもしれん。さて、わしの家はそのグリーンのすぐそばなのだ。朝飯前に庭を散歩しとったら、たまたま、グリーンの向こうからボールがスロープを弾みながら下っていって、ホールへとまっすぐ転がっていくのを目にしたのだ。むろんのこと、それが誰のかはわかっとった――フリアがいつも、だいたいその時間にやってきたからだ。もし他の誰かだったら、わしはそいつが第三打を打つのを見るまで待っていて、誉め言葉のひとつもかけたろう。実際のところはといえば、わしは家に入り、ずいぶん後まで彼の死の報せに接することはなかったのだ」

「すると彼がショットを打つところは全然ご覧になっていないわけですね？」トレントは考え込み

ながら訊いた。

教授は怒りっぽい青い目を彼に向けた。「いったいどうして、わしに見えるわけがある？」教授の返事は不機嫌だった。「でかい丘に遮られた向こう側なんぞ、見通せやせん」

「はい、わかってます」とトレントは言った。「僕はただ教授の思考過程をたどってみようとしただけなんです。彼がショットを打つところを見ないで、第二打だとおわかりになった——次に第三打を打つはずだったとおっしゃる。そしてまた、それはブラッシーのショットだったともおっしゃいましたね？」

「それはだな、お若いの」教授の口調はきびしかった。「単にあの男のプレーを知っておったからだよ。朝飯前によく一緒にハーフを回っとったのだ。ある日、やつが普段以上に癇癪《かんしゃく》を起こしおって、手がつけられなくなったんでやめたがね。わしは彼がほとんどいつも第二打一打で丘を越すのを知っておった——必ずいつでもグリーンにオンしたとは言わんよ。そしてそれをする唯一のクラブがブラッシーだった。まあ、なんらかの不運が起こって」とハイド教授はいくぶん意固地につけ加えた。「問題のショットが、実際はフリアの第二打でなかったとも考えられることは認めよう。しかしわしには、そんな非常に空論じみた偶発事態など頭に浮かびもしなかったのだ」

翌日、朝のラウンドをみなが回り始めたあと、トレントは一時間、練習に没頭した。練習はおもに、見通しのきかない二番ホールのあたりで行った。その後、彼はキャディ・マスターと言葉を交わした。それからプロ・ショップへ行き、ミッド・アイアンを新調して、そこの専門家の気を引いた。すぐにトレントはアーサー・フリアがプレーした最後のショットの話題を持ちだした。その朝十回も、満足のいくティー・ショットのあと、第二打をグリーンに届かせようとやってみたと彼は言った。だが、できなかった。ファーガス・マッカダムは首を振った。おめえさんの力では、あんまりたんとボールを飛ばせねえな、と彼は言った。自分なら時々届くが、絶対とは言えないと。フリアの旦那は、力がありなすった。そしてそれに加えて、力の使い方を知っていなすった。

フリアはどんな種類のクラブを愛用していたのかとトレントは尋ねた。「ご自身とおんなじで、長くて重いやつでさ。まあ、話が出たついでだから」とマッカダムは言った。「ここにあるんでさ。あの事故のあとで、ここに持ってこられたんでね」彼は棚の一番上の段に手を伸ばした。「ほれ、こいつでさ。むろん、ここにあっちゃなんねえもんなんですがね、誰も取りにこねえもんで。こっちもつい忘れてたってわけでさ」

トレントは、ブラッシーを抜き出して、フェイスに細長く硬質の白い素材が嵌め込まれた、重いヘッドを考え込みながら見つめた。「これは確かに、そうとう威力のある武器だね」と彼は言った。「へえ、コントロールできる人にとっちゃね」とマッカダムは言った。「おれとしちゃ、そのアイヴォリンのフェイスはあんまり好きでないね。弾力がもっと出ると思ってる人もあるがね、だが、なんも変わりゃしねえって」

「では、彼はあんたからこれを買ったんじゃないんだね」なおもヘッドをしげしげと調べながら、トレントは水を向けた。

「いんや、うちから買ったんでさ。この手のが流行ってる頃に、ネルスンズからどっさり仕入れたんでね。よく見りゃ、おれの名前が入ってますわ」マッカダムはつけ加えた。「ウッドのいつもんところに刻印されて」

「ええと、よくわからないな――これがそうかな。刻印が読み取れないよ」

「そうかね、どれどれ」プロ・ショップの店員は、クラブを手にして言った。「読み取れねえなんてはずはねえんだが」しばらく念入りに見てから、「消されてるわ――一目瞭然だ。いってえ、誰がこんな仕業を！　ウッドが万力で押しつぶされてる。まちげえねえ。誰がなんで、こんなことをするんで？」

「妙なことがあるものだね」とトレントは言った。「でもたいしたことじゃないと思うよ。どっちにしても、僕らには知りようがないさ」

トレントが秘書室のドアをのぞいて、ロイドン大尉が楽しそうに、ワイヤのコイルが主動力らしい何かの機械をバラバラにした部品に取り組んでいるのを見たのは、それから十二日後のことだった。

「お忙しそうですね」トレントは声をかけた。

「やあ、入ってください」ロイドンは心から言った。「こんなことはいつでもできる。もう一時間もあれば完成しますよ」と先の尖ったペンチを置いた。「電力会社がこのあたりを交流に切り替えましてね。掃除機のモーターを巻き戻さねばなりませんでしたよ。えらい迷惑ですな」机の上に載った、呆れるほどごちゃごちゃした解体部品の山をいとしげに見下ろしながら、大尉はつけ加えた。

「男らしく悲しみに耐えてらっしゃるんですね」とトレントが言うと、ロイドンはタオルで両手を拭きながら笑った。

「そうですよ。私は機械いじりが大好きでね。まあ、言ってみれば、不注意な職人に任せて下手な仕事をされるより、自分の手でこういうことはやってしまいたい性分なんですよ。その辺の連中はたいがい、なっちゃいない。一年ほど前に、新しいメイン・ブレーカーを取り付けるために、会社からここにひとり派遣されてきたんですがね、やっこさん、自分のドライバーでショートさせちまいまして、台所を突っ切ってふっとばされて、まあ、危うく死ぬところでしたよ」大尉は煙草の箱に手を伸ばし、トレントに差し出した。トレントはそれを受け取った。そして、考え深げに蓋の模様に目を落とした。

「どうもありがとうございます。前にこの箱を拝見した時、あなたが英国陸軍工兵隊だとわかりました。『あまねくところ《ウビクエ》』、それから『正義と栄光は導かれん《クオ・ファス・グロリア・ドゥクント》』か。ふうん。どうしてエンジニアに特にこのモットーが与えられたんでしょうね」

「神のみぞ知る、ですね」と大尉は言った。「私の経験では工兵が必ずしも正義と栄光が導くところへ行くとは限りませんよ。あらゆる仕事のうち、もっとも汚い仕事、それとわずかばかりのありがたい栄光――彼らが得るのはそんなところです」

「でも、慰めはあるじゃないですか」とトレントが指摘した。「科学時代の先端に身を置いていて、陸軍の他の連中はみな自分たちに比べたら素人だという意気込みですよ。とにかく、その中のひとりが以前、僕にそう語ってくれたことがあります。さて、大尉、僕は今晩、ここを発たなければなりません。ここに寄ったのは、僕がここでどれだけ楽しく過ごせたか、申し上げておこうと思ったからなんです」

「それは嬉しいですな」ロイドン大尉は言った。「ここでのゴルフもそう悪くはないとおわかりいただけたでしょうから、またいらしてくださることと思いますが」

「非常に気に入りましたよ。メンバーの方たちもね。秘書殿もですよ」トレントは言葉を切って、煙草に火をつけた。「あの怪事件もけっこう面白いことがわかりましたし」

ロイドン大尉の眉がわずかに上がった。「フリアの死の一件ですか？ ではあれは怪事件だった、と結論づけられたわけですね」

「まあ、そうです」とトレントは言った。「なぜなら僕は、彼が何者かに殺害されたと結論づけたんですからね。それもおそらく計画的に。それで少しばかり、事件に首をつっこみましてね、その『おそらく』を洗い出してみたんですよ」

ロイドン大尉は机から折り畳みの小型ナイフを取り上げて、機械的に鉛筆を削り始めた。「では、検屍審問には同意しておられないと？」

「ええ。評決は殺人、あるいはいかなる種類の人的介入も除外するということだったようですから、僕は同意しかねます。落雷説は、明らかに陪審を、あるいはその一部を満足させたようですが、あまり明快なものとは言えないと思いました。コリンズ医師が審問の席で、これに反対して何と言ったか、聞きました。フリアのクラブが大部分スチール製だったのに、損傷を受けていないと言った時、コリンズ医師は完全に落雷説を排除したように僕には思えました。自分でクラブを運ぶプレーヤーがショットを打つ時、それを下ろすのは、せいぜい数フィートしか離れていない場所です。しかしフリアの場合、いわば、雷がクラブには目もくれず、フリアを狙って電撃を浴びせたように思えます」

「ふむ。確かに、そんなことはありえなさそうですな。しかし、それが問題を決するかどうかは何とも言えませんね」と大尉は言った。「雷というのは、奇妙な動きをするものですよ。小さな木が、倍も大きな木に囲まれていながら、雷に打たれるのを見たことがあります。しかしながら、落雷説にはあまり意味があるようには思えなかったという点ではまったく同感です。雷鳴は聞こえていましたが、あの朝、この近辺で雷雨はありませんでしたしね」

「まさにその通りです。しかし、フリアのクラブに関する証言をよく考えてみて、検屍審問について僕が聞いた限りでは、当のクラブについては誰ひとりとして、何も言っていないということに突然思い至ったんです。あなたと司祭の目撃証言から、衝撃を受けて倒れた時、彼はちょうどブラッシーでショットを打ったところでした。ブラッシーはバッグの中ではなく、彼の近くにありましたからね。おまけにハイド老教授は実際に、彼が打ったボールがスロープからグリーンへ転がってくるのを見ています。さて、こういったたぐいの問題に直面した場合、あらゆる細かな事柄をつぶさに調べるというのが鉄則です。事件が起こったのが四ヶ月も前ですから、言うまでもなく、調べるべきことはそれほど多く残されてはいませんでした。でもフリアのクラブがどこかにあるはずだとわかっていました。こういう事情で、クラブが引き取られていそうな場所をひとつふたつ考え、そこを当たってみました。まず最初に、キャディ・マスターの小屋を偵察しました。バッグを一日二日預かってくれないかと頼んでみたんです。しかし、そういった物を預ける規定の場所はプロ・ショップだと言われました。そこで出向いていって、マッカダムと話をしました。そして案の定、フリアのバッグがまだ彼の棚にあることがすぐにわかりました。クラブも見ることができました」

「それで、クラブに何か変なところでもお気づきになりましたか?」ロイドン大尉は尋ねた。

「ええ、ひとつ、些細なことに。でもそれで僕が考え込むのには十分でした。次の日、僕はロンドンへ車を飛ばし、スポーツ用品商のネルスンズを訪ねました。もちろん、この店はご存じですね」

ロイドン大尉は注意深く鉛筆の先を尖らせながらうなずいた。「ネルスンズなら誰でも知っていますよ」

「そうです。そしてマッカダムが、この店から仕入れていたことは知っていました。特別製のクラブを調べたかったんです――この店からマッカダムに卸された、フェイスにアイヴォリンの細片の入ったブラッシーをです。フリアは彼からそのうちの一本を買ったんです」

ふたたびロイドンがうなずいた。

「ネルスンズでクラブの販売担当の男に会いましたよ。ちょっと話をして、それから――会話の間にどれだけ細かいことがわかるか、おわかりですね――」

「特に」大尉が陽気な笑みを浮かべて口を挟んだ。「その会話の主導権を握るのが、その筋の専門家の場合はね」

「またお上手を」とトレントが答えた。「とにかく、数ヶ月前に、その特別製のクラブが一本、その店員の記憶に鮮明に残る、ある客に売られていることが判明しました。なぜ店員が憶えていたかというと、第一に、その客は尋常でない長さと重さのクラブがほしいと言ってゆずらなかったのです。本人が使うにはあまりにも長過ぎ、重過ぎました。その男は背が高いわけでも、屈強な体格でもなかったからです。店員は遠回しにずいぶんその点を示唆しました。だが客は頑として聞き入れず、何が自分に合うか、はっきりわかっていると言ったそうです。そしてそのクラブを買って持ち帰りました」

「私に言わせれば、とんちきな野郎だね」ロイドンは考え込みながら感想を述べた。

「実は僕はそうは思っていないんです。でもまあ、その男も他の人間と同じように、選び間違えたという可能性もありますけどね。ところで、店員が彼について記憶していることが、他にも二、三あるんです。その男はわずかに足を引きずっていました。そして陸軍将校、あるいはかつて将校だった人間なんです。その店員は退役軍人だったんですよ。その点は見損なうはずはないと、彼は言っていました」

ロイドン大尉は一枚の紙を自分の方に引き寄せて、話を聞きながら、ゆっくりと小さな幾何学図形を描いていた。「話の続きを、トレントさん」彼は静かに言った。

「ええ。フリアの死に話題を戻しましょう。フリアは何者かに殺されたと僕は考えています。彼が絶対に日曜日にプレーしないことを知っている者です。そのため彼のクラブは一日中ロッカーにあるはず――なければならない、と言いましょうか。作業が長引く場合を考えて、もちろん、その日の夜も一晩中です。この人物は好きな時にこのクラブハウスのロッカーに近寄ることができ、ロッカーのマスター・キーを持っていたと僕は考えます。腕のいいアマチュアの職人だと思います。高性能爆薬に関する実践的な知識を持った人物と考えられます。陸軍にそういう部隊がありますね」

――トレントはちょっと話をやめて、テーブルの上の煙草の箱を見た。「その種の知識が特に要求される部隊がね」

もてなす義務を、いま思い出したというように、あわててロイドンは箱の蓋を上げて、トレントの方へ押しやった。「もう一本どうぞ」と大尉は強く勧めた。

トレントは礼を述べて従った。「英国陸軍工兵隊の中にその部隊はあったはずですね」と彼は続けた。「なぜなら――聞くところによると――破壊工作がその隊の任務の重要な要素だからです」

「まさにその通りです」立方体の面のひとつに丹念に影をつけながら、ロイドン大尉は言った。

「ウビクェか！」箱の蓋を見つめながら、トレントは考え込んでいた。「人が『あまねくところ』

に存在できるなら、同時にふたつの場所にいても納得します。ある場所で人を殺し、同時に一マイル離れた所で友人と朝食を摂っていることもできるでしょう。さて、もう一度話題を戻しますね。フリアに何が起こったかについて、僕がまとめるつもりになっている考えがおわかりになるでしょう。彼のブラッシーは、彼が死ぬ前の日曜日にロッカーから盗み出されたのだと、僕は考えています。クラブのアイヴォリンのフェイスをはずすと、その跡にぽっかり空洞ができます。そしてその空洞に一発分の爆薬が詰められました。爆薬がどこから入手されたものかはわかりません。想像しますに、それは入手がたやすい種類のものではないからです」

「ああ、その点でしたら、なんの造作もないはずですよ」と大尉は言った。「お話に出ているこの男が、言われるように、高性能爆薬に詳しいとしたら、誰でも買える材料から自分で原料を混ぜ合わせることだってできたでしょうよ。たとえば、簡単にテトラニトロアニリンも作れたでしょう——それこそ、その男にうってつけだったと言えます」

「わかりました。それから、おそらく小さな雷管がアイヴォリンのフェイスの内側に取り付けられたのでしょう。ブラッシーでいい当たりを出すと、爆発するように。それから、ふたたびフェイスが取り付けられます。細心の注意を要する作業だったはずです。クラブヘッドの重さを正確に調整しなければならないのですから。クラブを持った感覚とバランスも作業をする前とぴったり同じにする必要があったでしょう」

「細心の注意、その通りです」大尉が同意した。「だが不可能ではありません。実際には、あなたが言われる以上に大変だったでしょう。たとえば、フェイスは薄く削る必要があります。しかし、それは出来ないことではない」

「ええ、出来たと思います。さて、僕が心に描くこの男は、ショートの一番ホールでは、このブラッシーに出番がないことを知っていました。最初にそれがバッグから取り出されるのは、二番ホール、窪地の底に降りたところで、何が起こったか誰にも見えない場所です。確実に起こったことは、フリアが絶妙のショットを打ち、グリーンへと飛ばしたことです。同時に起こったその他のことを、僕たちははっきりと知ることはできません。でも理に適った推測をすることはできます。そしてそれから、もちろん、そのクラブ――あるいはきっとその残骸の柄の部分だけでしょう――はどうなったのかという疑問が湧きます。死体がどのようにして発見されたかを思い出せば、難しい疑問ではないと思います」

「どういう意味です？」とロイドンは尋ねた。

「つまり、誰によって発見されたか、ということです。発見したふたりのプレーヤーのうち、ひとりはすっかり気が動転してしまい、あまりよく注意を払うことができなかった。彼はクラブハウスに急ぎ戻っています。もうひとりは死体のそばに、僕の計算では少なくとも十五分は、ひとりで残されていました。警察が現場に到着した時、死体のそばに完全な状態のブラッシーがあるのが発見されました。尋常ならざる長さと重さを備えた、あらゆる点でまさしくフリアのブラッシーと見えるクラブでした――ただ一点をのぞいては。クラブヘッドのウッドに刻印された名前は、押しつぶされて消えていました。その名前はF・マッカダムではなく、W・J・ネルスンだったと僕は思っています。そしてそのクラブは、フリアのバッグから取り出されたものではなかったのです。そのクラブが取り出されたバッグには、その奥に、あったとすれば、フリアのブラッシーの残骸が入っていたでしょう。そして僕は、このすべてを信じて疑いません」トレントは立ち上がると、両腕を伸ばした。「僕がこの怪事件が面白いとわかったと言った時、それがどういう意味だったか、おわかりですね」

しばし、ロイドン大尉は窓の外を物思いにふけるようすで見つめていた。それからトレントのもの問いたげな視線と出くわした。「もしあなたの想像するような男がいたとしたら」大尉は冷静に言った。「その男は実に注意深い。また、いわゆる自分に不利な証拠というものを何ひとつ残さなくて、実に幸運だったようです。そしておそらく彼には、やったことについて、人に言えない個人的な理由があったのでしょう。仮に彼が心から愛する者が、卑劣で乱暴なろくでなしの手中にあるとか、その狼藉が身体的な暴力にまで及んでいることに気づいたのだとしたら、仮にその状況が、あなたのお話のその男にとって日に日に地獄の責め苦になっていったのだとしたら、また仮に彼が取った方法より他に、それに決着をつける道がなかったのだとしたらどうでしょう。そうですよ。トレントさん。仮にそのすべてだとしたらどうでしょう」

「そうですね――僕もそうしたでしょう」とトレントは言った。「その男は――そんな男が存在したとしてですが――かなり切羽詰まっていたに違いありません。いずれにしても、彼のやったことは、僕には関係ないことです。さてそれでは、仮の話でいるうちに、僕がおいとまするというのはどうでしょう」

りこうな鸚鵡

The Clever Cockatoo

「ええ、あれが私の妹なの」低い声でランシー夫人が言った。「お話しなさってみて、妹のこと、どうお思いになって？」

　イングランドから到着したばかりのフィリップ・トレントは、世代を超えて北方人の心を魅了してやまない風光明媚な風景をのぞむ別荘の柱廊の陰で、女主人の傍らに立っていた。人間が暮らすには快適で申し分のない土地だった。彼らの眼下には、すぐ間近に、空と同じくらい青い、大きな湖の静かな水面が広がっていた。その遙か向こうの対岸は、小高い丘陵になっており、頂上まで耕され植林された森が続いていた。光と暖気を吸収して、大地のエネルギーを貯えているのがありありと感じられた。なだらかな斜面には赤と白の小さな村落があちこちに散らばっていた。そのさまは母の膝元に身を寄せる幼子たちのようであった。別荘の前には石を敷いた長いテラスがあり、石を投げれば湖の澄んだ水に届きそうな、その欄干のそばに、ひとりの女が立って湖を眺め渡しながら、背の高い白髪まじりの男と話をしていた。

「十分くらいじゃ、ほんのちょっとのことしかわからないよ」とトレントは答えた。「おまけに僕は、彼女のお連れの方にばかり気を取られていたからね。マインヒア（オランダ語でミスターにあたる敬語）・シェファーは僕が社交の場で出会う初めてのオランダ人なんだ。でもレディ・ボズワースに関して、ひとつだけは、はっきりわかったよ。あの人は、ここで目に入るもののうちで一番に美しい。これはたいしたことだよ。それに、低くてベルベットのように柔らかいあの声。親友を殺してしまえとあの人に言われたら、僕はその場でやりかねない」

ランシー夫人は声を立てて笑った。

「でもあなたには妹に個人的な興味を持っていただきたいのよ、フィリップ。あなたがそんなふうな言い方をなさるのは、何とも思ってらっしゃらない時だわ。私にとってイザベルは、かけがえのない妹なの。他のどんな女よりも大切なのよ。こんなことは姉妹の間ではずいぶんと珍しいのではないかしらね。でも、めったにないだけに、すばらしいことよ。あの子の具合がよくないと思うと、私、胸が痛むのよ」

「身体の具合が、ということかい？　そうは思えないけど」

「ええ、でも私が心配しているのはそのことなの」

「そんなことがあるのかな？」とトレントは言った。「ねえ、イーディス、あの人は肌つやは子どものようだし、足取りは競走馬、瞳の輝きは宝石みたいだよ。さながら青いリンネルの服をまとったアタランテー（ギリシア神話の俊足の美女）ってとこだ」

「アタランテーってエジプトのミイラと結婚したんだったかしら？」ランシー夫人が訊いた。

「全然違うよ――月と収穫の女神、キュベレーの神官たちが証人だ」

「でも、イザベルの結婚はそうだったのよ、不幸なことにね」

「まあ、確かに」とトレントは感慨深げに言った。「サー・ペレグリンは、どこかの墓穴から掘り出されてきたみたいな風貌ではあるけどね。だけど、彼の職業上の成功は、その点に負うところが大きいと思うな。名医なんてのは、多かれ少なかれ、不健康そうに見える方が好まれるものさ」

「そうかもしれないわね。でも医者の妻にとっては、それはあんまり楽しいこととは思えないわ。イザベルは夫と離れている時がいつも一番幸せなの。もし今ここに彼がいたら、あの子はあなたがごらんになっているのとは、まるきり様子が違っていたはずだわ。そうなの、フィリップ。あの子たちの結婚は成功ではなかったわ——うまく行くはずはないと、私には最初からわかっていたのよ。結婚して五年になるけれど、子どももないわ。ペレグリンは妹のことを全然かまってやらないんですもの。ロンドンで最も多忙な人のひとりですからね——私の言う意味、おわかりね」

　トレントは肩をすくめた。

「その話はやめよう、イーディス。レディ・ボズワースが何か問題を抱えていることを僕に教えたがるのはなぜなのか、話してくれないか。僕は医者じゃないんだよ」

「そうね。でも、あなたもそのうちおわかりになるでしょうけど、とてもわけのわからないことなの。そしてあなたは、他の人には理解できないようなことの真相をつかむのがお上手だわ。今はこれ以上お話しするつもりはありません。ただね、ベラの様子を今夜、特に夕食の時、よく見ていていただきたいの。そしてその後で、どうお思いになったか、聞かせて。あなたは妹と差し向かいに、私とアガサ・ストーンの間のお席に着くことになっているわ。さあ、妹とオランダ人のところへ行ってお話ししていらっしゃいよ」

「シェファーは興味深い風采をしているね」とトレントは言った。「妙にフリードリヒ大王（一七一二―一七八六。プロシアの啓蒙君主）に似た顔をしている。ただ違っているのは——彼が自分の魂を永久に失ったようには見えないってことさ」

「では、そこのところを尋ねてごらんになって」とランシー夫人が提案した。「私は家の用事があるの」

その夜、七人の仲間が夕食の席に着く時間に、ちょうどレディ・ボズワースが自分の部屋から降りてきた。トレントには彼女に何の変化も認められなかった。彼女はイタリアの宵の美しさについて熱っぽく語り、盛り上がっている世間話に口をはさんだ。彼女が黙り込み、その顔にこれまでにない表情が浮かんだのは、それからわずか十分後のことだった。

少しずつ、顔からは生気が失われていった。目はどんよりとし、紅い唇は半ば開かれて、呆けた笑みが浮かび、明るい赤みを帯びた頰の色も、いやな感じの青白さに変わっていた。この変貌した見かけ、それ自体は嫌悪感をそそるものではなかった。いつでもそういう様子だったのなら、彼女は人から単に、美しいが無気力なリンパ性体質の、ぼんやりした女性とみなされただけだろう。だがひとりの人間が、このように変わってしまうことには、言い表わしがたい、ちぐはぐさがあった。潑剌とした魂が、まるで奥へ引きこもってしまったようだった。

あらゆる魅力、あらゆる気力が失せていた。目の前のテーブルをぼんやりと見つめ、シェファー氏が矢継ぎ早に語りかける雑談に、時折うつろな返事を一言返すだけの彼女からは、一時間前の風変わりで楽しい、快活なお喋りを思い出すのに努力を要した。出された料理は自分で食べ、いくつかは断った。ぼんやりしている割にけっこう食ははかどっていた。そこに何か異常な行動があるわけではない、とトレントは内心つぶやいた。レディ・ボズワースが本来の彼女ではなく、完全に別の種類の人間になっていることは見まがいようのない事実だった。トレントの心の奥底から、これまでにない、得体の知れない嫌悪感が湧き出した。

観察を続けながら、トレントが絶え間なく会話を交わしていたストーン夫人が彼の注意を促した。「気づかないふりをして」と夫人はすばやくささやいた。

一時間後、ランシー夫人はトレントを湖に面した庭のベンチへと連れ出した。

「どう？」客間をちらりと振り返りながら、彼女は静かに訊いた。

「実に奇妙というか、気味が悪いね」片膝を抱きながら彼は答えた。「だけどもし、君がわけがわからないと言ってくれてなければ、僕は簡単に説明をつけた気になっていたかもしれないよ」

「麻薬のせいっておっしゃりたいわけ？」彼はうなずいた。「もちろん、みんなそう思っているに違いないのよ。ええ、ジョージもそう。ぞっとするわ！」ランシー夫人はベンチの肘掛けをばんと叩いて、言い放った。「最初の二、三日が過ぎた頃、アガサ・ストーンがまずそう仄《ほの》めかし始めたの。あれはイザベルが子どもの頃から患っている、ある種の神経性の発作ですって私は言ったわ。嘘ですけどね。もちろん、あの人は信じやしなかった。あのゴシップ屋ったら！　あの人、イザベルのことを忌み嫌っているのよ。妹が麻薬中毒だって、ところかまわず触れまわるに決まっているわ。いまいましいったら！」

「だけど、君はそうじゃないって信じ切れる？」

「フィリップ、信じるも信じないもないわ。よくって！　二度目にあれが起こった翌朝、私、妹にどうしたのかって尋ねたの。あの子は自分でもわからないって言うの。夕食が始まるとすぐに、ぼうっとした変な気分になり始めたんですって。ここに来る以前は、一度もそんなことは起こらなかったそうよ。良くも悪くもない気分だと妹は言うの。ただ何もかもが、どうでもよく感じられて、すっかり投げやりになってしまうんですって。それから私、単刀直入に尋ねたわ。その原因になるようなものを何か飲んだのかって。妹はひどく気を悪くしたわ。長い付き合いなのだから、自分がそんなことを一度たりともしたことはないし、するつもりもないことぐらい、お姉さまはおわかりでしょうって、あの子はそう言ったわ。確かに、妹について私が知る限り、それはまったくありえないのよ。それに、妹は否定したんです。イザベルは、それは欠点だってあるけれど、絶対に嘘は言わないわ」

トレントは地面を見つめていた。「そうか。でも君も聞き知っているかもしれないが――」

「ええ、知ってますわ。そういった習慣は、以前は決してそうではなかった人でも嘘つきに変えてしまうそうね。でもね、例の時以外は妹は完全に正常なのよ。私にはどうしても、あの子を疑うだけの決心がつかないのよ。第一、なぜ妹がそんな習慣に染まらなければならないというの？　あの子が薬におぼれなければならない理由なんて、私、思いつかないわ。ベルに特別変わったところがあるとすれば、それは健康にいい、潔癖で衛生的な生活態度だわ。あの子は少女の頃からずっとそんなふうだったわ。でも医者になる勉強をしていて、その時に夫となる人に出会ったのだけど、それ以来、もっと極端になったんだわ。妹は化学薬品についてはいろいろ考えているのよ。香水も白粉も、身だしなみの前後に使う物は絶対に使いません。髪にも何もつけないわ。朝でも晩でも身体を洗うだけ。まあ、普通の家庭用石鹸はいつも使っていますけどね。アルコールの入った物やお茶やコーヒーには決して口をつけません。あの子を見る限り、そんな気むずかしいところがあるとは思えないでしょうけど、でもそうなの。妹が何かを服用すること以上に軽蔑してることがこの世にあるなんて、とても考えられないわ」

「まったくどんな化粧品も？　これは驚いた。まあ、あの人ならありうるかな」とトレントは言った。「こんな状態でなかったら、彼女は僕が会った中で一番、ひかり輝いている女性のひとりなんだがなあ」

「ええ、そこが、少しばかり素顔に手を加えなければ、正視に堪えない、私のような女たちを、ほんとにやきもきさせるところね。妹はいつも駿馬みたいに元気で、生命力に溢れていて、容貌が衰える気配すらこれまで全然なかったわ。それがいま、まるで唐突に、何の前触れもなしに、こんなことがあの子の身に起きてしまうなんて」

「どのくらい続いているんだい」

「今夜で七日めよ。お医者さまに診ていただいたらって、さんざん勧めたんですけれど、お医者さまにかかるなんて妹にはとんでもないことなの。そのうちきっと治るに決まっているし、こんなだからといって、身体全体に異状があるわけでもないからって、妹は言ってるわ。ええ、確かにほかの時は、まるっきり元気で溌剌としているのよ。でもだからといって、これが女にとってどれほどゆゆしい問題か、もちろん、あなたにはおわかりね。人が遠ざかってしまうってことなんです。あの子はまだそこに気がついてない。でも私にはわかるの。妹があんな発作を起こすのを見て、友人たちが顔をそむけているのがね。もちろんその理由をどう考えているかなんて一目瞭然だわ。そしてベラには社交界――とりわけ男の方たちを抜きにした生活なんて何の楽しみもないの。でも、もうそうなりかけているのよ。あの子にずっとお熱だったジョージでさえ、今ではやっとのことで話をしているようなありさまですもの。ランドルフ・ストーンだって同じなのよ。あなたが到着する二日前に、イリングワースご夫妻もバローズ大尉も、予定より早くお発ちになったわ――イザベルのあの変わりようが、あの方たちの滞在を台無しにしてしまったからなの。間違いないわ」

「彼女は格別にシェファーと親しいみたいだね」とトレントが言った。

「そうね。妙なことだけれど、彼は今まで以上にあの子に引きつけられているようだわ」

「ああ、そうだね。でもそれは彼独特の冷徹な心理からだよ。彼とは君が食堂を出て行ったあと、ついさっきまで話をしていたんだ。僕は原始人の美術について話しかけた。すると彼は、そのあとすぐ僕を脇へ引っぱっていって、その話題について十分間で、僕がこれまでの人生で聞いたのより多くの考えを披露した。それからいきなり、奇妙な、科学者ぶった言い方で、レディ・ボズワースのことを話し始めたんだよ。彼が会った文明社会で教育を受けた女性のうちでも、彼女はほぼ完璧な女性生理機能を備えていると言うんだ。そして夕食の時の彼女の奇妙な振る舞いに気がついたかと訊いた。僕はもちろん、気づいたと答えたよ。すると、自分のような医学に携わる者にとって、あれは実に興味深いことだと言った。君は彼がそういう人間だとは言わなかったね」

「知らなかったわ。ジョージは彼のことを人類学者って呼んでいるし、インドシナの民族のことで議論したりしていたわ。そこに十二年も暮らして、土地の人たちを統治してきたから、彼には一家言あるのだと主人は言うの。ジョージと彼は去年知り合ってすぐにお互い意気投合したのよ。そして私がここに滞在するようお勧めしたら、とても喜んでくださったわ。ひとつだけ、鸚鵡《おうむ》を一緒に連れてくるけど許してほしいと頼まれたわ。彼なしでは生きられない鳥なんですって」

「男にしては珍しいペットだね」とトレントが評した。「今日の午後、見せてもらったよ。僕に向かってよちよち歩いてきた。悪戯好きな鳥で、猿なみに頭のいいやつだ。ああ、それで、彼はイザベルの発作に並々ならぬ関心を寄せているようだよ。これまであんな発作と同じようなものは見たことがないんだって。だが、なんらかの有毒物質と呼ぶもののせいだと確信している。それが何で、どのようにして、何故あんなことを引き起こすのかは、彼にはまったくもって見当がついていないけどね」

「それじゃ、それが何で、どのようにして、何故なのかは、あなたが解明しなくてはね、フィリップ。シェファーが他の男の方たちみたいに簡単に度を失ってしまわなくてよかったわ。イザベルにとってはなおさらのことよ。もちろんあの子は彼をとても面白い人だと思っているわ。それはここであの子にたっぷり関心を払ってくれている、ただひとりの男性だからというわけではなくて、彼がほんとうに素晴らしい人だからだわ。彼は政府の科学関係のお仕事で、オランダ領ニューギニアでぞっとするような未開人たちに囲まれて何年も暮らしてきたのよ。ジョージの話では、彼は神さまみたいに扱われていたんだそうよ。なぜだか、彼は指差すだけで人を殺せるし、他の誰にもできないやり方で、現地人を意のままに操るという噂が、彼らの間に広まっていたのですって。ほんとうに魅力的で親切な人だと思うわ。だけど彼の醸し出す何かが、私を不安にさせるの」

「それは何だろう？」

「凍りそうに冷やかな、あの目つきだと思うわ」ランシー夫人は身を震わせて肩を抱いた。

「実際は、オランダ領ニューギニアでの評判を聞いたせいさ」とトレントは言った。「イーディス、妹さんがこんなふうになったのは、ここに着いた最初の晩からだったと言ったね？」

「そうよ。前には一度もなかったって、あの子ははっきり言ってるわ」

「彼女はイングランドから、ストーン夫妻と一緒に来たんだったね」

「一緒だったのは行程の最後だけよ。スイスのルツェルンから列車で来たのよ」

　トレントは振り返って、客間にいるストーン夫人の物足りなそうな顔を見た。彼女は家の主人とピケット（トランプゲームの一つ）に興じていた。いつも微笑みを湛えてはいたが、魅力的な大きな目から憂鬱な翳りが晴れたことがない、か弱そうな美しい女性だった。

「あの人がレディ・ボズワースを忌み嫌っているって言ったね？」と彼は訊いた。「そのわけは？」

「ええ、それについては、主としてベラの方に非があると思うわ」つらそうな顔でランシー夫人が認めた。「ご存じかもしれないけれどね、フィリップ——どのみち、すぐおわかりになるでしょうけど——実を言うと、妹は自分が特に嫌いでなければ、どんな男の方とでも恋を楽しむたちなの。あまりに生命力が旺盛過ぎて、自分を抑えられない——むしろ抑えようとしないんだわ。別に害になることはないと、あの子は言うの。そして害があったとしても、気にかけやしないのよ。結婚前はあんなふうではなかったわ。でも結婚が失敗だったとわかってから、その点については、ただもう、慎みがなくなってしまったの。それもそういうことに関してはほんとに抜け目がないから、なおさらいけないんだわ。二、三度ランドルフにもちょっかいを出してるの。彼は全然心配のいらない堅実な方なんですけど、そんなことがあったものだから、アガサは妹の顔を見るのもいやといった感じなの」

「仲良さそうに見えるのになあ」とトレントが感想を口にした。

ランシー夫人は繊細な鼻をふんと鳴らして、言葉にするまでもない軽蔑を表わした。しばし沈黙が続いた。

「それで、これをどう解釈するの、フィリップ？」女主人がとうとう尋ねた。「私自身は、どう考えたらいいのか、ほんとにわからないの。妹のあの変な発作はとても気味が悪いわ。ひとつ、恐ろしい考えが、ずっと頭から離れないのよ。もしかしたら、これは——」ランシー夫人はすでに低い声をさらにひそめた。「気が狂う前触れではないのかしら？」

トレントは元気づけるように言った。「僕はそんなことは夢にも思わないね。そんな恐い考えじゃなく、もっとうまい説明が他にいくつもあるよ。僕たちに打てる手もいろいろあるさ。すぐに手を打つことにしよう。ねえ、イーディス、確実なものを掴むまで、僕が自分の考えを説明するのが嫌いだってことは知ってるね。わけは訊かずに、明日、ある段取りを整えてくれないかな？　僕が君に頼んだってことは、誰にも言わないで——ジョージにもだ。せめて、事が済むまではね。いいかい？」

「ま、面白そう！」ランシー夫人はささやいた。「ええ、もちろんだわ。謎解き屋さん。私に何をしてほしいの？」

「明日、君と僕、それにレディ・ボズワースが夕方一、二時間、モーターボートで湖に出るように、手筈を整えられるかい？　夕食のための着替えに間に合うように戻ってくるように——僕たち三人と操縦士だけでだよ。わざとらしくならないように事を運べるかな？」

彼女は考え込んだ。「多分ね。明日、ジョージとランドルフはカデナッビア（北イタリア、ロンバルディア州のリゾート地）へゴルフをしに行くわ。私は午後、アガサとシェファーさんのためにハイキングを計画しましょう。ベラには私と一緒に残るように言っておきます。あなたは朝食後は自由にスケッチでもしてらして。そしてお茶の時間に戻ってらしてね。そしたら私たち三人、ボートでサン・マルメッテへ行って、七時までに帰ってくればいいわ——小ぢんまりした、とてもきれいなところなの。この天気なら湖に出るにはほんとうに最高の時間だわ」

「君がそうしてくれれば、完璧にうまく行くよ。それと、もうひとつ。君の提案通りに行くとして、操縦士に、それがどんなことであっても、ただ僕の言う通りにしてくれるよう、君からこっそり口添えしておいてほしいんだ。操縦士はイタリア人だろう？　やっぱりね。それなら彼も大いに面白がってくれるよ」

ランシー夫人は筋書きどおり、難なく手筈を整えた。五時にふたりの女性とトレントは、舵さばきも鮮やかな力強い青年とともに南へ向かって、細長い湖の上を滑るように進んで行った。彼らは、まさに絵のような、そしておそらく湖畔の村落のうちでいちばん荒れ果てて薄汚い村に上陸した。彼らは、船着き場を上がったところに小さな広場があり、二十人ほどの浅黒い子どもたちが、古くから伝わる遊戯のひとつを歌い踊っていた。ランシー夫人と妹が楽しげにそのさまに見とれている間に、トレントはすばやく若い操縦士に話しかけた。操縦士は目を輝かせ、白い歯をこぼれさせて、了解したことを示した。

そのあとすぐ、彼らはサン・マルメッテの村内をぶらつき、半マイルほど離れた小さな教会へと、山道を上った。そこでは珍しいフレスコ画が見られた。

六時半になろうとする頃、彼らが戻ってきてみると、操縦士のジュゼッペが待ち構えていて、興奮してまくしたて、しきりに謝るのだった。彼が船着き場に近い宿屋のあるじと打ち解けて目を離した隙に、誰か閑《ひま》な人間がボートのエンジンにいたずらして、複雑な機械に砂を入れてしまっていた。トレントがこっそりうなずくのを見て取ったランシー夫人は、操縦士がボートを離れたことをひどく叱った。そして、エンジンが再び動くようになるには、どのくらいかかるのかと尋ねた。

ジュゼッペは、悔恨にうちしおれながら、何時間もかかりそうだと言った。聞けば、二十分前に乗合汽船が着いて、また出発して行ったという。次の便は、今日の最終便だが、九時を過ぎないと来なかった。もしエンジンがすぐに使えるようにならなくても、みなは、それに乗って、少なくとも家には帰れるとのことだった。さらに聞くと、郵便局から電話がかけられるし、宿の食堂《トラットリア》でちゃんと料理された食事もできますと彼は答えた。

レディ・ボズワースは上機嫌だった。この機会をあますところなく堪能するのだと言った。彼女は申し分のない仲間になりきっているトレントのことを、高く評価するようになっていた。そして跳ね回りたいような気分でいた彼女は、みごとに自分らしいやり方を見つけた。ものの十分と経たないうちに、彼女は太った陽気な宿屋の女将とすっかり仲良しになってしまった。ジョージ・ランシーに自分たちの状況を電話しに行く役目を引き受けたトレントが、みんなこの状況をとても楽しんでいるとつけ加えたあと、戻ってきて見ると、宿屋の裏手の小さな庭でレディ・ボズワースがスカートをたくし上げてピンで止め、《イル・セグレト・ペル・エッセ・フェリーチェ》を歌いながら、ジャガイモの皮をむいていた。姉の方はといえば、何かボウルに入れてかき回していた。女将は料理の手を休めることなく、台所から笑い声や甲高い陽気な話し声が響いていた。自分が用なしなのを見て取って、トレントは退場し、手ごろな壁にもたれて、スケッチブックの一ページに、この時間のムードに合ったばからしいメニューを考え出して装飾を凝らした。

湖を見渡せる小さなテラスの葡萄棚の下で、彼らはまたとない楽しい夕食をとった。いつのまにか黄昏が忍び寄っていた。今夜中に確実に戻りたければ、汽船で戻った方がいいと忠告を受けて、ボートを点検に行ったトレントが戻って来た時には、あたりはすでに暗くなっていた。汽船で帰れば一時間はかかるが、その方が安全だった。やがて湖の向こうから長く尾を引く汽笛が聞こえ、黄色い灯りを星屑のようにちりばめた、黒い大きな塊が闇の中から滑るように現われた。

混み合った上甲板で席を探しながら、ランシー夫人がトレントの腕に手を置いた。「今夜は兆候さえ表われなかったわ」と彼女はささやくように言った。「どういうことかしら?」

「つまり」とトレントは小声で答えた。「誰にも僕たちがしようとしていることを知られずに、決定的な時間に彼女をその原因から遠ざけたってことさ」

「『誰にも』って誰のこと?」

「そんなことがどうして僕にわかるんだい? ほら、妹さんが来るよ」

トレントが女主人と庭でふたりきりになるには、翌日の午後まで機会を待たねばならなかった。

「昨夜は発作が起こらなくて、妹はもう大喜びよ」とランシー夫人は言った。「もう治ったって言ってるけど、どうして治ったのかは、全然わかってないわ。私もだけど」

「治ったわけじゃない」とトレントは答えた。「昨夜はほんの小手調べさ。毎晩、不測の事態で彼女を対岸に取り残すというわけにも行かないしね。君が同意してくれるなら、これから、次の手を打てるんだけどね。レディ・ボズワースは夕方まで外出するんだったね?」

「町へ買い物に行っているわ。何をなさるおつもりなの?」

「彼女の部屋へ連れて行ってほしいんだ。そこで君に部屋のあらゆるものを綿密に調べてほしい——ありとあらゆる箱や引き出しやバッグや戸棚の隅々まで——そして何か見つけたら僕に——」

「まっぴらだわ、そんなことをするなんて!」ランシー夫人は顔を紅潮させて、トレントの言葉をさえぎった。

「昨夜以前に、毎晩起こしていた発作を、今夜また彼女が起こすのを見るのはもっといやだろう。

いいかい、イーディス、論拠はいたって単純なんだ。毎日、七時ごろ、レディ・ボズワースは正常な状態で、夕食の正装のためにあの部屋に入る。毎日、入った時と一見変わらずに部屋を出てくるが、その少し後におかしくなる。何であれ、発作の原因になることが起こるのが、あの部屋より他にあるかい？」

ランシー夫人は覚束なげに眉根を寄せた。「メイドがいつも一緒にいるのよ」

「だろうと思ったよ。だけど、僕の意見は変わらないよ。同じことをし、同じ物を食べ、同じ空気を吸い、すべてにおいて僕たちと同じ影響を受けていて、レディ・ボズワースが僕たちと一緒でないのはあの部屋だけなんだ。例の奇妙な発作の原因となる何かが、あの部屋で起きているんじゃないのかな？」

ランシー夫人は両手を広げた。「イザベルが私を欺いていると考えるなんて、たまらないわ。だけど——わかったわ——恐ろしいことだけど。ほかにそこで何が起こるというの？」

「それがわかるかもしれないいんだよ、僕が言うようにすればね。決心するんだ。レディ・ボズワースを得体の知れない害悪から救おうとしているんだということを思い出すんだ。それが通常のやり方とは思えないからといって、一歩踏み出すのをしりごみしちゃいけない」

彼女は念入りに踵で砂利に穴を掘りながら、しばらくの間、立っていた。やがて「ついて来て」と言うと、屋敷へ向かう道を先に立って歩き出した。

「床板でもはがしてみる？」二十分後、妹の部屋のベッドに腰を下ろして、ランシー夫人は語気を強くして言った。「他にもう、探す所なんかないもの。何もかもひっぱり出して、穴という穴、隅という隅をのぞいたわよ。鍵のかかっている物なんてひとつもなかったし、薬瓶はもちろんのこと、どんな瓶も丸薬箱も見つからなかったわ。むだな勘ぐりだったわね。それに、私が黒人奴隷みたいに働きづめだったのに、あなたときたら何もしないで、自分の周りを見てるだけ。櫛やブラシや、マニキュア・セットで遊んでいるんですもの。そんな爪磨きパッドの何が面白いのよ。初めて見るわけでもないでしょうに」

「この銀の打ち出し細工の装飾のデザインは、実に美しくて、独創的だね」うわのそらで、トレントが答えた。「これと同じような物は見たことがないよ」

「お化粧道具セットは全部、同じデザインよ」ランシー夫人は辛辣に答えた。「それにね、マニキュア・セットのうちでも、それは一番値打ちの低いものなの。フィリップ、つまらないこと言ってないで、そのパッドをしまって、見つけた時と同じようにケースの蓋を閉めてちょうだい。これ以上ここにいてもむだだわ。あなたは推理をやり直さなきゃいけないわね。なのに、あなた」と彼女はおもむろに言葉を継いだ。「ご自分だけ、なんだか悦に入ってらっしゃるみたい」

トレントは両手をポケットに入れて、寝室の窓の外を眺めながら、バランスを取って立ち上がった。その目は生き生きと輝き、ほとんど聞こえないほどだが口笛を吹いていた。

彼はゆっくりと振り向いた。「推理をやり直してるだけだよ――これが僕の推理してる時の顔さ。この部屋の両隣は誰の部屋だい、イーディス？」

「こっち側がストーン夫妻、あっち側がシェファーさんの部屋よ」

「それじゃ、僕はひとりでちょっと散歩してくるよ。もう少し推理が必要だ。じゃあね」

「そうなの」彼が出て行く時、ランシー夫人が言った。「わかったわ、なにか嗅ぎつけたのね」

「嗅ぎつけたっていうのとはちょっと違うな」階段を下りながら、彼は答えた。「もう一度考えてみるよ」

三時間後、二階で大騒動が持ち上がった時、トレントは屋敷内にいなかった。階下の柱廊にいた者たちは、まず耳をつんざくばかりの悲鳴を聞いた。それから寄せ木の床をばたばた走る足音。さらに数人の足音。興奮した声。人間のものではない、耳障りな別の叫び声。そして、やかましく、もみ合う音、ぶつかる音が続いた。おおよその意味が容易に察せられる、軟口蓋音の多い言葉を連発しながら、シェファー氏が二階に駆けつける人たちの先頭を切っていた。

「ギスコ！　ギスコ！」階段を上りきったところで彼は叫んだ。もう一度耳をつんざく鋭い叫び声がしたかと思うと、三人のメイドに大声で追い立てられて、レディ・ボズワースの部屋から、彼の鸚鵡がばたばたと大慌てで飛び出してきた。興奮のため、鳥は黄色い羽冠を逆立てて、ぶるぶる震わせていた。飼い主が差し伸べた手首に止まって、鳥は再びすさまじく挑戦的な叫び声を立てた。

「静かにしろ、バカ鳥！」鳥の頭を押さえつけ、乱暴に振りながら、シェファー氏は怒鳴った。「何と言ってお詫びしたものやら、ランシーさん」と彼は言った。「このアホウ鳥め、どうやってだか、鎖を外してしまったのです。お茶を頂く前に、しっかりと部屋に入れてきたんですが」

「いやいや、お気になさらずに！」と家の主人は答えた。どちらかというと、この小さな気晴らしを面白がっているようだった。「ご婦人たちを驚かしただけで、何も実害はないようですし。何かあるかね、イーディス？」女たちがすでに急いで集まっている寝室の、開いたドアの方へ向かいながら、彼は尋ねた。レディ・ボズワースのメイドがよどみなく事の経緯を話していた。

「たった今、彼女がイザベルの正装の用意に部屋に入ると」とランシー夫人がかいつまんで言った。「いきなり、何か喋る声がしたんですって。見ると鏡のてっぺんに、この鳥が止まっていて、彼女をじーっと見ていたそうよ。あんまりびっくりしたので、水差しを落として逃げ出したんですって。それからもうふたりの女の子に来てもらって、力を合わせて鳥を追いだそうとしていたんです。シェファーさんを呼びに行くことまで頭が回らなかったのね」

「謝りなさい、この役立たず！」とギスコの飼い主は命令した。鸚鵡は低いしわがれ声で、ひとしきりオランダ語を喋った。「千回謝ってくれと言ってます。もう悪さはしないそうです」とシェファー氏が通訳した。「あさましい、こそ泥め、飼い主に恥をかかせおって！」

レディ・ボズワースが部屋から飛び出してきた。

「かわいそうに、その鳥がそんなふうに叱られるのを、私、聞いていられませんわ」と彼女は訴えた。「私のメイドが驚くなんて、鳥にわかるはずがありまして？　ほら、とてもしょんぼりしてるみたい。シェファーさん、連れて行って、元気づけてあげてくださいな」かくしてギスコは連れ戻されて閉じ込められ、この一件は幕となった。

ランシー夫人が、化粧室にいる夫のところへやって来たのは、それから三十分後のことだった。

「ベラったら、シェファーの憎ったらしい鳥に、よくあれだけ優しくできたものだわ」と彼女は話し出した。「あの小悪魔が何をしたか、ご存じ？」

「いいや。メイドの気を動転させただけだと思ったよ」

「大違いなのよ。あの鳥にとっては生涯で最高に幸せな時だったでしょうね。ベラにはすぐに鳥がさんざんいたずらをしていたことがわかったわ。でも何でもないってふりをしたの。あの鳥はね、二組の手袋のボタンは嚙みちぎるし、ヘアピンは山ほど嚙んで曲げてしまうし、妹の綺麗なマニキュア・セットもだめにしてしまったの。ケースのリンネルは破くし、銀の柄はみんな、嚙み跡だらけよ。二つ三つ、どこかへ隠してしまったものもあるようなの。爪磨きパッドなんて、ぼろぼろ。イニェットが見つけた時、あの鳥は鏡に止まって、片手――いえ、つまり片足ね――でパッドを持って、残っている革を一生懸命破いていたのよ」

「そりゃ、ひどい！」とランシー氏は言って、靴の上に身をかがめた。

「笑ってらっしゃるのね、ジョージ」妻は冷やかに言った。

夫は声を立てて笑い出した。「あの鳥が真面目くさって、それだけのいたずらを次々にこなしているところを考えたら、可笑しいのはわかるだろう。やっているところを見てみたかったよ。では、ベルには新しいマニキュア・セットをプレゼントしよう。彼女がさっき、そのことを黙っていてくれてよかったよ」

「なぜ？」

「なぜって、君、うちに見えたお客を不愉快な気分にさせるなんていやじゃないか――外国人ならなおのことだよ」

「ベラは別に、あなたの接待の理念をおもんぱかってそうしたわけではないわよ。黙っていたのは、シェファーのことを気に入っているからよ。だけど、ジョージ、あのやっかいものがどうやって部屋に入ったと思う？　窓は閉まっていたし、イニェットは自分が部屋に入る時にはドアも閉まっていたとはっきり言ったわ」

「ではイニェットが思い違いしているのだと思うね。とにかく、それがどうだって言うんだい？私が心配なのは、君の妹のちょっと変わった癖だよ。前にも言ったが、昨日の夜、彼女がまったく正常な様子だったというのは気に食わんね。偶然、この家を離れていた夜だというのがね。これほど彼女を気にいってなければよかったと思うよ、イーディス。他の女だったら、どんなふうに振舞おうと知ったことではないんだが」

ランシー夫人はため息をついた。「あなたと結婚していれば、あの子は全然違った女になっていたでしょうに」

「わかってるよ。しそこなったことを考えるなんて馬鹿げたことだ。君がシェファーと結婚していたら、ギスコは全然違った鸚鵡になっていただろうさ。語られたり書き綴られたりした、悲しい物語なんぞ、数え上げたらきりがない――なんだかほんとに気が滅入ってきたよ、イーディス。今、私が恐れているのは、今夜もいつものぞっとするような光景が繰り返されることなんだ」

だが、その夜も、それ以降のいかなる夜も、その光景が繰り返されることはなかった。すっかり不安から解放されたレディ・ボズワースは、小人数の仲間たちとの生活をふたたび取り戻し、繰り返した。そしてトレントの唇は頑なに閉ざされていた。


三週間後、トレントはサー・ペレグリン・ボズワースの診察室に姿を現わした。高名な内科医は尖った顎と高い鼻を持つ、長身で猫背の、異様に痩せ衰えた男だった。まだ黒々とした髪は後ろに撫でつけられ、落ち窪んだ目は輝きを帯び、口元は神経質であると同時に頑固そうでもあった。丁寧な物腰で、愛想よく微笑を浮かべてはいたが、顔には悲しげな皺が刻まれていた。

「お掛けください、トレント君」とサー・ペレグリンが言った。「私に関する個人的な用件でお会いになりたいというお手紙を頂戴しましたよ。いったい何ごとか、見当もつきませんで当惑しております が、お名前は存じておりましたし、すぐにお会いする約束をしたのですよ」

トレントは頭を下げた。「恐れ入ります。サー・ペレグリン。用件と言いますのは、非常に重要で、しかも特に秘密を要することでして、僕以外の誰もこの重要な事実を知りません。余計な話は省きましょう。僕はこの間イタリアで、あなたもご存じのランシー夫妻のもとに滞在していました。レディ・ボズワースも客のひとりとしてそこにおいででした。僕が到着するまでの数日間というもの、奥さまは毎晩、倦怠と放心という不可思議な発作に悩んでおられました。それが何か、僕にはわかりません。おそらくあなたもおわかりにならないでしょう」

じっと耳を傾けていたサー・ペレグリンが凄みのある笑みを浮かべた。「症状の説明がいささか曖昧ですな。お言葉ですが、家内からはそんなことは何も聞かされておりませんよ」

「発作はいつも一日のうち、決まった時間だけに起こって、しかもその時限りなのです。その時間というのは夕食の始めの、八時ちょっと過ぎでした。発作は二時間ほどで、徐々に回復しました」

医師は握り締めた手をトレントとの間のテーブルの上に載せた。「君は医学に携わる人間ではないと思うがね、トレント君。それが君と何の関係があるのだね?」その声は今や敵意を含んで冷たかった。

「大ありなんです」トレントが短く答えた。それから、サー・ペレグリンが目をぎらつかせて立ち上がったので、言い足した。「医学のことはからっきし存じませんが、僕がレディ・ボズワースを治して差し上げたんです」

相手は急にまた坐り込んだ。広げた両手をテーブルの上につき、浅黒い顔は真っ青になっていた。

「君が――」彼はようやくのことで口を開いた。

「誰の協力も得ず、僕ひとりでです。それもひどく簡単なやり方でした。その患いの原因を見つけて、奥さまに気づかれないようにそれを取り除きました。それというのも――あっ、大変だ！」トレントは低く叫んだ。サー・ペレグリン・ボズワースが、突然、蒼白な額にじっとり汗をにじませ、立ち上がろうとして、次の瞬間、テーブルに頭から倒れ込んだのだ。

こうした事態を以前にも見たことがあったトレントは、医師に走り寄り、彼の椅子を引いてテーブルから離し、頭を押して膝の方へ前屈みの姿勢を取らせた。一分と経たずに、発作を起こした男は椅子にもたれて、ポケットから取り出した小瓶の中身を深く嗅いでいた。

「働きすぎですよ、おそらく」とトレントは言った。「どこかお悪いのですね。僕はもう、おいとました方が――」

サー・ペレグリンは平静を取り戻していた。「自分のどこが悪いかはよく承知しているよ」と彼は無愛想にさえぎって言った。「それを知るのが私の仕事だからね。発作はもう起こらんよ。君がこの家を出る前に、話すべきことをうかがっておきたい」

「いいでしょう」潤色を排し、正確を期した口調でトレントは話を始めた。「レディ・ボズワースの姉のランシー夫人から、妹を毎晩襲う不調の原因を調べてみてくれと頼まれたんです。その徴候は申し述べるまでもありませんし、僕がそれをどのように推理したかを説明して、あなたを煩わせるのはやめておきましょう。しかし僕はレディ・ボズワースが、そのような時、ある薬物の影響を受けていることを見抜きました。その薬は麻痺状態にも睡眠状態にも陥らせずに、彼女の活力を弱め、脳の働きを妨げる作用がありました。そして僕は、彼女が自分でそうと気づかずに、この薬を摂取しているという結論に達したのです」

彼はひと呼吸おいて、ベストのポケットを手探りした。「ランシー夫人と僕が彼女の部屋でそういうたぐいのものはないかと探していた時、鏡台の上にあった、みごとな細工のマニキュア・セットが僕の注意を引きました。爪磨き用の練り粉が入っていると思われる小さな丸い箱を手に取って、その形と装飾に感心し、それから中を見ると半分ほど練り粉が入っていました。しかし、爪の手入れの手順はたびたび見たことがありましたが、僕には中の練り粉が普通の成分のピンク色のものよりずっと赤みが濃いように思えました。次にセットになっている爪磨きパッドを見てみました。よく使い込まれていましたが、一度も練り粉をつけて使われていませんでした。練り粉を使えば、パッドに薄黒い付着が残るはずです。しかし小箱の中の練り粉が使われているのは明らかでした。些細なことに着眼する精神を持つことが、時には役に立つこともあるんです。そこで僕は、爪磨きに使われていない練り粉は、なにか他の用途に使われているという結論に飛躍しました。そこまでたどり着いた時、僕はただ単に、その箱をポケットに入れて持ち出したのです。断っておきますが、ランシー夫人はこのことはご存じありません。そのあとで僕がやったこともです」

「それで、何をやったんだね？」サー・ペレグリンは今や皮肉っぽい興味を持って話を聞いているようだった。

「当然のことですが、僕はそういったものの知識はありませんので、町の『英国薬局』というところへそれを持ち込みました。そして店のあるじにこの物質が何なのか尋ねたんです。彼はそれを見て、ちょっと指に取って、匂いを嗅ぎ、これは間違いなくリップ・クリームだと言いました。

発作の時、顔色はすっかり失せてしまっていたのに、レディ・ボズワースの唇が鮮やかに赤かったのを僕が思い出したのは、その時でした。それはひどく奇異な印象でした。なぜなら僕は画家で、自然とそういった異常は見逃せないのです。それからもうひとつ、思い出したことがありました。

ある晩、レディ・ボズワースと、その姉、それから僕が、足止めを食って、夕食までに家に戻れなくなって、土地の宿屋で食事をした時、奥さまの症状は表われませんでした。でも僕は、彼女が何度も舌で唇を湿すのに気がついていました」

「観察眼が鋭いな、君は」何の感情も交えずにサー・ペレグリンが評した。そしてふたたび、嗅ぎ瓶を使った。

「お褒めにあずかり恐縮です」トレントは無表情に答えた。「これらのことをよく考えてみると、おそらくレディ・ボズワースは夕食の正装をする際に、ほんの少しリップ・クリームを塗る習慣があったのではないかと思えました。一日のうち、その頃になると唇が乾いてきたのか、あるいは日の光の下では使いたくなかったのでしょう。日の光の下では、使っていることがずっと気づかれやすいですからね。というのも、奥さまは美容のためにどんな化粧品も人工的な補助道具も使わないということを、かなり標榜されていたそうですからね。そしてもちろん、そのことが、爪磨き粉入れの箱にそれを入れていた説明になります。爪磨き粉なら持っていても、単にきれい好きだということを示しているだけで、いずれにしても、紅や白粉のたぐいには入りませんからね。この罪のない小さなごまかしに出くわしたのは、僕にはあまり愉快ではありませんでした。しかし、それ以上のことにも気づいてしまいました。なぜなら僕はすぐに、このクリームに手が加えられて薬物が仕込まれていたことを、疑いを挟む余地なく確かめたからです。

薬局を後にした僕は、美術館へ出かけて、その庭の静かな片隅に腰を下ろしました。そこでリップ・クリームをごくわずか舌に載せ、そして結果を待ちました。五分で脈絡のある思考あるいは意志の力がすべてなくなりました。自分がやっている実験が、もはやどうでもよくなってしまいました。意識はありませんでした。不快感はありませんでしたし、運動能力が損なわれることもありませんでした。知力だけが麻痺したような感じです。そして少しも厄介なことにはなりませんでした。というのも、穏やかでぼんやりした、まるで牛のような心で僕がこの世界を見ていたのは、せいぜい一時間のことだったのですから」

トレントはそこで指を広げて、蓋の周囲に繊細な装飾のほどこされた、銀の打ち出し細工の丸い小箱を見せた。ほぼ丸薬箱の大きさのものだった。

「この箱は、ただ消えてなくなるのが一番いいように僕には思えました。それもまったく自然に、誰にも疑われないように、です。ただリップ・クリームだけを取り除くのでは、レディ・ボズワースの注意を引きつけ、推測を呼ぶことになってしまいます。奥さまはまだそれを疑ってはいなかったという確信が僕には十分あります。彼女の発作は謎のまま闇に葬るのがいいと僕は考えました。なぜだというお顔をなさってますね。ランシー夫人の家庭に痛ましいスキャンダルを起こしたくなかったから、それだけですよ——僕たちは昔からの友だちなんです。そこで問題は、完全に偶発的に、レディ・ボズワースにも、他の誰にも疑いを生じさせないようなやり方で、箱をその中身ごと消すということでした。なんとかやってのけましたよ。そしていま、僕は箱を持ってここにいるというわけです。レディ・ボズワースも他の誰も、その気違いじみた秘密には、ほんの少しも感づいていません。あなたと僕の他には誰も」

トレントはふたたび言葉を切って、サー・ペレグリンの目を見た。その目は彫像のような虚ろさでトレントを見返していた。

「もちろん」トレントは話を続けた。「奥さまがイタリアに発たれる直前、あるいは到着された直後に、何者かがリップ・クリームに手を加えたのは明白です。旅の途中で、薬をクリームに混入するという化学的な工作は、まず出来なかったでしょうからね。だが発作は最初の晩から起こっています。別荘に到着してから二時間後です。したがって、到着後にクリームに細工をするのは、実際のところ、不可能でした。レディ・ボズワースがイタリアへ出かけるためにこの家を出る前に、誰が細工をしたのだろうと自問してみた時、僕は非常に不快な推断を下すに至りました」

サー・ペレグリンは椅子の中で身じろぎした。「君は私たちの結婚生活について、真実を――あるいは断片的な真実を――耳にしているのではないかね?」

トレントはうなずいた。「三日前、僕はロンドンに着いて、この練り粉を少量、分析の専門家である友人に見せました。友人は報告書を送ってよこしましたよ。ここにあります」彼はテーブル越しに封筒を手渡した。「友人は自分が発見したものに深い興味を寄せています。でも僕は彼の好奇心に応えませんでした。友人はこのクリームにごく微量の、パーヴィシンと呼ばれる珍しいアルカロイドが均等に含まれているのを発見したんです。僕が試したとおり、相当の精度で人体に効果を及ぼす最小限の量だと友人は記しています。この手紙によると、二十五年前にヘンリー・パーヴィスによって発見されたものだそうです。あなたはご記憶でしょう、サー・ペレグリン。調べてみてわかったんですが、あなたはその頃、エジンバラでパーヴィスの助手をなさっていましたね。そこで彼は法医学と毒物学の教授をしていました」

トレントは話を終えた。短い沈黙があった。サー・ペレグリンは目の前のテーブルを見つめていた。一、二度彼は深く息を吸い、それからようやく落ち着いて語り始めた。

「この一件について」と彼は言った。「私の精神状態、あるいは私の取った行動を何から何まで、くだくだしく説明はするまい。ただ最小限のことだけお話しして、あとは君の想像力におまかせしよう。私は最初から家内に夢中だった。そしてそれは今も変わらんのだ。家内にとって、私は歳を取りすぎていた。今は私も、あれがそれほど私のことを想ってくれていたとは思っておらん。だが家内はどこかの能なしの金持ちと結婚するには覇気がありすぎた。これでも私は、ひとかどの高い地位と財産を勝ち得てきた男だからね。結婚して一年も過ぎる頃には、家内の男癖が治しようのない病気だという事実からは、もうどうにも目のそらしようがなくなっていた。家内は日に日に自制がなくなっていったのだ。そしてそのことを私の目から隠そうともしなかった。それが私にとってどんな責め苦だったか、お話ししても、君にはおわかりいただけまい。一番いけないのは、家内が私の許《もと》を離れて友人たちと過ごしている時だった。私にはどんなことが起きているか、知るすべがなかったのだ。とうとう、私は知っての通りの手段に訴えた。唾棄すべき行為だったことは否みがたい。お望みとあれば、そういうことにしておこう。もし君が私と同じ苦しみを味わっておれば、私に対する見方も少しは変わってくるだろうがね。君もお気づきのように、夕べの身支度の際、リップ・クリームを使う家内の習慣は知っていた。出発の前夜、私はあの箱の中身を取り出して、調合しておいたパーヴィシンを混ぜ込んだのだ。クリームを塗ったあとで口から摂取されるごく微量の薬物は、君の説明通り、一時間か二時間で効果が切れるように計算されたものだ。他にはなんら害はない。だがそんな状態にある人間のありさまが、普通の男女にどういう印象を与えるか、私にはわかっていた。家内の魅力を嫌悪感に変えたかった。うまくいったと思っていた。手を下した時、私は正気ではなかったのだよ。それからずっと、自分の行為に脅えていたのだ。仕損じて幸いだった。そしていま、私が知りたいのは、君がどうするつもりなのかということだ」

トレントは箱を取り上げた。「もし同意していただけるなら、サー・ペレグリン、これは今夜、僕がウェストミンスター橋から捨てましょう。ふたたび同じようなことが起こらない限り、この事件はすべて闇に葬りましょう。お聞きすれば悲しいお話です。どんな人間でも、そんなことで倫観を変えられるとは思えませんけどね。これ以上申し上げることはありません」

　彼は立ち上がり、ドアの方へ向かった。サー・ペレグリンも立ち上がり、うつむいて深く物思いに沈んでいるようすだった。突然、彼は顔を上げた。

「君には恩に着るよ、トレント君」彼は几帳面に礼を言った。「それに君の推理の説明は実に興味深かったと言わせてくれたまえ。ときに、訊きたいことがひとつあるのだがね。持ち主になくなったことを気づかせずに、どうやって箱を消そうと企んだのだね？」

「ああ、簡単ですよ」ドアノブに手をかけながら、トレントは答えた。「自分で薬を試した後、お茶の時間の前に家に戻ったんです。さいわい誰もいませんでした。僕は二階に上がって、鸚鵡がいる部屋に行きました――いたずら好きなやつですよ――鸚鵡の鎖を外してやり、レディ・ボズワースの部屋へ連れて行きました。そこでそいつを鏡台の上に乗せて、興味を引くようにマニキュアの道具で少し遊んでやったんです。それから、箱がひとつだけなくなったのではまずいですから、鋏をひとつ持ち出しました。そして悪行の限りをつくすように、鳥を部屋に閉じ込めて出てきたんです。僕の方は、もう一度外出しました。僕が出て行く時、鳥はケースの絹の裏張りを引き裂いていましたっけ。それからすでに道具の銀の柄は上手に嚙みつぶしていましたよ。僕がいなくなったあと、鳥はいろいろなものを壊し続けてくれました。発見された時に起こった大騒ぎの中で、小さな箱や鋏がなくなっていることなんかは、些細なことに過ぎませんでした。絶対にレディ・ボズワースは何も疑ってらっしゃいませんよ。後にも先にも」と考え深げに彼はつけ加えた。「鸚鵡が何かの役に立ったなんて、この時だけじゃないでしょうか」

そしてトレントは出て行った。

消えた弁護士

The Vanishing Lawyer

ゲイルズ事件がことさら大きな問題となったのは、犯人が職業上、世間の耳目を集める立場にいたためだった。ゲイルズ・アンド・シムズ法律事務所は家庭問題の法律事務に関しては当代随一で、所長は実際、非常に有力な人物であった。

そうして失踪の事実が明らかとなってから、警察が最重要の関心を寄せる指名手配犯の仲間入りをしてしまったのが、当のジョン・チャールトン・ゲイルズだった。共同経営者から得られた情報によれば、彼は事務所の財務会計業務を常に一手に握っていた。彼の管理下にあった莫大な資産の行方は、五月のある火曜日の夜に寝室に引き取った後、ふっつりと絶たれたゲイルズ氏本人の消息と同じく、皆目知れなかった。その後の二日間で、シムズ氏が事態に気がついた。所長に問いたださねばならない説明が山ほどあることが明らかになったのだった。そして金曜日に、彼の失踪と事務所の窮状について警察に通報する決定が下された。

この前代未聞の事件について、《レコード》紙の特別調査員として寄せた最初の記事の冒頭で、フィリップ・トレントは消えた男の、揺るぎない社会的信用について詳細に書き記した。「どんな弁護士も」とトレントは記した。「これ以上に非の打ちどころのない評判を勝ち得ることはないといって過言ではない。ゲイルズ氏はここ数年来、事務弁護士会懲戒委員会の委員長を務めていた。その職務は弁護士の職権乱用事件を監査し裁定することだ。同氏は身をもって、常に高潔さの範を示していた。

先週の火曜日に、ゲイルズ氏はプリークネスで長めの週末の休暇を過ごしたあと、早朝の列車で戻り、ヴィクトリア駅から、リンカンズ・イン・フィールズにある事務所へと車で向かった。これは少なくとも本人が語った行動だが、プリークネスで定宿とするホテルで、その週末、同氏の姿は目撃されていないことが現時点で確認されている。その日は通常どおりの日課をこなして、六時少し過ぎにナイツブリッジのキャスル・テラスにある自宅へ帰り、いつものように九時三十分に就寝している。ゲイルズ氏は早寝早起きを信条としていた。

　自分の気の向いた時間に起床するのを好み、しばしば召使いより早く起きていたゲイルズ氏は、翌日、召使いに目覚ましを頼まなかった。しかし朝食の時間の八時になっても現われないため、執事が起こしに行ってみたが、その姿はどこにも見つからなかった。ベッドには寝た形跡、寝室から通じている浴室には、顔を洗い、髭を剃った形跡があった。召使いたちが起床する七時前に、同氏はこの家を出たようだ。また、家のドアはどれも内側からかんぬきがかけられており、そこを通ってはいなかった。ゲイルズ氏の寝室は一階にあり、フランス窓で庭に通じている。ここから庭の奥へ行き、塀の戸口から外へ出たらしい。塀の戸口は開けられて、鍵が差し込まれたままになっているのが発見された。この戸口はナイツブリッジへ通じる狭い袋小路に面しており、ナイツブリッジから早朝のバスもしくはタクシーに乗ることができたと思われる。多くの点で昔気質だったゲイルズ氏は、自分の車を所有しておらず、運転方法も習ったことがなかった。

　共同経営者のシムズ氏は、彼の失踪の報を聞いて頭をかかえた。穏健この上ないゲイルズ氏が、なぜ誰にも一言も告げずに身を隠す道を選ばねばならなかったのか、まったくもって不可解だった。しかし当然のことながら、シムズ氏は事務所の評判に傷をつけかねない性急な行動に出るのに消極的だった。しかしながら、事実が明るみに出るに及んで、穏便に言っても、ゲイルズ氏の立ち会いが必要となり、警察が介入することとなった。捜査開始から丸一日経った現在、依然として事態は解決の糸口を見出せないようだ。

ゲイルズ氏は最近、預金残高のほぼ全額にあたる多額の現金を銀行から引き出していた」

この記事に添えられた写真には、毅然とした、いかめしい顔が写っていた。最も顕著な特徴といえば、黒ぶちの眼鏡の上のもじゃもじゃの眉毛と、重たげに垂れた頬の肉、それと対照的に、額からまったく後退していない髪であった。これは財界人の晩餐会の主賓席を報道用に撮影した写真であった。というのもゲイルズは、わかっている限り、自前で写真を撮ったことは一度もなかったからだった。


スコットランド・ヤードから新聞各紙に伝えられた、わずかばかりの事実にトレントがつけ加えることはほとんどなかった。いまや彼は自分の鼻を利かせ始めていた。この記事が発表された朝、彼は事務所で副所長に会って話を聞いた。シムズ氏は四十年配の垢抜けて世智にたけた男で、きれいにひげを剃った、引き締まった顔にその有能さが表われていた。すっかり疲れきって、困り果てた様子だった。

「ゲイルズの人となりについてお訊きになりたいのですね?」とシムズは言った。「そうですな、ジョン・ゲイルズを知っていた人間と言えば、まずは私だと思います。私は自分の所持金を残らず、彼に託すつもりでいたんですよ。それが今になって、彼は自分の財産はおろか、他人の金まで、神さま以外ご存じないくらいの額を投機ですってしまったのがわかったのです。あの非常に控えめな性格だった彼がね! ゲイルズはいつもそうでした。奥さんが亡くなってからは、さらにその傾向が強まりましてね。奥さんにはべた惚れで——それは隠しようもなく態度に表われていましたが——私どもで調べたところでは、奥さんが亡くなってまもなくして、この株取引の虫に取りつかれたんですよ。おそらくは気晴らしだったんでしょうがね。いずれにしても、始めたのは奥さんが亡くなった翌年だったようです」

「ケンブリッジ大学出身の方だとうかがっていますが」とトレントが言った。「その当時、何かギャンブルをしていたとお聞きになったことは？　大学時代に身につく趣味のひとつですからね」

「とんでもない！　断じてそんなことはありませんよ。彼の父上は——この事務所の創設者ですが——ゲイルズのケンブリッジの成績をほんとうに自慢にしていました。確か、賞を二つ獲得していましてね、成績は優秀でしたし、おまけに学生会の会長も務めたんです。彼が生まれてこのかた賭けをやったなんて話は聞いたこともありません」

「スポーツや勝負事に興味を持たれたことは？」

「まったくありませんよ。自分では運動も必要としないようでした」

「では、健康状態は良好だったんですか？」

「いや、健康そうに見えたためしはないです。なまっちろい顔色のせいでね」とシムズは答えた。

「しかし実際は、五年前に休暇を取って以来、病気をしたのは知りませんよ。以前はいつも、夏にひと月ほど海外へ行っていたんですよ。手紙なんかも送らせないでね。それがこの時は、その月が明けると、ゲイルズ本人が戻ってくる代わりに、彼から葉書が来て、一、二週間、休暇を延長しなければならなくなったと言うんです。葉書に住所はありませんでしたが、消印はドイツ南西部の都市、フライブルク・イム・ブライスガウのものでした。これはゲイルズにしては、ほんとうに珍しいことでした。彼はいつだって、仕事に――それから自宅の庭に――戻りたがっていましたからね。彼が戻って来て初めて、旅行先のフライブルクへ直行し、着くやいなや、ひどく具合が悪くなって、そのまま猩紅熱《しょうこうねつ》でハイリジスト病院へ担ぎ込まれたということがわかりました」

「ではそこでずっと彼は一人きりだったんですか？」

「間違いありません。私に消毒済みの葉書を一枚送ってきただけで、隔離が済むまでそこにいたんです。病気は非常に重くて、髪がすべて抜け落ちてしまったんですよ。ずっと鬘《かつら》を被っていたんです。彼の言うには非常に値の張る物だとのことなんですが、まるっきり自毛には見えませんでした。これには明らかに彼も閉口したようで、このことには二度と触れないでくれと言いました。それで禁句になったわけです。鬘のことでゲイルズを煩わすことはありませんでした。それ以前は歳のわりにふさふさとした黒い髪を、彼はずいぶん自慢にしていたんだと思いますね」

「それで、その病気で他に後遺症は残らなかったんですか？」

「目に残っただけです――いつでも色つきの眼鏡をかけなければなりませんでした。でも健康は完全に回復しました。その後はしかるべき休暇をまったく取らなかったにもかかわらずね。長い休暇はもう十分だと彼は言っていました。そして週末はだいたい、海風に当たりながらプリークネスで過ごすことに決めていました」

「なぜプリークネスなんでしょう？」トレントが疑問を呈した。「ほとんど聞き覚えのない地名ですよ。そこへ行ったという人に会ったこともありませんが」

シムズが顔をしかめた。「でしょうな。ミューストンへの幹線道路の支線を入ったところにあるんです。私も一度だけミューストンへ行くついでに、プリークネスって所をひとめ見ようと、車でちょっと足を伸ばしたことがあるんですよ。ゲイルズはいつも、そこが南海岸で一番静かな場所だと言っていましたが、あながち的外れでもなかったと言えます。あそこは私には、五分もいれば、もう十分ですよ。ゲイルズが泊まった宿もそれなりにいいところです——そこに集まるのは鱒釣りが目的の人ばかりですがね。いずれにしても、ゲイルズにとっては性に合う場所だったんですな。あの大病以来、彼の悪いところと言えば、唯一、神経痛だけです。しばらく前から断続的に悩まされるようになったんです。時々、顎にスカーフを巻いて事務所に出てきたものです——最後にここに来た時もそんな格好でした」

トレントはしばし考え込んだ。「髪の毛があらかた失われてしまったとおっしゃいましたね。彼が鬘を被っていないところは一度もご覧になっていないのではないですか」

「ええ、私はね。だが事務員の中には見た者もいますよ。ウィリスがそうです。毎朝十一時に彼の部屋へ手紙を持って行く事務員なんですが、一度か二度、鬘を取ったゲイルズが窓のそばの鏡に映っているのを見たんです。むろん、ウィリスは見なかったふりをするだけの分別を持ち合わせていました。そしてゲイルズは瞬く間に、また鬘を被ってしまいました。それと四時三十分にゲイルズにお茶を運ぶ給仕もそうです。彼もまったく同じようにして一度見たことがあると、ウィリスが言っていました」

トレントが微笑んだ。「ゲイルズさんがとても変わった人だとおっしゃっているように聞こえますが？」出て行こうと立ち上がりながら彼は言った。

「いやいや」シムズもまた立ち上がりながら答えた。「見たところはその他百人の五十五歳の弁護士と同じですよ。その中の何人かよりは、たぶんもっと古風で、事務員風かもしれませんがね。だがそれだけのことです。それに彼は事務所内での秩序と時間厳守にかけては、まったく権化といっていいほどでした。でもまあ、そういう人間も大勢いますし、すべての人間がそうであるべきなんですよ。それでね、トレントさん、この事件をすっかり混乱させているのは、まさにその点なんです。ゲイルズは非人間的なほど正確でした。だから私はこう疑っているんですよ」——シムズはここで印象を強めるように声を低くした——「つまるところ、彼に何か精神的な問題が生じた可能性もありうるのではないかとね。では、さようなら。まだ何かお訊きになりたいことがあったら、またお越しください」

その日遅くトレントは、ゲイルズ家の執事と料理人兼家政婦であるパーフィット夫妻を簡単に説きつけて、雇い主の失踪について話を聞き出し、あるじが煙のように消えてしまった寝室を調べる許しを得た。こんなにも大きな詐欺事件と、主人の評判の失墜に関わったことに、夫妻は小暗い喜びを感じていた。四人の召使いは誰もゲイルズにあまり好意を寄せてはいなかったが、公明正大で尊敬すべき人間と考えていた。ゲイルズさまがお金を盗って、警察から逃げ隠れしていると思うと、まるで世の中がひっくり返ったみたいですと、パーフィット夫人は語った。

寝室は広く、風通しがよく、修道院の部屋に似て、ベッドサイドの小さな本棚だけが人間らしい特徴を示していた。これがゲイルズの考える軽い読書というものかとトレントは思った。ざっと視線を走らせると、《バランタイン高等弁護士の経験談》、《英国法の矛盾点》、《判例集小話》、《法曹界生活》などが目についた。小説といえば、J・D・ワトスンのみごとな挿し絵のついた《天路歴程》が代表的なものだった。

ジョン・ゲイルズの秘められた精神の内奥を垣間見て少し興を殺《そ》がれたトレントは、振り返ってフランス窓を見た。窓はきれいに手入れされた庭に向かって開いていた。色とりどりのチューリップの花壇が、よく刈り込んである芝生の脇を固めていた。ゲイルズがガーデニングに熱中していたのが見て取れた。違った種類の花をまとめて斜めの縞模様に配し、きれいな花の絨毯が形作られていた。早朝かお仕事を終えられた後に、ゲイルズさまはほとんどの作業をご自分でなさいました、と執事は言った。植え込みか、刈り込みをなさっていない時は、ただお坐りになって花を眺めていらっしゃったものです。

窓辺のテーブルに園芸の本が広げてあり、トレントは開花時期の順に並んだチューリップのリストを見おろした。アルビノ、ブロンズ・ナイト、シエラード・ヴァン・フローラ、ミューストン・グローリー、リジンランド、ポルックス、ミスター・ツィンマーマン、マリコーン――といった具合にリストは続いていた。いったいどんな成り行きの食い違いによって、ゲイルズはこうした楽しみから我が身を引き離すことを余儀なくされたというのだろうか！　部屋の片隅に変わった風体のフロアスタンドがあった。ワイヤのついた金属のランプシェードには、製造者名と『紫外線』の文字が捺印されていた。神経痛の治療用にゲイルズはこれを使っていたのだと執事が言った。

寝室に接して浴室があり、ありふれた洗面用品が揃っていた。パーフィットにわかる限りでは、ここの品も、衣類も旅行用品も、ゲイルズは持ち出していなかった。身につけていた服――それも前日に着ていたもの以外、何も彼は持って行かなかったようだった。権限を持たない調査員としては、重要な指名手配犯の家で収集できるのは、この程度が限界だった。

三日後トレントは、スコットランド・ヤードのマーチ首席警部の狭い質素な事務室にこもって、首席警部と密談を交わしていた。トレントにはなじみの部屋だった。以前彼が、ささやかながら部屋の飾りにと贈った、マーチ夫人の木炭のデッサンが、暖炉の上から微笑みかけていた。

「そうだ」マーチはパイプに煙草を詰めながら言った。「フライブルクの警察とは連絡を取った。そんなことをして何になるのか、さっぱりわからんがね。どこから君はこんな情報を吹き込まれたんだろうな。なんでそれが我々の役に立つっていうんだか。だが実際のところ、どんな意味があるのか知らんが、ゲイルズがフライブルクで猩紅熱にかかったという話、ありゃ、全部嘘だな」

トレントは勢いよく立ち上がった。「万歳三唱だ！　それで地元の警察は何ですって？」

マーチはパイプをふかし始めた。それから答えた。「向こうさんは徹底的に調べてくれたよ。非常に協力的だった。あの夏、その病院に猩紅熱もしくはそれ以外の病状で、入院した英国人も他の外国人もいなかったというんだ。それだけじゃない。その年を通じてあの町で猩紅熱の発生など一件もなかった。そう、君の言う通り——全部ゲイルズの作り話だ。おそらくそこへ行くことは行ったんだろう。葉書も出していることだし。だがゲイルズと名乗る人物は当時、どこのホテルにも滞在していない。さあ、これはどういうことだ？」

「それは」とトレントが言った。「もうひとつの質問の答え次第ですよ。ゲイルズが顧客の金を着服し出したのはいつ頃からか、わかりましたか？」

首席警部は金網の籠からタイプした紙を取り上げた。「これまでに判明したことの概要を教えよう。彼が大掛かりに相場に手を出し始めたのが九年ほど前。最初のうちは大金を稼いでいる。その後、大損が続く。株を始めて四年後には、自分の財産のすべてを使い果たしてしまっていたらしい。

いずれにしろ、最初に致命的な転落への第一歩を踏み出したのはその頃だ。彼はいろいろな贈与財産やその他の基金の管財人だった。まず一万七千ポンドから手をつけ始めた。自分のために流用したんだ。また損を出してそれを失う。こうしてどんどん深みにはまっていった。そのうち元を取り戻せると希望をつなぎながらな。被害者はみんな、通常通り収益を受け取っていた。むろんのこと、それが掠め取られた資本金から支払われているとは夢にも思わなかった。誰もがその人物の清廉潔白さに絶大な信頼を寄せている時、それがどんなにたやすいことか、わかるだろう。ゲイルズが雲隠れを決め込むまでに、総額でおよそ二十万ポンドが消えたんだ。そのうちの一部は、別の名義でどこかに貯えてあるのは間違いない。残りは水の泡さ。かいつまんで言うと、そういうことだ。不正手段も使われたはずだ。彼はいろいろなブローカーを何人も雇っていたんだからね」

「ありがとう」とトレントは言った。「まさしく僕の思った通りだ」

「彼が道を誤った時期のことかね？」

「そう。最初は彼が五年前に猩紅熱にかかったという話。いま、九年前に投機に走り、その四年後には破産が眼前に迫っていたという話を聞きました。おわかりですか？　たぶんフライブルクのトリックは、ちょうど彼が誘惑に負けたか、もしくは負けそうになっていた時に行われたんです」

マーチはじっとトレントを見つめた。「では説明してもらおうじゃないか」と彼はおもむろに言った。「どこかで重病にかかる以外に、彼の髪の毛が抜けた理由を君は示していないように思うんだがね。それにフライブルクの件が、どうして彼が犯罪に手を染めるようになったことと関係があるんだね？　彼が長いこと逃亡の準備をしていたという点は認めるよ。パーフィット夫妻の話では、逃げ出すのに都合のいい一階の部屋で彼が寝るようになったのは数年前のことだ——正確なことは彼らも憶えていないがね。それに今では、彼が週末を別として、休暇をいっさい取らなかったわけもわかっている——彼がその場にいて、なんとかごまかさなければ、いつ粉飾がばれるかわからんからな。彼は実にうまくやってのけたと言わねばならんだろうな。シムズが最初のうちは警察を呼ぶ根拠を持たないことも計算のうちだったんだ。それで我々が動き出す頃には、足跡は完全に絶たれているというわけだ。我々には彼がいつ家を出たのか、わからない。行く先についても手がかりなしだ。国内、海外ともに網を張ってはいるが、今までのところ、まったく成果がない」

「そう。彼は確かにいい判断力を示しましたよ。しかし僕があなたなら、フライブルクを頭の片隅に入れておきますよ。ゲイルズの家を調べた時、その場にそぐわないものは何か見つかりましたか？」

「何も——ただ、浴室の洗面台の上に置いてある小瓶の中に、ゴム糊の入ったのが一本あった。それで彼が何をしようとしたのかはわからんよ。つけ髭をつけて逃げおおせられると考えるような男ではないはずなんだが」

「おそらく、捜査の攪乱を狙って置いたんでしょう。あなた方が必ず見つけるはずだから」

「まさにそういったたぐいのものではあるが」と首席警部は言った。「確かにそうとも言い切れんよ。犯罪者がうっかり大ポカをやらかして、練りに練った計画を台無しにすることはよくある——君も私同様、よく知っているだろうが」

「その通りです。それにしても、フライブルクのでっちあげ話は、あなたにとってよく考えてみるだけの価値があると思いますよ——僕にとってもですがね。さてもう、失礼しなければ。それから言っておきますが、もし万一、僕があなたより先にゲイルズを見つけたら、すぐにお知らせしますよ。

暗号は〈待雪草《スノードロップ》〉ということで」

「あら、またお会いできて嬉しいわ、フィル」とユーニス・ファヴィエルは言った。「もっとお会いする機会が多いといいのにね。ところで何のご用かしら？　私の魅惑の瞳がお目当てでいらしたわけじゃないんでしょ」

陽気なコメディ《美味しいスープ》の第一幕が終わったところで、彼女はトレントをシドンズ劇場の自分の楽屋に迎え、第二幕につける冠飾りを鏡の前で念入りに合わせていた。

「とりあえず、美容術についてアドバイスをしてほしくてね」とトレントは言った。

「美容術！」彼女はまじまじと彼をみつめた。「あらまあ、顔のしわでも取ってほしいの、それともシェイプアップ？　そりゃ、ウエスト周りのお肉を十ポンドも削ぎ落としたお友だちを紹介してあげることもできるけど――よしておいた方がいいわね。誰も知らないことになってるの。でもね、ほんとに、あなたにはまだ何年も早いわよ、フィル。自分の容姿にばっかりとらわれてちゃダメよ」

「そうじゃなくて。全然別のことが知りたいんだ。訊きたいのは、昼間の光の下でも自然にみえて、まったく見破られないように人間が変装して、顔の色まで変えられるものかどうかってことなんだ」

ユーニスは鏡のそばに並んでいる小瓶に手を伸ばした。「この水白粉を使えばできるわ」と彼女は言った。「あなたのその薄い生姜クッキーみたいな顔色を面白いほど真っ白に変えられるわ。そして一日に二、三回つけ直せば、大丈夫、あなたを知らない人ならわからないわよ。だけど知っている人には、まやかしだと言われずに肌の色を変えるのはとてもむずかしいわね。じゃ、今度は、あなたがなぜカブみたいな顔になろうと考えてるのか、教えてくれない？」

「でも考えてるのは僕のことじゃないんだよ。僕にはそんなつもりは毛頭ない――わかってるだろうけど。僕の念頭にある男は、色白なんだ」

「そういうタイプなら」とユーニスは言った。「あなたには必要ないけど、健康的な日焼け肌に見せるローションがあるわ。でも、本物にはとても及ばないし、さっきのと同じく、友だちは騙せないわ。色白の人の肌を褐色にする納得のいく方法って言ったら、自然なやり方だけよ」

「わかった。これで僕の疑問点はすっきりしたよ、ユーニス。おかげで考えるべきことができた」

「ファヴィエルさん、出番です」甲高い声がして、ドアがノックされた。


一週間後のある晩、マーチ首席警部は次のような電報を受け取って、いたく心を騒がせた。

スノードロップ。プリンスズ・ストリートに、明日何時の列車で来ていただけるか、返信乞う。ミューストン、ノーフォーク・ホテルにて、トレント。


トレントのことをよく知るマーチ首席警部は、これが例の事件のことだと確信し、さっそく時刻表を調べて返信を送った。翌朝十時四十五分、ミューストンのプリンスズ・ストリート駅のプラットホームで、彼はトレントに迎えられた。

「何か掴んだな。その目を見りゃわかる」改札口を抜けながら、首席警部はそう言った。

「僕がスノードロップと言ったら、スノードロップなんですよ」

「わかった。ここからどこへ行こうとしてるんだ？　それになんで、ミューストンなんだね？」

「植物園に行くんですよ」足早に駅からの道を歩きながら、トレントは言った。「国内でも指折りのみごとな植物園だという話です。それにご存じのように、ゲイルズは花が好きでした。ご存じないかもしれませんが、彼のチューリップの中に、この場所にちなんだ名前のものも入っていました。その植物園がチューリップの有名どころだと知りましたよ。ときに、永遠の命題がありますね。『利口な人間は木の葉をどこに隠すか』ってやつです。答えは『森の中』です。そして隠退した――あるいは、隠退しつつある――知的職業人は自分の身をどこに隠すか？　もちろん、ミューストンです。そういう人たちがうようよいますからね。とりわけ、ミューストンはプリークネスからそれほど遠くない。ヴィクトリア駅から同じ列車でどちらにも行けます。それでミューストンを見てみようと決めたんです。そして昨日、植物園でゲイルズを見かけました。彼が昼食を摂りにホテルに引き上げる時、僕もついて行って部屋を取ったんです。そこでいくつか慎重な調査をしました。プリークネスについても同様です。

さて僕がゲイルズに関して推理したことをいくつかお話ししましょう。まず第一に、どこで過ごしたにせよ、五年前の長い休暇の間、彼は車の運転を習うのに時間を費やしたということです」

「へえ！」マーチは声を上げた。

「とにかく、今ではかなり運転は上手ですよ。ひとりで過ごす週末に、きっと腕を磨いていたんでしょう。週末の大半を彼はプリークネスで過ごしてはいなかったんです。彼が滞在していたと思われていた、そこの〈ピットの頭〉亭の宿帳を調べればおわかりになりますよ。かなり足繁く行っていたのは事実ですけど、ミューストンこそが車を借りていた場所です。

言い換えれば、避けられなくなった場合に備えて、彼は破滅への準備を進めていたんです。五年間、鬘をかぶり、派手な眼鏡をかけ、一階で眠るようにしてね。

時とともに事態はどんどん悪い方へと向かい、ついに露見がすぐ間近に迫った。それでゲイルズは最後の手段に訴えたんです。彼は神経痛を患い、治療のためといって紫外線ランプを買いました。実は遠赤外線は神経痛に用いられるんですが、紫外線は他の用途にすぐれています――肌の白さの改善にね。毎朝、朝食前に、ゲイルズはこれを使ったんだと思います。二週間もすると、彼はりっぱに自然な小麦色の肌になりました。色がついてくるとすぐに、水白粉かなにかで顔を白く塗り、そして寝るまでそのままでいたんです。

それから最後の長い週末に出かけました。金曜日の夕方早くに、スーツケースを持って事務所からタクシーに乗り、ヴィクトリア駅へ行きます。ここのところまではわかっています。この先は当て推量です。駅で、おそらく化粧室に入って顔を洗い、鬘と眼鏡を取り、服を別の――がらりと変わったものに着替えます。しかも眉を短く整え、切った眉毛は封筒に入れます。そしてヴィクトリア駅を後にしたんです。折りしもラッシュアワーで、彼に注意を払う者などひとりもいません。それからヤーバラ・プレイス三七番地のH・T・ワイマン氏を訪ねます。この人物が彼に簡単で迅速な顔のしわの除去手術を行ったんです」

「何てこった！」吹き出しながら、マーチが叫んだ。それから真顔に返って言い足した。「いや、先を続けてくれ」

「この考えは」とトレントが言った。「顔の色を変えることについて相談していた時に、ある友人が偶然言ったことから思い浮かんだんです。それからその手術を行う、おもだった専門医の名前を照会し、当たっていったんです。二件めでワイマンを見つけました。あの日、五時三十分にデーヴィスという名の男に手術をしたと話してくれますよ。数日前に電話で予約を入れた男で、よく日に焼けた顔色の、年輩のスポーツマンで、明るいグレーのツイードに、かなり派手なストライプのネクタイをしていたそうです。

ゲイルズは駅に取って返し、食堂車つき特急列車に乗ります。行く先はプリークネスじゃない。ミューストンでした。目立つところは何もなく、ただ耳の後ろ側にいく針か縫った跡があります。そして実際の年齢の半分くらいにしか見えません。到着すると、ノーフォーク・ホテルに行き、E・G・フェアハーストの名で部屋を取り、この土地が気に入れば何ヶ月か滞在するつもりだと言いました。それからずっと彼はそこに滞在しています」

「どちらにしろ、それは間違いだな」ぶしつけに警部は言った。「なにしろ、その翌週の火曜日に――」

「その翌週の火曜日に彼がやったことを、僕に言わせてください。彼は自分でコンパートメントを予約した午前七時三十五分の列車でロンドンに向かいました。彼は自分の車をミューストンへ持ってくるつもりだと言って、ホテルのガレージを借りています。コンパートメントの中で、彼はゲイルズの扮装に戻って、顔を白く塗り、鬘をつけ、それから切って取っておいた眉毛を眉に貼り付けたんです。後に残してあって、あなたが頭を悩ませたゴム糊を使ってね。ロンドンに着く前に、神経痛のせいにして、顎にスカーフを巻きます。手術で顔の形がすっかり変わってしまったので、普段と違う格好をすることになったわけです。こうして準備万端、J・C・ゲイルズとしての最後の登場場面にのぞんだんです。日中を事務所で過ごした後、彼は家に帰り、九時三十分に部屋に引き取ります。部屋に入るとすぐ、しばらくベッドに入って身体を動かし、それからE・G・フェアハーストという人間に戻ります。ゲイルズの服はスーツケースに収め、それを持って庭を通って外へ出て、しばらく車を置いておいた、どこかのガレージへと向かったのです。むろん、新しい名前でね。

そしてそれから、おわかりのように、一路ミューストンへと車を飛ばし、夜番のポーターによれば、車がエンコしたと言って、一時三十分頃到着して、車をガレージに入れ、床について忙しい一日の後の休息を六、七時間取っています。彼はゲイルズが家から消える前の五日間、それから失踪が新聞に報道されるまでの一週間を、ホテルで普通どおりに滞在していました。しかもまるで生まれてこのかた実務に関わりを持ったことなどないように見えます。自分の身は絶対に安全だと思っているに違いありません」

「間違いないな」とマーチが認めた。「まったくたいした働き者だ」

この時までにふたりは植物園に着き、トレントは木々が生い茂り、芝生がよく刈り込まれ、花壇には絢爛たる花が咲き競う公園のベンチへと先に立って歩いた。「こうして偽装が行われたんだと僕は思います」と彼は言った。「もちろん、一部は憶測ですけどね。でもつじつまが合っているように思いませんか？」

首席警部はベンチの背もたれに沿って腕を伸ばして寄りかかり、考え込んだ。「君が本当にゲイルズを見つけたんなら、それで何もかも説明がつく。君が彼を見つけたんなら、実にいい仕事をした。私がそう言ったと吹聴してくれてかまわんよ」

「スノードロップと言ったでしょう」トレントは首席警部に思い出させた。「あっちにいる男をちょっと見てください」彼は目でミューストンの典型的な住人を示した。小麦色の顔に、くつろいだ態度、派手めのプラスフォアーズ（長めのニッカボッカー）に靴下といういでたちで、その男は彼らから二十ヤードほど離れた、歩道の反対側のベンチに腰掛けていた。帽子を被らない頭を、そよ風に吹かれながら、歩道を挟んで向き合っている大きなチューリップの花壇を満足げに眺めているのだった。マーチは目をみはり、やがてトレントの方を振り返った。

「さっぱりわからん」彼は憮然として言った。「あの男の髪は、君のと同じように本物だぞ。くそ、見てみろ！　それに見たところ、四十そこそこじゃないかね——髪がグレーになりかけていなければ、三十と言ったところだ」

「それがワイマンの腕ですよ」とトレントは言った。「髪の毛に関して言えば、もちろん、本物です。髪を失ったことなどないんですから。彼は五年間、その上から鬘をつけていたんですよ」

　警部は鼻を鳴らした。「じゃあ君は、ゲイルズが鬘をつけていないところを目撃されて、アザラシみたいなつるっぱげだって話を聞いてないんだな」

「いや、聞いてますよ。シムズが話してくれました。でも、そういう時、彼は禿げ鬘を被っていたんですよ。舞台でよく見るようなやつです。時々、そういうふうに見せようとした時は、彼は禿げ鬘を被り、その上からまた鬘をつけていたんですよ。彼がその姿を見せるのは、ほんの一瞬、光を背にしてのことでした。その効果には納得がいきます。それもやはり、すべてでっちあげだという僕の最初の考えを裏づけるだけです。いつも決まった時間に彼の部屋に入るのを仕事にしている人たちが目撃しているんです。彼が時間厳守に特にこだわっていたのはご存じですね。彼ならそういう時こそ、一番用心深く鬘をつけていて当然だと気がついた時、このすごい考えが形を取り始めたんです。ついに彼が本物ではなかったものをいくつか脱ぎ捨てることによって姿を消し、誰も本物だったとは知らない、まったく新しい外見を身につける計画を立てていたことがわかりました。まったく素晴らしい思いつきだと僕は思いましたね」

首席警部はため息をついた。「わかった。君の勝ちだ。だがどうやって身元を確認できない男を逮捕すればいいんだ？　私が知っているのは逃亡する前のやつだけだ。本物の髪といい、眉といい、顔の形といい――まったく違ってしまっているんだぞ」

トレントはポケットから封筒を取り出し、二枚の紙切れをひっぱり出した。「ここに台紙に貼られていない、ケンブリッジ学生会の委員たちの集合写真からカットされた二枚のポートレートがあります。ゲイルズが四年生の時、まだ眉毛が濃くなる前に撮られたものです。写真を撮ったハースト・アンド・ビンガムという店から送ってもらったんです。回顧録や伝記で必要になった場合に備えて、この種のネガが保管してあるんですよ。この写真のまじめくさった顔の男は学生会の司書です。もう一枚は、半年後に撮られたもので、彼は会長になっています。どうです、よく似ていると思いませんか？」

マーチは二枚の写真の、歳の割に老成した青年の顔をまじまじと見つめ、それから近くのベンチに坐る、若作りな初老の男の顔を見つめた。首席警部は無言でトレントの両手を握った。そして立ち上がると、まったく無警戒な相手の方へ歩いてゆき、軽くその肩に手を触れた。

二ヶ月後、ジョン・チャールトン・ゲイルズは、起訴されたすべての訴因で有罪と認められ、懲役十四年の刑が言い渡された。

逆らえなかった大尉

The Inoffensive Captain

「チャールズ・B・ミュアヘッド警部。W・マーチ首席警部からの紹介、か」朝食の席に持ってこられた名刺をトレントは読み上げた。「どういうことかな」と彼は召使いに言った。「マーチ首席警部が僕に新しい警察官を紹介してくるとはね。どんな感じの人なんだい、デニス？」

「どうと言うこともないお方でして。強いて申せば、見た目にごく平凡な男性でございます」

「そうか。私服警官に対する最高の誉め言葉だね、それは」

　トレントはコーヒーを飲み干して立ち上がった。「アトリエにお通しして。もし僕が逮捕されるようなことになったら、ウォードさんに電話して、運悪く拘禁されたから、今夜はご一緒できませんとお伝えするんだよ」

「かしこまりました」

　フィリップ・トレントのアトリエに入ったふたりの男は、鋭い目でお互いを観察しあった。刑事は、ここに来る任務にあまり乗り気ではなく、いま目の前にいる男を見ても、その気持ちに変化はなかった。トレントはこの時――マンダーソン事件（『トレント最後の事件』）を解決して人生の転機を迎える数年前で――少々無頓着な上質のユーモアを身につけ、ゆったりしたセーターを着た、呑気で形式ばらない態度の、三十歳にも満たない青年で、それが客の目には、総じて好感が持てるとはいえ、たいした知的能力を有しているようには映らなかった。顔立ちは整っていたが、くせっ毛で短い髪や口髭や、実際、全体的な彼の風采から、マナーを無視しない程度に、外見にはあまりこだわらないタイプと見受けられた。

ミュアヘッドは現代画家という人種にはまったく縁がなかったが、これが芸術家としては正統なのだと思った。だがなぜ、そんな男が警察の問題に嘴《くちばし》を入れるのかが不思議だった。

ミュアヘッド警部の方は、痩せていて、髪の色は薄く、貧弱な黄色い口髭をたくわえた、背筋をぴんと伸ばした男で、彼の首には大きすぎる衿ぐりの、身体に合わないスーツを着ていた。唯一目立った点といえば、スポーツ選手のような強健さと、剣のような鋭い輝きを放つ青い目だった。まるで地代集金人と服を交換したカンバーランドの羊飼いみたいだった。

「マーチ首席警部のご友人なら、どなたでも大歓迎ですよ」とトレントは言った。「お掛けになって、葉巻をどうぞ。煙草はお吸いじゃない？　犯罪者たちにとっては、いよいよ手強い相手ですね――鋼鉄のワイヤーで出来た神経をお持ちのように見えますよ。さて、ご用件をお聞かせくださいませんか」

いかめしい顔の刑事は肩を怒らせ、両手を膝の上に置いた。「マーチ首席警部は、あなたが非公式な形で喜んで協力されると考えておりました。トレントさん、我々はちょっとした難問にぶつかっているんです。昨日の午後、ジェームズ・ラドモアがダートムーア刑務所から脱走した件に関することです」

「知りませんでした」

「今日の新聞に出ていますよ――脱走したという事実だけですが。しかし詳しく言うと、非常の事態なんです。なんと言っても、やつは逃げおおせてしまったんですからね。これはダートムーアでは、これまで二、三回しか例のないことです。ラドモアは他の連中がやったように、急に出てきた霧に乗じて、野外作業をしている囚人たちの一団の中から逃走を図ったんです。ただ、たいてい、そういう連中がやるように、荒野をうろつくうちに捕まってしまうのではなくて、刑務所から数マイル離れた道路に出て、そこで運よく、霧の中を徐行運転してきた自動車に出会ったんです。やつは車の前に飛び出して、運転手が車を停めると、飛びかかって石で頭を殴って気絶させました。車は、その地方を旅行していた、ヴァン・ソマーレンというアメリカ人夫妻のものです」

「その夫妻はさぞご満足だったでしょうね」とトレントは評した。「英国人から他人行儀な扱いを受けなかったと思うでしょうよ。言ってみれば、我々は彼らを分け隔てなく同胞としてもてなしたわけですからね」

「ヴァン・ソマーレン氏はピストルを取り出して」刑事はにこりともせずに話を続けた。「ラドモアが近づく前に二発、発砲しました。格闘の後、やつはピストルを奪い取り、それで夫妻に言うことをきかせたんです。一発はやつの腕に当たって、軽い怪我を負わせたとヴァン・ソマーレン氏は思っています。ラドモアは彼から乗車用のコートと帽子、それにポケットの中身を洗いざらいと、さらにそのうえ、夫人の財布まで取り上げました。それからコートと帽子を囚人服の上から着用して、ひとりで車に乗り、東の方へ逃走したんです。夫妻の方は、運転手が正気づくのを待って、急いで徒歩で戻ってきました。彼らがトゥー・ブリッジズに着いて、事情を話すまでには何時間もかかっています」

「手際がいいですね」パイプに火をつけながら、トレントが言った。「即断かつ迅速な行動か。軍人だったんでしょう」

「そうです」とミュアヘッドは答えた「少なくとも、かつて軍隊にいたことがあります。しかし問題はですね、やつが今どこにいるかってことです。エクセターまで行ったところで、大きなスーツケース二個と化粧鞄を持って、鉄道駅の外に車を乗り捨てていったことまではわかっています。列車でロンドンに向かい、昨夜、こっちに着いているのは疑う余地がありません。こっちで特別な仕事もありますし、手を貸す仲間もいるでしょう。ダンベリー・ペンダント事件をご記憶ですか、トレントさん？　今から二年ほど前のことですが」

「いいえ、おそらく、その時、英国にいなかったのでしょう」

「では、その事件とラドモア親子のことをお話しした方がいいですね。ご協力いただけるなら、知っておかなければならないことですから。父親のジョン・ラドモアは、カルカッタで長年にわたって、開業医をして繁盛していました――元々は軍医だったんです。やもめで、いい家柄の出で、高度な教育を受け、非常に頭もよく、人望もありました。その一人息子がジェームズ・ラドモアで、ベンガル騎兵連隊の中尉で、父親とよく似たタイプの男でした。娘もひとりいました――まだ年端もいかない娘です。六年前、ジェームズが二十三歳の時、ある事件が起きました。父親の方のラドモアに関係することだったと考えられています。それはうまくもみ消されたんですが、ラドモア親子に悪い風評が立つようになりました。老人は医院をたたみ、息子は軍隊に除隊願いを出しました。三人は故郷に帰り、ロンドンに落ち着きました。ラドモア親子には有力なコネがあって、ジムは商務省に楽で割のいい仕事を得ました。妹は母方の親戚と暮らすようになりました。父親はジャーミン・ストリートの独身者用アパートに居を構えました。ずいぶんあちこち旅行をし、鉱山の経営に関心を持っていました。金をしこたま貯えていたようで、息子にかなりの小遣いをやっていたと思われます」

「その金に何か問題があると考えられたんですか？」

「それはわかりませんが、その後に起こったことから見て、どうやらそのようです。さて、ジェームズ・ラドモアはかなり羽振りよく暮らしていました。賭博や道楽の仲間に入りましたが、友だちを選ぶということをしなかったんですな。賭け事好きな仲間の中でも一番うさんくさい連中と親しくしていました。我々が一度ならず目をつけているような手合いですよ。ジェームズは向こう見ずで捨て鉢な男で、かっとすると手がつけられんのです。そしてペンダント事件が起こった時に、完全に悪の道に足を踏み入れたんです。しかし非常に賢くて人好きのする男で、屈託のないところもあるんです。どこから見ても紳士で、言うなれば、落ちぶれ果てた感じではないのです」

トレントは感謝を込めてうなずいた。「的確なご説明だ。その男を前から知っているような気がしてきましたよ」

「ある日、ダンベリーの屋敷で盛大なガーデン・パーティーが開かれまして、やつはそこで、何かの余興を手伝っていたんです。レディ・ダンベリーはペンダントをつけていました。三つのみごとなダイヤモンドと、それより小さい宝石がいくつも嵌め込まれた有名な家宝でした。鎖が切れて、ペンダントがなくなっているのに彼女が気がついたのは、その日の午後遅くになってからでした。その時には、客の多くが帰ってしまい、ジェームズ・ラドモアもそうしたうちのひとりでした。庭じゅうの捜索が開始されましたが、まもなく、ペンダントがなくなったことを聞きつけて、ひとりのメイドが進み出て話をしました。このメイドというのが、用もないのに庭に出て、片隅で男の召使いのひとりと逢い引きしていたらしいんですが、その場所が伯爵夫人が客の出迎えをしたところだったんです。その時には、もう誰もいませんでした。男の目が芝生の上に何かあるのをとらえ、メイドは近づいて、それがペンダントだとわかりました。彼女が急いで拾おうとしたちょうどその時、ふたりは小道をやってくる足音を聞きました。もしかしたら上役か誰かで、こんなところで油を売っているのが知れたら叱られると思って、彼らふたりは低い植え込みの陰に身を潜めたんです。小道の角を曲がって現われたのはジェームズ・ラドモアでした。ひとりで、地面に何かを探しているようすでした。やつはペンダントを見つけ、しばし、立ってそれを見つめていました。やがて、彼は拾い上げると、それを手に、みなが集まっている場所へ歩いて行きました。ふたりが見たのはここまでです。当然のこと、ふたりは彼がそれをまっすぐに伯爵夫人のところへ届けるものと思いました。ラドモア青年のような卑しからぬ身なりの男がそれを盗むとは、ふたりには思いも寄らなかったんですな」

「バカなことをしたものですね」とトレントは言った。

「切羽詰まっていたんですよ」と刑事が説明した。「のちにわかったことですが、やつは多額の負債を抱え、しかも株取引でかなりの額の金をすったばかりだったんです。喉から手が出るほど金がほしかったんですよ」

「金づるはあったんでしょう」トレントが指摘した。「お父上から金がもらえたとかいうご説明でしたが」

「お父上は」とミュアヘッドはこわばった笑みを浮かべて言った。「旅行中で不在でした。東アフリカのとある採掘事業の調査に行っていたんです。それで連絡を取れなかったようです。それに、おわかりでしょうが、父親に金をせびるのは上策とは言えません。ジェームズは間違いなく、そこのところをわきまえていました。というのも、ふたりの親子関係は常にきわめて親密で信頼しあったものだったからです。しかしお話ししていたように、ペンダント発見のいきさつについてはふたりの目撃者の証言がありました。その一時間後には、私はポケットに逮捕状を入れて、ジェームズを追って出ました。九時ごろ、私はやつが暮らしていたホテルに入ろうしたところを逮捕しました。やつは驚き、憤慨したようすで、罪状を否認しました。しかし抵抗はしませんでした。その時、やつはペンダントは持っていませんでした。いまもって発見されていませんがね。私はやつをタクシーで連行しました。パントン・ストリートにさしかかると、やつは私の顎を殴りつけて気絶させ、車から飛び降りて、ウィットコーム・ストリートの曲がり角に駆け込みました。そこで巡査のふところに飛び込んで取り押さえられたんです。ひどく暴れましたが、ふたりの男性の協力でやっと捕まりました。それからは二度と逃げだそうとはしませんでした」

「昨日までは、ということですね」とトレントが言った。「ダンベリー邸を出てから、ホテルに戻るまでの間、彼はどこにいたんですか？」

「アデルフィのクラブにいて、一時間ほどビリヤードをやり、それから食事をしたらしいです。本人の話ではダンベリー邸からまっすぐそこまで歩いていき、そこからホテルにまっすぐ帰ったとのことです。ほかの場所に行ったことは明らかになっていませんが、やつがダンベリー邸を出た時間を正確に知る者はいないんです。ペンダントのことなど断じて知らない、これは自分を陥れるための陰謀だ、というのが裁判でのやつの言い草です。ジェームズに対する論拠は動かしがたいもので、そしてもちろん、警官への暴行で状況はさらに悪いことになったんです。やつには懲役刑が科されました」

「それであなたは、彼が盗んだものをどこかに隠していて、出所したらそれを取りに行くとお考えなんですね？」

「そうに違いありません」と刑事は答えた。「論理的に考えて、そうじゃありませんか？　どのみち、やつは身を滅ぼしたんです。癇癪を起こして暴力を振るったことで、重い刑が確定してしまったんです。素直に連行されていればそれで済んだものを、そんなことをするだけの理由が何かあったはずですよ」

「それはそうだ。ところで、警部、僕は何をすればいいんでしょう？」ミュアヘッドは手帳を取り出した。

「逃亡の三週間前、最初から模範囚だったジェームズ・ラドモアは、規定に従って、特別に手紙を書くことを許可されました。やつは父親に手紙を書きました。ところが、たまたまその時、父親の方も六ヶ月以上拘留されていたんです。父親を逮捕したのも私なんですよ。罪状は偽装倒産で、かつて裁判沙汰になったうちで、一番うまい手口の不正だと思っています。自宅で逮捕したんですが、子羊みたいにおとなしく連行されましたよ。罪を認め、不平も言わず服役しました」

「悟りきってるんですね」とトレント。「では、ジェームズからの手紙は受け取っていないわけですね」

「確かに。ジェームズ・ラドモアには規定に従って、手紙を送ることはできないと通告されました。理由は伏せられましたがね。するとやつは、手紙を返してくれと言いました。それが間違いだったんですよ。というのも、すでに、その手紙に表面的な意味以上の何かがあると睨んでいたダートムーアの所長に、確信を抱かせる結果になったからです。手紙にはペンダントの所在を父親に告げる秘密のメッセージが込められていると所長は信じていました。なぜそう思ったか、私自身は知る由もありませんがね。しかし、十分ありうることでした。その手紙はスコットランド・ヤードに送られ、専門家たちの手によって綿密に調べられたんですが、何も見つけられないんです」

「それはおそらく、その人たちが専門家だからですよ」とトレントが解説した。「必要なのは、ほんとうに思考の散漫な男ですね――あるいは熱帯樹林のように込み入った思考回路の持ち主とでも呼びましょうか――ラドモア親子のような連中の巧妙なごまかしに対処できる、例えば、僕みたいな人間です。あなた方が僕に何を望んでいるのか、今わかりましたよ。その手紙に宝石の隠し場所が書かれていると思っていて、そこを突き止めて見張っていれば、すぐにジェームズを捕まえられるという腹ですね。僕はその手紙についての見解を述べればいいんですね。こんなに面白いことはありませんよ。手紙はどこに？」

警部は返事もせず、手帳から折りたたんだ紙を出して、トレントに手渡した。そこにはしっかりした、読みやすい筆跡でこう書かれていた。

愛する父さん

許可が出て初めて手紙を書きます。僕の不名誉のせいで、父さんにみじめな思いをさせて、ほんとうにすみません。僕がこんな濡れ衣を着せられて、あなたがどれほど家名の恥と感じているかと思うと、身を切られるほど辛いです。

ここに収監される前に一度だけでもお会いしたかったと思います。でも父さんだけは、僕の無実を信じてくれますね。もし僕がふたたび自由の身になった時、父さんのドアまでが閉ざされていたら、ほんとうに、僕はおしまいです。

僕は丈夫だし、元気でやっています。ここ数年で一番健康状態は良好です。時間の大半は、野外で荒れ地を開墾する土方仕事に従事しています。最初のうちは死ぬほどきつい仕事で、背中に蝶番《ちょうつがい》と、それから、名前は忘れたけど、父さんの炉棚にあった偶像みたいに手がたくさんついていたらよかったと思ったものです。でもじきに強くなりました。何年も規則正しく野外で生活したことなどなかった僕は、これで生まれ変わったんです。髪の先まで鍛えられた感じです。でも、適応するまでに、一度ひどい熱を出しました。ここの気候は、マラリアを患ったことがあって健康がすぐれなかったりすると、かなり過酷だと思います。この土地はアペルジックの町を擁するヘルダーラント地方に、風景も空気の匂いもよく似ています。あそこで僕が三年前に寝込んで動けなかったのを憶えているでしょう。でも今度のはもっとひどい発作でした。何日も意識が朦朧《もうろう》として、死んでしまいそうな気分でした。『熱病で関節が弱り、生身の重さに耐えられない、哀れな男』っていうのがシェイクスピアに出てきませんでしたっけ？まさにそんな感じです。

僕たちがここで送っている生活と、僕の身体の調子について父さんにお話ししたかったんです。でも僕が書いたものはすべて役人の検閲を通ります。そして老シュラウベが言ったように《Sie würden das nicht so hingehen lassen》ということです。

お手元に届くことを信じて、この手紙はジャーミン・ストリートの昔の部屋に送ります。さようなら。

あなたの忠実な息子　ジム

トレントは注意深く一度通してこの手紙を読んだ。それから物思いにふけるような目で、ミュアヘッド警部を見た。「どうです？」と刑事が促した。

「これはですね」とトレントは言った。「訴訟において裁判官が疑点を有する手紙と呼ぶものでしてね、通例、ごまかしを取り繕う不自然さがかすかに漂っている手紙のことです。この哀れを誘う文面が、どうも気に食わないな。何かどこかが、いかがわしい感じがしますよ。真っ赤な嘘が一部含まれていると言っていいでしょう」

「あなたがどの部分を言っているのか、わかりませんが」と警部は答えた。「刑務所での彼自身に関する記述は全部、本当のことです。確かに、重い病気になって――」

「ええ、当然、全部本当でしょうとも。彼は手紙が当局の検閲を受けることを、もちろん知っていたんですからね。僕が言いたいのはそういうことじゃない。そこでですね、これをしばらくお預かりして、参考図書館に行って調べたいんですがね。今から一時間後に、大英博物館の外で落ち合いませんか？」

「いいですよ、トレントさん」刑事はさっと立ち上がった。「待ってますからね。一刻も猶予はできないんです」

だが五十分後、タクシーに乗り込んで、自分を待ち受けているトレントを見つけたのは刑事の方だった。

「早く乗って」とトレントは言った。「運転手には行き先を教えてあります。結局、調べ物にはたいして時間はかからなかったんですよ。ホルボーンまで走って、これを買う時間までありましたよ」彼はポケットから頑丈なドライバーを取り出して見せた。

「いったい何をするんです、それで？」ミュアヘッドはぽかんとして尋ねた。車はスピードを上げて西へ向かっていた。「どこへ行くんですか？　手紙から何がわかったんですか？」

「知りたがりな人だ」トレントはつぶやいて、刑事に向けて重々しく指を振った。抑え切れない昂揚と期待で目が輝いていた。

「このドライバーを何に使うかって？　そりゃ、危険人物を追跡する時には武器を持ってた方が賢明だってことが、きっとわかってもらえるでしょう。これはレイク商会で買ったから、エクスカリバー（アーサー王がレディ・オブ・ザ・レイクから授けられた魔剣）と呼ぶことにしよう。ねえ、警部、あなたを常識人としてお尋ねしますけど、それ以外にいい呼び方がありますか？　それから、行き先について言えば、僕たちはジャーミン・ストリートに向かっているんです」

「ジャーミン・ストリート！」ミュアヘッドは、珍獣でも見る目つきで相手を見つめた。「宝石がそこにあると思っているんですか？」

「あの手紙は、ペンダントが老ラドモアの家に隠されている――もしくは、隠されていた――ことを示唆しているのだと思いますよ」

「だが、お話ししたようにね、トレントさん、老ラドモアは窃盗が行われた時、何百マイルも離れたところにいたんですよ。家には鍵がかかっていたんです」

「ええ、でもジェームズが鍵を持っていたということは？　あの親子は互いに全幅の信頼を寄せ合っていたとおっしゃったじゃないですか。父親が息子に鍵を渡して行くことも、大いにありうることですよ。その方が便利な場合には、おそらく表戸の鍵もね」

　警部は面白くなさそうにうなずいた。「それはまあ、大いにありえますね。するとあなたの考えでは、やつはペンダントを持ってジャーミン・ストリートに回り道をし、上階にある父親の部屋に行って、ブツを人目につかないところに隠し、それからクラブに立ち寄ったと、こうですかね。確かにありうる。ただ誰も思いつかなかっただけで」

「警部や警察の方に敬意を表して言いますが、誰かが思いついていたとして、何か見つかったかどうかは何とも言えませんよ。この手紙のヒントがなくて、何か手が打てたかどうかは疑問ですね」

「じゃあ、何が――」

「いや、ジャーミン・ストリートに着きましたよ。警部、何番地でしたっけ？　二三〇――よし！」トレントは窓の外に身を乗り出して、運転手に指示を与えた。ひょいとショーウインドーに置き去りにされたみたいに、地味な靴が三足だけ置いてある、とびきり高級な靴屋の前にタクシーは停まった。店の左隣には、上階の部屋の住人たちが使う勝手口が閉まっていた。

警部の呼び鈴に応じて出てきたのは、真っ白な頬髭と、つややかな白髪の、むやみに太った、赤ら顔の男だった。きちんとした身のこなしと服や物腰から、隠退した執事だと察せられた。

「やあ、ハドスン、俺をお忘れかね？」よく掃除が行き届いてはいるが陰気くさい、狭い玄関に足を踏み入れながら、刑事は楽しげに問いかけた。恰幅のいいその男は怪訝な顔をし、やがて言った。

「これはこれは！　ラドモアさんを逮捕しに来た刑事さんでしたか」男の顔から熟れすぎの桑の実のような赤みが失せた。男はドアを閉めながら、言葉を続けた。「またあんな事件はごめんこうむりますよ。わしのアパートに悪い評判が――」

「あんたのことなら心配には及ばんよ」刑事は言った。「あんたの家で捕り物をしようってんじゃない。ラドモアのいた部屋が今現在、使われているかどうか知りたいだけだよ」

「ええ。使われてますよ、刑事さん。あの不幸な事件からまもなくして、エインガー大尉が借りたんですよ。今も住んでますが、軍人さんでね、確か、インドから傷病兵として送還されたんです。とても感じのいい、物静かな紳士でして」

「いま、部屋にいるのか？」

「エインガー大尉は昼食時まで、絶対外出しませんよ」

「では大尉にお会いしたい。ハドスン、あんたに上へ行ってくれとは言わんよ。階段があんたにきつそうなのは、見ればわかる。確か、三階だったはずだな」

「三階の左のドアですけどね。お願いしますよ、旦那方――」ハドスンは心配そうにぶつくさつぶやきながら引っ込み、ミュアヘッドとその後にトレントが狭い階段を上るのと同時に、重い身体をゆすって地階へ下りていった。

「知らせずに上がって行く方がいいと思ったんですよ」と階段で一息つきながら、警部は言った。「こっちがにこにこと上がり込んじまえば、よもや会いたくないとは言えんでしょう」

　ふたりの男が二階の踊り場まで来た時、上の階で静かにドアが閉まる音と、軽い足音が聞こえた。短い階段の上に、一目で高価なものとわかる、テーラー仕立てのしゃれた服に身をつつんだ、背の高い若い女の姿があった。男たちには気づかないようすで、一寸立ち止まって、帽子とベールを直した。ミュアヘッドは下からくぐもった咳払いをした。それに気づき、女は少し驚いて、急いで階段を下りた。踊り場の薄明かりの中で女とすれ違う時、つややかな黒髪と、ほのかな香水の匂いがふたりの印象に残った。何か考えながらトレントは、女がすばやく一階の廊下を通って出て行くのを目で追った。

「垢抜けた女ですな」玄関のドアが閉まると、警部が感嘆したように言った。

「発育良好な今風の若い娘の典型ですね」とトレントが同調した。「ドアの方へ向かう時の彼女の歩幅と歩き方を見ましたか？　洋服の仕立てから見て、あの娘はアメリカ人ですね」

その口調に、刑事はするどく相手の顔を見た。

「そして」無邪気な目で刑事を見つめ返して、トレントは言葉を続けた。「あそこに立っていた時と、階段を下りてきた時、彼女の足元にお気づきになったでしょう」

「いいや、別に」ミュアヘッドはぞんざいに答えた。「何か注目すべきことがありましたかね？」

「なに、大きさですよ」とトレント。「大きさと、男物の靴を履いてたってことがちょっとね」

一瞬、警部はぎらりとした目で彼を見つめた。それから踵を返すと、無言で階段を駆け下りた。ドアにたどりつくと、彼は取っ手に飛びついた。

「鍵が掛かっている！　外側から二重に！　おい、ハドスン！」刑事は太った男が地階の部屋から足を引きずるようにして廊下を横切り、しんどそうに階段を上がってやって来るのが聞こえるまで、大声で怒鳴り、口汚なく毒づいた。「その表戸の鍵をよこせ！」目を丸くしたメイドを従えたハドスンが、震えながら息を切らして姿を現わすなり、刑事は指示を飛ばした。かっかときている刑事から罵声を浴びながら、しばらく彼はズボンのポケットを手探りし、ようやくのことで鍵を取り出した。ミュアヘッドはそれをひっつかむと、鍵穴に何とか差し込もうとした。五、六回もやってみて、刑事は諦めて鍵をハドスンに返した。ハドスンは最初の一回で状況を把握していた。

「鍵を二重に掛けていったやつは、その鍵を外側に差したままにしていったんだろうと思いますよ」と彼は息を切らしながら言った。「反対側の鍵を抜かない限り、こっちの鍵は絶対差し込めませんよ」

ミュアヘッドは突然平静を取り戻し、両手をポケットに突っ込んだ。「してやられたよ」と刑事は言った。「ここからなら急がなくても、十五秒でピカデリーにつく。みごとな逃げ足だ。おそらく、やつは今ごろ、タクシーの中で高笑いでもしているんだろうよ。ハドスン、なんだって大尉のところに女がいるって言わなかったんだ？　あの男が部屋から出てくるとわかってたら、絶対逃がしたりしなかったぞ」

「大尉と一緒に誰かがいるなんて、ほんとに、夢にも知りませんでしたよ、刑事さん」震える声で老人は言った。話題のぬしが男なのか女なのか、彼は内心、混乱をきたしていた。「その女を中に入れたのは、このメイドだと思います」

「だって、いけないことだなんて、どうしてあたしにわかるもんですか」メイドは大きな声でそう言うと泣き出した。「あの女の人は立派なレディらしい話し方で、あたしに名刺を持たせて上に上がらせたわ。それだけよ。だから今のいままで、あたしはてっきり――」

「わかった、わかった、お嬢ちゃん」警部はそっけなく言った。「正直に話せば、あんたに面倒はかけんよ。ハドスン、電話を借りるぞ。この奥の部屋だな？　わかった。誰か隣の者を呼んで、ドアを開けてもらった方がいいぞ」

刑事は部屋の奥に消え、ハドスンは、まだぼうっとした状態のまま、建物の奥へ続く廊下を足を引きずりながら歩いていった。「なんてこった」彼はぶつぶつつぶやいていた。「女か男か、どっちか知らんが、そいつはどこから鍵を持ってきたんかいな」そして彼がそうつぶやいた時、安心しきった顔で壁に寄りかかっていたトレントが、だしぬけに踵を返して、階段を大急ぎで上がっていった。

エインガー大尉の部屋のドアは簡単に開いた。小柄で短髪のエインガー大尉その人は、趣味のいい調度を揃えた居間の窓辺のソファに横たわっていた。トレントが飛び込むと、大尉の困惑した目に安堵の色が浮かんだ。その目から下は、煙草入れを裂いて間に合わせに作った猿ぐつわを嚙まされ、絹のスカーフできつく結んであった。梱包用の縄で両足首を縛りあげられ、両手は身体に縛りつけられていた。

どう見ても快適とは言いがたいようすだった。

五分後、トレントが呼ぶ声に応えて、スコットランド・ヤードとの連絡を切り上げたミュアヘッドが上がってきた。刑事が来た時、エインガー大尉は肘掛け椅子に坐って、深いグラスでウイスキーのソーダ割りを飲みながら、人心地を取り戻していた。トレントが、手荒な扱いを受けた士官を発見した次第を説明すると、刑事は難しい顔で、ただうなずくばかりだった。それから被害者に向かって、「あれはあなたの鍵だったようですね」と言った。

「そうです」と小柄な大尉は言った。「あの女——いや、つまり、男が私の鍵を奪っていったんです。どういうことか、お話ししますよ。彼女、ではなく彼が、メイドに名刺を持たせてよこして、ええ、なにしろ、女名前の名刺だったんですよ。ここにしまってあります」大尉は立ち上がって、炉棚から名刺を取り出した。

ミュアヘッドは興味津々で名刺を見た。「なるほど！」と彼は声をあげた。

「ヴァン・ソマーレン夫人の名刺でしょ？」窓辺の椅子に掛けたまま、トレントが尋ねた。

「そうだ」

「ヴァン・ソマーレン夫人の服と帽子、それからセカンドバッグと、夫人の特別調合の香水——それが今さっき、僕たちの横を通り過ぎて行ったんです」とトレントが言った。「それと合わせて（僕が思うに）ヴァン・ソマーレン氏の靴と、ジェームズ・ラドモアの鬘《かつら》もね。おそらく彼は、警部、階段の下で自分を待ち受けるあなたを見て、ちょっとばかり焦ったでしょうよ。あそこで立ち止まって、震えないようにベールをつけ直して、あなたにがっちり取り押さえられるんじゃないかと思いながら、階段を下りるのは、少々度胸が要ったでしょうね」

困惑、自責の念、揺らぐ事件解決への決意、この出来事を笑いたくなる思い——警部が応えて発した唸り声が雄弁に、それらすべてを物語っていた。

「ただねえ、軽量級チャンピオンみたいじゃなく、レディのように廊下を歩くことを忘れさえしなければ、よかったんですけどね」とトレントは話を続けた。「そうしていれば、あの靴の意味するところなど、僕には閃かなかったと思いますよ。おそらく、玄関のドアを見て、あと六歩で安全だと思った時、自制心が飛んだんでしょう。それにしても、表戸の鍵に関しては、実に落ち着いたやり方だ。ジムは確かに才能あふれるアマチュアですよ。しかし、あなたは」と明らかに狐につままれている大尉の方に向き直り、「彼女の登場の仕方がどうとか、おっしゃっていましたね」

「名刺に添えられたメッセージには」相変わらず悲痛な面持ちで、エインガー大尉はふたたび話しはじめた。「家族に関する調査に協力してくれれば嬉しいとありました。それに興味をそそられまして、会うと返事をしたんです。彼女は厚いベールを被っていました。いやその、彼が、です」

「この際、『彼女』で通したらどうでしょう、大尉」とトレントが提案した。「その方が話が早いと思いますよ」

「すみませんな」と感謝を込めて老兵は言った。「私も同感です。全体が非常に混乱しているんです。なぜといって、彼女は最初から最後まで、実に女らしい話ぶりだったんですから。どこまで話したんでしたかな？　ああそう、顔はあまりよく見えなかったんですよ。でも、声も話し方も、育ちの良い女性そのものでした。彼女は一年前、とても仲の良かった兄を亡くしたと言いました。いまわの際に、お兄さんは彼女にあることを託したと言うのです。それを彼女は自分に科せられた神聖な使命と呼んでいましたがね。お兄さんはインドにいた時、生きるか死ぬかの瀬戸際で、私と同じ名前の英国軍士官に命を救われ、その後、長いこと音信不通だったらしいのです。彼は妹に、できることなら、その士官を捜し出して、変わらぬ感謝のしるしに、彼のものだったある品を、形見として渡してほしいと望んだのです。彼女はいろいろ調べて、まず最初に私を見つけたんだが、軍人名簿には私と同名の別人がいることもわかっていたそうです」

「ラドモアはどうやって、あなたの名前を知ったのでしょうな？」警部は考え込んだ。「昨日、ダートムーアから脱獄したばかりだというのに」

「彼のような手合いには難しいことじゃありませんよ」とトレントが答えた。「おおかた、ドアを開けたメイドから聞き出したんでしょう、メッセージを託す前にね」

大尉は逃げおおせた犯人に弱々しく毒づいて、タンブラーからまた酒を飲んだ。「白状しますとね、私はかなり心を打たれたんですよ。むろん私だって、常に自分の力の及ぶ範囲で、人には親切を尽くしてきました。だが、アメリカ人の命の恩人になった憶えなど、いかなる時にもありはしないのです。それで、お兄さんは何という名前なのかと訊きましたよ。彼女はスミスだと言いました。それで、スミスって名の人間なら五十人も知っている、とそう彼女に言ったわけです。すると、彼女は肌身離さず兄の写真を持っているのだと言いました。バッグから出して見せてくれましたよ。

まだ若いハンサムな男の写真で、台紙のところにフィラデルフィアの写真店の名前がありました」「ヴァン・ソマーレンの写真だな」とトレントがつぶやいた。「彼女はそれを持ち歩いていたわけか。夫妻がハネムーンで来ていたとはおっしゃいませんでしたね、警部」

「その男に一度も会ったことがないのは確かだと思いました」エインガー大尉は話を続けた。「でも、もっとよく見ようと写真を窓のところへ持って行ったんです。私が背を向けたまさにその時です。彼女が飛びついてきて、私の首を絞めたんです。私に勝ち目はありませんでした。まるで虎のように強い力でした。それに私は長い患いのせいで、身体に力が入りませんでね。一巻の終わりだと観念したとき、彼女はあんな物で猿ぐつわを嚙ませて、私を寝室へ引きずっていき、紐で縛り上げたんです。しっかり私を縛り上げると、彼女は私のポケットを探り、表戸の鍵を取り、それから私を寝室のドアのところに連れていきました。あなたをこんな目にあわせてほんとにごめんなさいね、私はね、女が何から何まで、べったり男に寄りかかってちゃいけないと、つねづね考えているんです、とそう彼女は言いました。それから少しだけベールを上げて、ウイスキーのソーダ割りを飲み、私の葉巻を一本とって火をつけました。その後、バッグからドライバーを取り出して、私の後ろで何ごとか始めました。何をしていたかは、皆目わかりません。私は身動きひとつできなかったんですから。五分くらいかかったでしょうか。それから、彼女は真綿のかたまりのようなものを指でつまんで、急いで窓辺へ行き、私には見えない何かを満足げに眺めはじめました。煙草をふかし、外を見ながら、彼女は長いことそこに立っていましたが、急にはっとした様子で、通りをじっと見おろしました。その直後、玄関の呼び鈴が鳴るのが聞こえました。そしてそれから、彼女は――いやその、彼女は行ってしまったんです」大尉のブロンズ色の顔は、ゆっくりと髪の付け根まで赤くなった。
「まさか、彼女がお別れの言葉でも残しましたか」大尉を注意深く見ながら、トレントはつぶやい
「そんなに知りたきゃ教えるがね」大尉は初めて見せる剣幕でまくしたてた。「どれだけ私に感謝してるかわからない、と彼女は言ったんだ。私を可愛い人だと、キスしていいかと言ったんだよ。そして彼女は——彼女はキスを」ここで言葉は勢いを失い、その顔には紳士らしからぬ表情が浮かんだ。「そしてそれから、彼女は出て行って、ドアを閉めた。私にお話しできるのはこれで全部ですよ」大尉は疲れ果てたように、ふたたびタンブラーに手を伸ばした。

話の最後の部分、用心深くお互いに目を合わせないようにしていた、トレントと警部は、ようやく気持ちを切り替えた。「いま、知りたいのはね」と刑事が言った。「ブツがこの部屋のどこに隠されていたかってことですよ。トレントさん、まっすぐその場所へ行けますかね、それとも我々は探し回らなくちゃなりませんか？」

トレントはポケットから囚人の手紙を取り出した。「まず、僕がどうやって解き明かしたのかを説明させてください。大尉、あなたにも興味がおありでしょう。これを読んでください」と彼は言った。「大尉、あなたにも」彼は軍人に手紙を手渡すと、それにまつわる事情を手短に説明した。

非常に興味を示した大尉は、注意深く二度、目を通してから、ふたたびトレントに手渡した。「千年見ていても、私はこの手紙から何も見つけられないと思いますね」と大尉は言った。「字面通りの意味しか取れませんよ。面白い手紙だとは言えますが、それだけです」
「この手紙はね」手紙を見つめる眼差しに惜しみない賞賛を込めながら、トレントは言った。「こ

れまで僕が読んだうちで、とびぬけて面白いものですよ。ここに書かれているのは、ペンダントの隠し場所ではなくて、逮捕の前にジム・ラドモアが隠した、ペンダントのダイアモンドの在処《ありか》だと、僕は睨んでるんです。石が嵌め込まれていた台の方をジムがどうしたかはわかりませんよ。まあ、それは大した問題じゃない。でもダイアモンドはここに隠されていました。それらはふたたび、ジムの手元に戻ったんじゃないかと僕は思いますね」

ミュアヘッド警部はいらいらと身体を揺すった。「要点を言ってくれ、トレントさん」と彼はせかした。「この手紙から何を摑んだんだね？　ダイアモンドはどこに隠されたんだ？」

「まず、僕が摑んだもの、そしてそのわけをお話ししましょう。最初に僕がこの手紙を読んだ時、そう、あなたの目の前でですよ、警部——『この土地はアペルジックの町を擁するヘルダーラントに、風景も空気の匂いもよく似ています』というくだりに目を留めたんです。これを読むと、当然のことながら、ダートムーアが実際は丘陵地帯だということが思い浮かびますね。それに対して、ヘルダーラントというのはオランダの一地方なんですが、あそこは実は大部分が海抜以下の国なんです」

「私にはそんなこと、思い浮かびもしなかったですよ」とエインガー大尉が言った。

「ですから」大尉の言を意に介さず、トレントは話を続けた。「風景や空気に類似点があるというのは、かなりおかしな話なんです。そう思いませんか？　おそらくその点に刑務所の所長が何かひっかかるものを感じて、この手紙に疑惑を抱いたんでしょう。さて、次に僕の注意を引いた点は、シェイクスピアの引用でした。僕もシェイクスピア作品の中でこれを読んだ憶えがありますが、何か変だという気がしました。言葉がいくつか抜けているんだと思いました。しかも、散文の一節とは思えない。かといって十音節詩行の形にも、その他の韻律にも合っていない……。もうひとつ、一見して思ったのは、英語でも十分に間に合うところにドイツ語の一節を引いているのが妙だということでした。

そこで大英博物館の図書館にこの手紙を持って行って、腰を据えてこの問題に取り組んだんです。この中にあるのが暗号だとすると、それを解読するのはおそらく不可能だろうと内心考えていました。でもどんなものにせよ、書かれたままの言葉にメッセージが隠されている可能性の方が高いと思ったんです。そこで、中に込められた意味を読み取ろうとする人間の目を引くサインになるのはどんなものだろうかと自問してみました。たとえわずかでも普通と違っていて、読んだ者が『これがヒントじゃないか』と心の中でつぶやくようなものは、この中のどれだろう？ そしてラドモア親子はふたりとも頭が切れて教養があり、お互いをよく理解していたと言われたことを思い出さなければなりませんでした。

さてまず始めに、『名前は忘れたけど、父さんの炉棚にあった偶像』という文が、パパ・ラドモアが何度も思い巡らすたぐいの事柄なのだと僕は考えました。むろん、僕たちはみな、十本の手を持つヒンドゥの女神の小像を見たことがあります。何年もインドで暮らしたジム・ラドモアが、その名前を忘れたと言ってる。そのことで、たぶんその名前に注意を向けようと意図したんじゃないでしょうか」

「パールヴァティーだ——耳にタコができるほど聞きましたよ」と大尉が口をはさんだ。

「そう。ヒンドゥ教の神話を調べて、その名前を見つけました。でも別の名前があるんです。ラドモア親子がインドでの生活を送ったベンガル地方で知られている名前です。本によると、そこの人々はこの女神をドゥルガーと呼ぶんです。そこで僕はふたつの名前をメモしました……。けっこう。さて普通と違う次なる一節は『アペルジックを擁するヘルダーラント』のあたりです。僕がまずやったのは、地名辞典でアペルジックを調べることでした。そんな場所は出てないんです。いちばん近いのはアペルドールンという町で、確かにヘルダーラントにありました。次に大きな地図を広げて、隅から隅までヘルダーラントを調べました。思ったとおり、その地方は板みたいにまっ平で、アペルジックなんて影も形もありません。でもオランダには『ジック』で終わる町がいくつかあることを発見しました。これはジムがいかに念入りなごまかし名人かということを示すものです。さてもし、彼が本当にアペルドールンで病気になったのだとしたら、僕はそう踏んでいるんですがね、父親はただちにこのヒントを見抜いたでしょう。僕はアペルドールンとメモし、そしたら光が見えてきたんです」

ミュアヘッドは困惑の態で鼻をこすった。「いまひとつ私には――」と彼は言いかけた。

「すぐにわかりますよ。次に僕が取りかかったのは、妙な感じのシェイクスピアの引用でした。カウデン・クラークの用語索引で『関節』と引いて、その一節を見つけました。『ヘンリー四世』の一節です。ノーサンバーランド伯がこう言うくだりです。

『そして、がたがたの蝶番《ちょうつがい》のように、熱病で関節が弱り、
生身の重さに耐えられない、哀れな男が……』

これをどう思いますか?」

警部は首を振った。

「まあいい。では、ドイツ語の文の方を見てみましょう。〈Sie würden das nicht so hingehen lassen〉とは『彼らはそれを許さないだろう』もしくは『彼らはそれを見過ごさないだろう』とか、そういった意味です。そこで、このドイツ語のうちに暗示やヒントを探している人間を想像してください」

ミュアヘッドは手紙を受け取って、その言葉を丹念に調べた。「ドイツ語学者じゃないですしねえ」と彼は言いかけ、やがて目を輝かせた。「ここで抜けてる言葉は――」と彼は言った。

「がたがたの蝶番（hinges）のように、です」とトレントが気づかせた。

「そうだ。そして、こっちには」警部は興奮してhingehenという単語を指で叩いた。「英語の『蝶番（hinge）』と『雌鶏（hen）』が入っているぞ」

「大当たり！　この際、雌鶏は無視です。ここでは出番なしだ。最後に、たぶんあなたがご存じないことをお教えしましょう。シュラウベ（Schraube）とはドイツ語で『ねじ』という意味なんです」

ミュアヘッドは自分の膝を乱暴にこぶしで叩いた。

「そこで！」トレントはメモ帳から一枚破りとった。「隠されていた言葉を書き出してみますよ」

彼は手早く書きつけて、警部にその紙を手渡した。彼とエインガー大尉がふたりでそれを読んだ。

そこにはこうあった。

ドゥルガー Doorga

ドールン Doorn

蝶番 Hinges
蝶番 Hinge
ねじ Screw

「それから」とトレントがつけ加えた。「『ドア』という単語が手紙の本文に二度、『蝶番』が一度出てきます。これはラドモアの父親が、その言葉を探り当てたとして、正しい道筋をたどっていると彼に示すためですね。『よしよし』と彼はひとりつぶやきます。『戦利品はどこかのドアの蝶番のねじの下に隠されているんだな。ではそれはどこだ？』彼はもう一度手紙をひっくり返す。そこに示されているのはただ『ジャーミン・ストリートの昔の部屋』の住所だけです。そして、大当たり、というわけです」

トレントはポケットからドライバーを取り出すと、大尉の寝室に通じる、開いたドアの方へ向かった。「もちろん、表のドアではなかったはずです。蝶番に細工するには、あけっぱなしにする必要がありますからね」トレントは寝室のドアの蝶番にちらりと目をやった。「ここのねじのペンキが」彼は側柱の上半分の蝶番のねじを指差した。「少しこすりとられている」

一、二分のうちに、彼は三つのねじをすべて外していた。下部の蝶番だけで支えられたドアはわずかに前方に傾き、上部の蝶番は側柱から離れた。蝶番のついていた場所の下に、木部を雑にくりぬいた小さな穴があった。無言で警部はペンナイフでその穴を探った。

「宝石はない、当たり前だが」暗い声で刑事はそう告げた。

「そりゃ、ないでしょうよ」とトレントが答えた。「宝石は大尉が見た、彼の手にしていた小さな真綿のかたまりの中だったんです」

ミュアヘッドは立ち上がった。「よし、まだ遠くへは行ってないはずだ」刑事が帽子をつかむのと同時に、ドアがノックされ、ハドスンが息を切らせて入ってきた。その目にはつよい好奇心がのぞいていた。「刑事さん、使いの小僧が、いましがた、これをあなたにと」荒い息をつきながら、彼は刑事に小さな包みを手渡した。繊細な斜字体の筆跡で、宛名は『ジャーミン・ストリート二三〇、R・エインガー大尉殿方、犯罪捜査課、C・M・ミュアヘッド警部殿』となっていた。

大急ぎで警部は包みを破いた。そこにはほのかに香水の匂いの残る、片方だけの小さな黒いスエードの手袋が入っていた。紙切れが一枚添えられており、同じ筆跡でこんな言葉が書かれていた。

「僕の思い出に、これを身につけてください――J・R」

安全なリフト

Trent and the Fool-Proof Lift

この町で生活していく上で遭遇する、命に関わる事故のうち、もっともありふれたもののひとつが、昇降機《リフト》のシャフトへの転落事故である。大都市で経験を積んだ検屍官なら誰しも、それが理由となる事例を一度ならず取り扱っている。その原因は、近視、不注意、建築上の欠陥、あるいは安全装置の不備とさまざまである。そして、いまひとつ別の可能性もある。

この上ない上天気の六月のある日、さる有名なワイン輸入代理店を経営する、ムッシュー・アルマン・ビネ＝ガイリーは、普段よりかなり早い時間に、ジャーミン・ストリートのオフィスを出て、ハイド・パークを通り抜け、リグビー・ストリート四二番地にある自分の独身者用フラットへ、のんびり歩いて帰ってきた。このフラットは背の高い古い建物で、ヴィクトリア朝前期の生硬な建築様式の悪いところを「改修」したものであった。五階建てで、ビネ＝ガイリー氏の住居はその三階部分だった。彼が警察に語ったところでは五時三十分頃、日中はいつも開け放してある正面玄関のドアを入り、彼は玄関ホールの奥にあるリフトへと向かった。格子扉越しに見ると、リフトは一階になく、降ろそうとして彼はボタンを押した。だが何も起こらなかった。

ビネ＝ガイリー氏はひどくむかっ腹を立てた。リフト使用料を支払っているのに、この暑い日に二階分も階段を昇るのは、でっぷり太った彼には考えるのもうんざりだった。彼は何の気なしに、格子扉の取っ手を摑んでゆすってみた。驚いたことに、リフトがそこにあるかのように、扉はスライドして開いた。当然、リフトがなければ動かせるはずのない扉だった。システム全体が故障しているんだなと彼は思った。彼はシャフトに首をつっこんで上をのぞいた。リフトがあった。彼の見るところ、最上階に止まっているようだった。そして首を引っ込める際に、シャフトの終点になっている浅い窪みの底に何かあるのが彼の目にとまった。この薄暗い玄関ホールの奥にはいつも明るい天井電灯が点いていて、ビネ＝ガイリー氏がそれを見分けるのに十分なだけの明るさがあった。

多くのフランス人と同様、兵役についた経験がある彼は、この種のことにも慌てなかった。太っていたにもかかわらず、シャフトの底へと降りようとしたが、そこで彼は考え直した。ぺちゃんこになったこの人間の軀《むくろ》に命がないのは明らかだ。ここですべきは、警察が来るまでこれに手を触れずにおくことだ。ビネ＝ガイリー氏は地階に通じるドアへと向かい、下にいる管理人のピンブレットを大声で呼んだ。リグビー・ストリート四二番地は、高級住宅街のメイフェアの上品さからは、オックスフォード・ストリートの幅ぐらいしか隔てられていないが、制服を着たポーターを置く贅沢はゆるされていなかった。そしてピンブレットもその妻も、普段は玄関ホールと階段の掃除という朝の仕事が終わった後は姿を見せなかった。

これまた軍隊経験があって、ビネ＝ガイリー氏より修羅場をくぐってきたピンブレットは、ひと目で状況を把握した。無駄口をきかず、彼は大股で玄関ホールの電話のところへ行くと、警察署に電話した。それからふたりは階段を上がって、この名も知らぬ男――死体の顔は見えなかった――がどの階の扉から死のダイビングをしたのか調べることにした。ビネ＝ガイリー氏の部屋のすぐ上の階で、ふたりは扉が引き開けられているのを見つけた。この階はアンソニー・ヴィリアーズ・マックスウェルという、スポーツマンタイプの青年とその召使いのフラットになっていた。ビネ＝ガイリーはこのフラットの呼び鈴を鳴らして事情を尋ねようとしたが、ピンブレットはすべて警察に任せた方がいいと言った。

一時間後、ビネ＝ガイリー氏は自分のフラットでカンパリをすすりながら、アリスティードという名の召使いと、このミステリアスな事件について聞き知ったばかりのことを話し合っていた。死んだのは彼の家主、スティーヴン・ハヴロック・ハーモンであることが判明した。彼は数年前にこの家を買いとって、そのすぐ後に空室となった上階に甥のアンソニー・マックスウェルを住まわせていた。ハーモン氏の数ある奇癖のうちに、どんな種類のものにせよアルコールを激しく嫌悪する性癖があったおかげで、ビネ＝ガイリー氏とハーモン氏の間には、心を通わせるのにいささか困難があった。この建物を購入した時、先住の店子のうちにワイン貿易に携わる者がいることを知って、ハーモン氏は口惜しさを隠そうともしなかったのである。彼はワイン貿易などと言わず、酒商《あきな》いと呼んでいた。

その午後、建物の中にいた者でハーモン氏が建物に入るところを見た者は誰もいなかった。死体となって発見されるまで彼を見かけた者はいなかった。この家に来た目的を知る者もいなかった。最上階のフラットに住む、有名な外科医のクレイトン・ハジェットは家にいなかった。彼のところの家政婦は呼び鈴の音を聞いていなかった。アンソニー・マックスウェルも外出中で、彼の召使いも午後は『休み』を取っていた。すでに警察にビネ＝ガイリー氏宅を訪れた者はいなかったと証言していたアリスティードが、これについては請け合った。有名な服飾デザイナーのルシアン・コーデロイ氏とその妻はふたりとも、マリオン・ストリートにある店にいた。そして夫妻の通いの召使いが、昼の十二時過ぎにその場所にいたためしはなかった。大英博物館でフェニキア時代の遺物を管理しているサー・ジョージ・ストワーにいたっては、やっとのことで取った休暇をイングランド南東部の保養地マーゲイトで満喫している最中で、一階の彼のフラットは数日前から閉まったままだった。

「でも、もちろん」アリスティードは浅黒いあごを指でひねくりながら述べた。「あの老紳士は甥っこを訪ねようとしていたんですよ」

「その可能性が高いな」とビネ＝ガイリー氏は同意した。「彼はあの若造をむやみと気に入っとったからな。他には親類がおらんそうだよ。間違いなくあの甥が遺産相続人だろうな。叔父がやったのより、ちょっとばかり早いペースで、甥がその金を動かしていくだろうさ」

「ああ、お若いのにねえ」アリスティードが気の毒そうに言った。

「しかも根っからの放蕩者ときた日にはな」とビネ＝ガイリーがつけ加えた。「さて、アリスティード、わしの身仕度の時間だよ」


《レコード》紙の読者のために、最初にこの事件のあらましを記した中に、フィリップ・トレントはこの建物の他の居住者に関するこうした事実を挙げていた。「当然ハーモン氏は、これまでしばしばそうしていたように、甥に会いに来たものと思われる（とトレントは記した）。同氏はこの甥を非常に可愛がっていたとのこと。呼び鈴を鳴らしたが応えはなく、同氏は来た道を引き返そうとした。扉を開けたハーモン氏は、リフトがそこにあるものと信じ、何もない空間に足を踏み出した。同氏がひどい近視であったことは、よく知られていた。警察医の語ったところによると、首の骨が折れていたほか、数箇所に外傷があり、間違いなく即死だった。死体は発見された時、死後一時間も経過していなかった。

ごく単純な事件だが、重要な疑問点にはどれも依然として答えが出ていない。

なぜハーモン氏があると思ったところにリフトがなかったのか？　同氏はリフトを降りたばかりだった。警察が収集した情報によると、クレイトン・ハジェット氏とマックスウェル氏が外出した昼過ぎからは、各フラットに出入りした者は誰もいないとのこと。

なぜリフトは最上階にあったのか？

リフトがその階から離れる瞬間に自動的にロックされるはずの扉を、どうやってハーモン氏が開けられたのか？

なぜ一階の扉のロックが解除されていたのか？　これがもっとも謎とされる点だ。四階の扉の装置は故障していた可能性が考えられる。それでハーモン氏は扉を開けられたのだろう。しかし、一階の扉は死人によって開けられたはずはない。

なぜその他の扉は正常に作動していたのか——リフトがあった最上階の扉はロックが解除され、他のふたつの階の扉はロックされていたのか？

このきわめて重要な点について、このリフトを製造し設置した会社から調査に派遣された専門家に話を聞いた。装置はメーカーによって月一度の点検が行われており、一番最近の十日前の点検の時は万事問題なかったとのこと。システムはまず《誰が乗っても安全《フール・プルーフ》》と言える状態だった。『しかし、《どう扱っても安全《ツール・プルーフ》》というわけではありません。技師の目から見ると、このふたつの扉がこじ開けられているのは一目瞭然です』とのこと。

ここがこの事件の不気味なところだ。ハーモン氏以外の何者かが、一階の扉をこじ開けたのだ。四階の扉をこじ開けたのも同じ者と思われる。三時以降、この家にいたことが確認されているのは、地階の管理人と、ビネ゠ガイリー氏のフラットのフランス人の召使いと、ハジェット氏のところの家政婦だけだ。ハーモン氏以前に、あるいは彼と一緒にこの家に入った者がいるのか？　警察の調査はこの点に向けられている。今のところ、成果はあがっていないようだ。

　仮にハーモン氏が暴力行為の被害者になったのだとしても、恨みによる犯行とは考えにくい。確かに同氏は自説を枉《ま》げない人物で、しばしば人前で激しい論戦を繰り広げており、昨年、生体解剖をめぐる論争で、店子のクレイトン・ハジェット氏との間に交わされた、激しい非難の応酬は記憶に新しい。しかしながら、同氏は個人的に知り合いの論敵とは、非常に親しい関係を保った、常に公正で騎士道を重んじる議論好きだった。性格は思いやり深く、寛大で、多大な資産は大部分が慈善行為に当てられている。亡き夫人の記念としてなされた病院への寄付は、ハーモン氏の慈善事業のほんの一部分にすぎない」


　トレントはアンソニー・マックスウェルの悲しみを邪魔することはしなかった。だが、その青年の召使いであるジョーゼフ・ウィーヴァーからは、ある重大な情報を得た。甥は叔父を失った痛手にひどく打ちひしがれており、人が変わったように落ち込んでいるというのだった。ウィーヴァーによれば、彼は繊細な心の人間だった。若い男性というものの常で多少粗暴なところはあったかもしれないが、彼にはいわゆる善良な性質が備わっているとのことだった。アンソニーは全面的にハーモンに頼っていた。子どもの頃に両親が死んだ後は、彼が父親代わりを務めていたのだった。アンソニーが度を失うのも当然といえた。

　トレントは内心、人はうわべだけでは判断できないものだと思った。なぜならアンソニー・マックスウェルとは顔見知りだったが、彼の目つき、口の利き方、振る舞い、そのどれからも性格の善良さなど、うかがうべくもなかったからである。ウィーヴァーは主人に忠義立てしているのだと思われた。別段、忠義心に篤いとも見えなかったが、何か言うほどのことがあるようには見えなかった。召使いにありがちなことだが、彼も表情を殺していた。静かな声、しゃれた服、つやのある黒髪から分別ある男だろうと見当がついた。トレントは質問をぶつけてみた。

ハーモンさまは、とウィーヴァーは答えた。お仕事でしょっちゅうサリー州の地所からロンドンへおいでになりました。その際には必ず甥のマックスウェルさまを訪ねられていました。時にはそれが目的でロンドンまでいらっしゃることもありました。いいえ、マックスウェルさまは、あの事故の日には叔父さまがお越しになるとは思っていらっしゃいませんでしたよ。お越しになるというご連絡はございませんでした。もしご連絡があれば、マックスウェルさまはもちろんお家にいらしたでしょう。ウィーヴァーは、ハーモンが他の店子の誰かを訪ねるつもりで来たということはありえないと考えていた。修理その他の家主の用事を打ち合わせるために、時々はそういうこともあった。だがそういう時は必ず、平日は避け、前もって約束していた。マックスウェルさまは別ですが、フラットにお住まいの方はみなさまご多忙ですからね、とウィーヴァーは指摘した。フラットの住人が夕方より前に家に帰っていることはめったになかった。

そうです。ハーモンさまは、ウェスト・エンドにある不動産の管理をすべて、ご自分でなさっていました。ずいぶんたくさんお持ちでして、それがお仕事といってよろしいほどでした。いいえ、あの方はけっして、やかましい家主などではありませんでした。まったく逆でございます、とウィーヴァーは言った。ハーモンさまは人のために何かなさることがお好きで、大変気前のよい方でした。それはこのウィーヴァーがよく存じております。

「あなたに対して気前がよかったということですね」とトレントは水を向けた。「ここを訪れた時にはあなたにプレゼントを持ってきたとか、そういうことですか?」

「ハーモンさまはいつでも紳士らしく行動なさっていました」とウィーヴァーは殊勝げに答えた。「でも私が申し上げました意味は、もっと深いのです。私はマックスウェルさまの下に参ります以前は、二年間あの方にお仕えしておりました。そのようなわけで、私はあの方の習慣をよく存じておりましたし、ご親切に感謝していたのです。その後、ハーモンさまが世界一周の旅にお出かけになる際に、私にマックスウェルさまのところに行ってはどうかとおっしゃいました。マックスウェルさまは当時、使っていた召使いにご不満をお持ちだったのです——九ヶ月ほど前のことですが、それから今まで、私がお仕えさせていただいているような次第でございます」


トレントが友人のブライ首席警部の元へこの事件について相談に行くと、首席警部は非常に面白い事件だと言って、機嫌よく彼の説明に興味を示した。

「これまでのところ、一筋縄ではいかんな」と首席警部は言った。「もちろん、これは殺しだ——それは確かだ。リフト会社の者の説明は聞いたんだろ。それにむろん、事故に見せかけようとしたものだ」

「それじゃ、四階のと同じく一階のリフトの扉がこじ開けられていたことはどうなんでしょう? あれじゃ、事故らしく見えませんよ」

「では、どう見える?」とブライは訊いた。

「あなたと同じふうに見えていると思いますよ。あの老人がシャフトに突き落とされた時、犯人は自分の計画に何か手違いが生じたと気づいたんです。死体と共に発見されたら、犯人の正体がわかる物を何か、ハーモンは持っていたんです。犯人としては、階下へ駆けおりて、一階の扉をこじ開け、目当てのものを死体から奪うしかない。そんなことをやってる時に、万一、ピンブレットか誰かが現われたとしたら、老人が扉を開けて、シャフトに落ちたのを見たから、駆けおりてきて、まだ息があるかどうか確めようと扉をこじ開けたと言えばいい」

首席警部はうなずいた。「そうだ。同感だ。おそらく犯人は目指す物を手に入れた。そして誰にも目撃されなかった。むろん、あの時間にはだいたいあたりに誰もいない。あの犯行をやったのは、そのことを知っているやつだ」

「そこに住んでいる人間についてはどうです？　全員嫌疑からはずれるんですか？」

「そんなことはない」ブライはきっぱりと言った。「嫌疑はかかっていないが——疑おうと思えばできないわけじゃない。なにしろ、連中のほとんどにアリバイがないときてる。むろん、博物館員は別だよ。彼のフラットは留守だった。今もだ。それからコーデロイ夫婦は洋服店に六時過ぎまでいた。だが例のフランス人は、入ってきて死体を発見したと報告している時刻にはひとりだった。死体を見つけた状況、家に入って来た時刻についての話は裏が取れない。マックスウェルは自分のフラットで昼食を摂り、そのすぐ後に出かけて、午後じゅうずっと、ローズ・クリケット競技場で、ランカシャーがミドルセックスに負けた試合を観戦してたと言っている。その後、他の元気な仲間たち何人かとつるんでクラブに行って酒を飲み、夕食の着替えをするために家へ戻ったそうだ。だがローズ競技場なんてのは、いくらでも抜け出して、後で戻って行ける場所だ。しかも車を使えばリグビー・ストリートからは大した距離じゃない。それから、外科医のクレイトン・ハジェットだ。病院での夜勤明けで、彼もフラットで昼食を摂っている。二時三十分に車で出かけ、ある個人病院と、ある私邸で手術を行った。それが四時十五分に終わり、お茶を飲んで、それからリッチモンドのあたりを二時間ばかりドライブしたそうだ——ただ新鮮な空気を吸いたくてだと。その間ずっと誰とも一緒じゃなかった。残念ながらな」

「彼はハーモンのことが好きじゃなかった」トレントは言った。「生体解剖をめぐっての大喧嘩では、実に容赦がなかったですからね」

「そうだな。それにあの男は人が思う通りにならないと、かっとなる。自制心を失うんだ。かつてハンター・クラブの喫煙室で、ある男を殴り倒してクラブを辞めるはめになったこともある。あれだけのメスさばきの達人でなかったら、誰も相手にしないだろうよ」

「建物にいる召使いたちはどうでしょう？　全然対象には入って来ないんですか？」

「言えるのは、彼らの話はどれも裏づけが取れないってことだけだ。ピンブレットはフランス人に呼ばれるまで、午後はずっと地階の部屋にいたと言ってる。かみさんの方はハイベリーの姉を訪ねていて不在だった。フランス人の召使いとハジェットの家政婦は、死体が発見されて警察が聞き込みに来るまで、フラットのドアを開けなかったと言っている。マックスウェルのとこのは、午後から暇を取って、主人が出かけた後、外出してビザンティン劇場でずっと映画を観ていて、アンソニーが帰るより少し早く戻ったそうだ。なあ、それが何の役に立つっていうんだ？　他の三人と同じく、警察が呼ばれる前の数時間をどこで過ごしたか、彼にはまったく立証できんのさ」

「彼らの中に何かトラブルに巻き込まれていた者は？」

「誰にも不利になるようなものは出てきてないね。元軍曹のピンブレットはりっぱな経歴の持ち主だし、家政婦のハーグリーヴズ夫人も同様。ウィーヴァーは以前はハーディングの店に勤めていた。デューク・ストリートにある大きな理髪店だが、ハーモン老人がロンドンに住んでいた頃はよくその店を利用していた。いつもウィーヴァーを指名して、しまいには引き抜いて自分の召使いにしてしまったんだ。その後——」

「ええ、本人から聞きましたよ。アンソニーのところに移ったっていうんでしょう。まったく大したもんですね。それでフランス人の召使いは？」

「アリスティード・レコーについてわかってるのは、頬髭があって仏頂面をしていて、前掛け姿で平気で人前に出るってことぐらいさ。主人の話では、もう何年も仕えていて、すべての点で申し分ないそうだ。だがそれが何になる？　むろん、召使いも考慮に入れなけりゃならんが、連中の誰かに、どんな動機があるっていうんだ？　主人の方なら話は別だ。例えばハジェットだがね」

トレントは首席警部の目を見た。「動機について話していたんでしょう」と彼は穏やかに言った。「あなたが思いつく中で、ほんとうにハジェットの恨みが一番強い動機ですか？　じらされるのは好きじゃないんですけどね」

「わかった。今、言おうとしてたんだよ」ブライは薄く笑みを浮かべて答えた。「そう、巨万の富の大部分が転がり込むかも知れないという目算が、動機として働いた可能性があると考えている。我々のつかんだ情報では、いかにもマックスウェルがやりそうなことだ。何かが彼に起こらない限りはな。叔父は彼に実に気前よく小遣いを与えていた。家賃もただなら、ウィーヴァーの給料もあの老人が払ってやっていた。マックスウェルは感謝して当然だし、たぶん、感謝はしてたんだろう。

だが、そこは、性根の腐った不埒な若造だ。いつも借金に追われていた。ハーモンは頑健な男じゃなかったが、まだ長生きはしただろう。さあ、これで納得するかね？」

「そのぐらいのことなら僕も思いつきましたよ」とトレントは認めた。「確かに納得しますよ――もっとうまい説が出てこない限りは」

ブライはここぞとばかりに、指を一本立てた。「それじゃ今から、君の思いつかなかったことを聞かせてやろう。摑んだばかりの情報だ。もしほんとうなら、検屍官にも後で知らせなきゃならんが、今のところ、犯人には知られたくないんだ。クレイトン・ハジェットがあの日午後二時三十分にフラットを出たと俺が言ったのを憶えているだろう。彼が話したのはそれだけじゃない。リフトで下に降りたと彼は言った。こいつがかなりトロくさいリフトなんだ。下のフラット――アンソニーの階――を通る時、ハジェットは人の話し声を聞いたというんだ。通過する時、ちょうどそのフラットのドアが内側から開きかけるのが見えた。そしてドアが開くのと同時に、大声で脅しつける声が聞こえた。『俺の言う通りにしろ。ぐずぐずするんじゃない。俺を甘く見るとどうなるか、目に物をみせてくれるぞ』俺ができるだけ詳しくと言って、ハジェットが思い出せる限り再現した実際の言葉はこんなところだ」

トレントは目を輝かせて首席警部を見た。「いちばんおいしいところを最後まで取っておくのがお好きですね。なんだ、あるじゃないですか。それですよ、それ！　あなたの前に配られていたんじゃないですか。皿に載っけて」

「まわりにパセリを添えてな」臆面もなくブライがつけ加えた。

「前にもその科白は聞いた憶えがあるな」と考え込むようにトレントが言った。「つまり、あまり簡単に手に入ったいい知らせは信用できないって言いたいんですね。でもこの際、これは特例として記録に加えたらいかがです？　ハジェットは誰の声だかわかったんですか？　誰かの姿を見かけたとか？」

「いいや。ハジェットは自分が聞いた話し声はマックスウェルのだったかもしれないと言ってる。だが彼はマックスウェルの顔は知っているが、一度も話をしたことはないんだ。だから大声を出した時、彼の声がどんなふうに聞こえるかはなんとも言えない。それにもちろん、他の誰かだってこともありうる。それでどんな種類の声だったかと訊いた――牧師補か、ごみ収集人か、その他、何かに似てないかとね。彼に言えたのは、それが下品な声でも、上品な声でもない、まあその中間ぐらいのものだってことだけだ。実に参考になるね！　だがそれだけじゃないぞ。リフトが一階に着いた時、彼は上の階のドアが荒っぽく閉まる音を聞いてる。たった今、自分が開くところを見たドアだと彼は決め込んでいたがね。そして車に乗り込もうとする時、マックスウェルが正面玄関のドアから出て来た。帽子を被り、ひどく腹を立てているようすで、顔を真っ赤にして、足早に歩いて行ったそうだ」

トレントはこれをじっくり考えた。「ハジェットの話ではそうですけど、マックスウェルはそれについてはなんて言ってるんです？」

「まだ聞いてない――今のところは。しっぽを出すかもしれんから、もう少し泳がしてあるんだ。だがむろん、全部嘘かもしれん。そうだ。君は驚くかもしれんが、さっき言ったように、ハジェットの線も消えたわけじゃない。君のために仕入れたニュースは他にもあるんだ。こっちは嘘じゃないことは確かだ。ジャクスンが検屍をしていて、多大な説明を要する、あるものを見つけた」

「何だ。まだ隠していることがあったんですか?」

「なに、プレゼントだよ。ジャクスンは右手の指の爪が、まるで何かを強くひっかいたように見えることに気づいたんだ。そしてなんだかわからないが、非常にかすかな匂いがした。そこで爪からかき取った物質を鑑識に回した。発見されたのは、ごく小さな人間の皮膚の切片と、それから名前を挙げてもあまり意味のない微量の有機化学物質が数種類、それに今まで何度も聞いたことのある物質だ」

「そうですか。何だったんです?」

「クロロフォルム」


自分のアトリエで何度も考えてみたが、トレントは最初、この事件についてブライとふたりで話したところから少しも先に進めなかった。格闘があったとしたら、そしてクロロフォルムが使われたのだとしたら、そのことはクロロフォルムとその作用について知悉していると思われるこの家のある住人を指し示しているように見える。そしてハジェットは、非常に有能で成功した専門職の人間であると同時に、激しやすい性格で、すぐに敵意を募らせる男として知られていた——素質の組み合わせとしてありえなくはない。だがトレントはそういう性格の人物が、自分の嫌悪を狡猾で油断のならないやり口の殺人という形で表わすとは信じがたいと思った。諍いならば話はわかる。暴力行為もあるかもしれない。暴力が由々しき結果となり、法律的に殺人となる。そういうことなら起こりうる。だが、でっちあげた話によって、犯人が発覚をかわそうとする計画的で非情な犯罪となると、トレントには考えられなかった。彼の経験からすると、能力を磨き、重い責任を持つ立場にあり、職業において著名になっている人間が、卑劣な策略を巡らし、細々とした嘘をつくというのがしっくりこないのだった。

だがハジェットが見聞きしたという話が本当だとすると、それはわかっている事実とどう符合するだろうか？　建物を出た時間に関するマックスウェル本人の話はハジェットのそれと一致する。ウィーヴァーの話は当然のことながら、主人より少し後に外出したというものだった。このふたりとも、マックスウェルのフラットで大声で脅すような言葉を吐いた何者かについて、何も語ってはいない。それはマックスウェル本人かもしれない。ハーモンだった可能性は？　だがハーモンは甥を盲愛と言っていいほど愛していた。マックスウェルと召使いのふたりが口裏を合わせて、ハーモンはマックスウェルが一番傷つけたくない寛大な保護者だという作り話をこしらえて、この点の真相を隠しているなら話は別だった――そうなると新たに醜悪な事態が展開した。彼らにはそうするだけの目的があるのかもしれなかった。首席警部はそのことを考えてはいなかった。少なくとも（トレントは皮肉な笑みを浮かべつつ思い起こした）、それについて触れなかった。それにしてもハーモンの訪問はウィーヴァーによれば突然の訪問だったという。

考えがこの点に及んだところで、トレントは立ち上がってアトリエを歩き回りはじめた。まもなくモデル用の更衣室に行くと、そこにある鏡に映して自分の容姿を点検した。髪は最近きちんと切ったばかりだった。だがもう一度整髪しても、自然なバランスを崩すことはなさそうだと彼は思った。一時間も経たないうちに、彼は布にくるまれた十人ばかりの客のひとりとして、高い鏡の前の坐り慣れない椅子に坐っていた。そして店員の開口一番の、その日の暑さについてのおしゃべりに、もうじき雨になりそうだねと適当な答えを返していた。

トレントは他の大勢の人間と同じように、書きつけることで自分の考えがより明瞭になると知っており、発表されないものをまとめて個人的な備忘録としていつか出版できるように、しばしば至急報の草稿の形で書き記したものだった。その晩、彼は机にかじりついて、自分が発見したことの説明とそこから導き出した結論を、ペンで完璧にまとめ上げた。

「ハジェットの話が真実だと信じることを起点として（と彼は書き出した）、私はマックスウェルのフラットにいた、漠然と脅迫を匂わせて不快な言葉で命令を下していた人物と、命令され脅迫されていた人物を割り出さねばならなかった。ブライ首席警部が言ったように、このような言葉を発した可能性は誰にもありえた。この事件でまだ視野に入ってこない人間かもしれなかった。しかしその場にいたことがわかっている者から最初に考えるのは悪いことではない。そしてそのひとりがハーモンだった。だが我々がハーモンについて得ている評価からすると、これはありえないように思われる。そしてそれはマックスウェルとその召使いから得られた評価だけではない。ハーモンは恫喝したり脅迫したりなどは絶対にしない人物だという評判である。その他のフラットにいた他の者については、そのうちの誰かに嫌疑をかける理由は毛筋ほども見当たらない。

マックスウェルと召使いはどうか。

マックスウェルなら恫喝したり脅迫したりできたかもしれない。彼は立派な青年とは言いがたい。声のぬしは彼で、相手はハーモンかウィーヴァーだったのだろうか？

さて、そんなことがありうるだろうか？　マックスウェルは狂人ではない。正気の人間は、ゆくゆくはその財産を相続する見込みがある金持ちの叔父に、そんなふうな口を利くものではない。召使いに対しても、その場で辞めさせたいと思っているが、次の召使いが決まるまで仕方なく身の回りの世話や料理や家事をさせているというような者でない限り、そんなことはするまい。彼がなんらかの方法で、叔父と召使いのどちらかをあごで使っていたというなら、もちろん話は別である。ハーモンかウィーヴァーのどちらかが、マックスウェルに後ろ暗い過去の秘密でも握られていたのだろうか？

ここまで考えると、新しい問題点が浮かんできた。私と会った時、ウィーヴァーはマックスウェルが叔父の来訪を予期していなかったと語った。これが明らかな嘘のように見えたことから、ウィーヴァーを洗えば、何らかの収穫が得られるかもしれないと思うに至った。そこでハーディングの店に行き、散髪をしてもらったのである。

散髪にあたった男は、理髪師の常で、愛想よく話しかけてきた。私はハーモンの死亡事故を話題にした。すると理髪師は、その話題に関して私の書いた記事を読んでいたのかもしれないが、奇妙な事故だと言って、そう考える理由を話してくれた。ついで私はハーモン氏の以前の召使いがかつてハーディングの店で仕事をしていたことを知っていると言った。男はふたりのことをよく憶えていた。彼はひたすら、ウィーヴァーがやったように、自分も出世するチャンスをつかみたいと望んでいた。彼はウィーヴァーがマックスウェルの召使いになったことは知らなかった。だがウィーヴァー自身が非常に羽振りがよくなったことは知っていた。その上、ウィーヴァーは少しばかりの金を相続したと、密かにそう打ち明けたそうだ。彼は今ではいっぱしの紳士気取りで、特に最近六ヶ月は派手だった。おそらく昔の仲間にちょっとばかりひけらかしたかったらしく、二週間に一度、ハーディングの店へ散髪に通っていた。金の腕時計に、ダイアモンドのタイピン、たいした洒落者である。時間決めで暇を取っては、贅沢をするのが好きだったようだ。金がたんまりあるなら、別にいけないことではない。時には私を散髪した理髪師を始め、ハーディングの店の他の仲間と勤務明けに待ち合わせて、まるで貴族のように酒を奢ってやることもあった。そういう時はいつも、彼はすでに何杯か聞こし召しているのだった。

これだけでも、ハーディングの店を訪れたことで、予想以上の収穫が得られた。だが、これですべてではなかった。理髪師はやがて、私の頭皮の状態が思わしくないと遠回しにほのめかして、これはある種の整髪料を使えば改善されますという、床屋の常套手段を用い始めた。ここでピンと来て、私はウィーヴァーが自分用の整髪料を買う習慣があったかどうか尋ねてみた。ええ、ここにある極上のヘア・トニックをね、と理髪師は熱を込めて言った。理容師だったウィーヴァーがどれほどそれが優れているか知っていたことはおわかりいただけるでしょうと。その値段を告げられた時、ウィーヴァーもその目玉が飛び出すほどの高さを知っていたのだと思った。見せられたカピラックスの瓶は、縦溝の入った緑色の瓶で、ガラスに《服用すべからず》というスタンプが押されていた。もし私がカピラックスを買うことにしたとして、どうして服用が禁じられているのかと私は理髪師に尋ねた。

彼は瓶をひっくり返し、裏に糊付けされた小さなラベルを見せてくれた。そこにはこうあった。

『この製品は各種有効成分中に
微量のクロロフォルムを含有しており

薬事法に基づき、毒物と表示される』

もちろん私は一瓶注文した。理髪師に売り上げ手数料を儲けさせてやったと私は思った。それから彼に、なぜヘア・トニックにクロロフォルムが使われているか、知っているかと尋ねた。人を眠らせるために使うものだと思っていたと。その通りだと理髪師は答えた。ただ、それは気化したクロロフォルムだけで、溶液の形だと皮膚を刺激して清潔にする作用があるとのことである。

私が再現したところでは、この犯罪はウィーヴァーがハーモンの殺害を企てたものである。彼はマックスウェルの知られたくなかった秘密を何か嗅ぎつけたのだ。彼は主人を締め上げて主人が調達した金を残らず絞り取ったのである。主人のことを知りすぎた召使いというのは、道徳に反する脅迫の歴史上、よく登場するものである。じっさい、ウィーヴァーは『金を相続して』いた。おそらくその大部分は博打ですってしまったのであろう。いずれにせよ、手に入れば入るほど、もっと多くをと彼は求めるようになった。あぶく銭の味をしめた彼は、それなしではやっていけなくなった。そして一見、金は底をついた。だが、叔父が死ねば、マックスウェルが金持ちになることを彼は知っていた。ウィーヴァーは考え抜いた末、ひとつの計画を練り上げた。そしてチャンスが巡ってき次第、実行に移すことにしたのである。

ハーモンが死ぬ日の朝、マックスウェルは手紙か電話で、午後に叔父が訪ねてくるつもりであることを知った。ウィーヴァーの話では、老人は来訪の知らせをよこさなかったとのことだが、これはほどんど信じがたいことである。夏の盛りのことであり、来客の予定でもなければ、その午後にマックスウェルが家にじっとしていることはまずありそうもない。ハーモンは間違いなく行くと知らせておいたはずである。これこそウィーヴァーが待ち構えていたチャンスだった。昼食後、彼はマックスウェルにフラットを出て、友だちと合流できるようなところへ行って、夕食の時間まで戻ってくるなと言った。どんなもくろみがあったか、マックスウェルは知らなかったと私は思っている。なぜならハジェットの証言から、彼がこれに逆らったことが明らかだからである。叔父が家にいるように言ってきたのに、なぜわざと家を空けなくてはならないのか、彼にはわからなかったのだ。なぜわざわざ老人を侮辱しなければならないのか？　するとウィーヴァーはフラットのドアのところへ行き、ドアを開けながら声を荒げて、リフトで降りる際にハジェットが耳にした、脅しつけるような言葉を吐いたのである。マックスウェルは、怒りに震えながらも、彼の言葉に従った。

ハーモンがリフトで上がってくると、ウィーヴァーは彼のためにドアを開けた。マックスウェルが留守にしている理由を何とか言いつくろって、たぶんお茶でも召し上がって一息入れてくださいとでも言って、彼を中に招きいれた。ハーモンは部屋に入った。そして彼を居間にひとり残し、ウィーヴァーは部屋を忍び出て、リフトを上の階に上げておき、マックスウェルの階のリフトの扉をこじ開けたのである。老人が帰る時、ウィーヴァーは彼をリフトまで見送り、扉を開け、そして何もないシャフトに彼を突き落としたのだ。ハーモンがどれほどひどい近視か、格闘になった時、抵抗する力がどれだけ弱いか、彼は誰よりよく知っていた。そして、ここで計画が狂ったのである。ハーモンは最後の瞬間にリフトがそこにないことに気づいた。そして突き落とされるのに気づいて、ウィーヴァーを摑んだ。彼は右手でウィーヴァーの髪をわしづかみにし、いくらかを引き抜き、男の頭皮に引っ掻き傷を残して、墜落死を遂げた。

死人の手から髪の毛が発見されたら、事故に遭ったと見せかけようとした計画は水泡に帰すということを、ウィーヴァーは瞬時にして悟った。警察は黒髪で頭に引っ掻き傷のある男を捜し、ほどなくして発見するだろう。やるべきことはひとつしかなかった。ウィーヴァーは一階へ駆けおりて、そこの扉をこじ開け、シャフトの底へ降りて、死人が握り締めていた髪の毛を注意深く取り除いた。彼にできることは他にはなかった。あとはただ、あらかじめこしらえておいた話を繰り返し、運を天に任せるだけである。結局、彼の知る限り、何が起こったにしても、証拠は一切ないのだ」

トレントが備忘録を書き上げた時には夜も更けていた。彼はそれを再三読み返し、それから封筒に入れて、スコットランド・ヤード、ブライ殿と宛名をしたため、郵便局へ行って、書留にして投函した。

翌朝、トレントがアトリエで創作に励んでいると、電話のベルが彼を呼んだ。

本来感情をあらわにしない性質のブライが、トレントの報告書が届いたと言った。「君が正しいのは疑う余地がない」と彼は言葉を続けた。「だがなあ、残念ながら、ウィーヴァーがマックスウェルの何を知っていたのか、我々には永遠に聞けないだろうよ。いい仕事になっただろうがね」

「そうですね。あなたは彼を性根の腐った不埒な若造と呼んでましたものね」とトレントは言った。「僕の病的な想像力と、あなたのひどい経験の積み重ねをもってすれば、その悪事のいくつかは推測できるはずですけどね。しかしなぜ、永遠にわからないなんて言うんです？　ウィーヴァーを殺人罪で締め上げれば、たぶんマックスウェルのことも吐くでしょうよ。もう彼の秘密をネタに強請《ゆす》ることはできないんだから。彼ならやりそうなことですよ」

「ウィーヴァーにはもうそれができないんだ」首席警部の声が苦々しい調子を帯びた。「昨夜八時十五分、ウィーヴァーはコヴェントリー・ストリートを歩いていた。飲んだくれて、まっすぐ歩くこともできなかった。彼が縁石につまづいて車道によろけて出るのを十人ほどの人間が目撃している。そのまま走ってきたバスの下敷きだ。即死だったよ。傷は――」

「どうも。彼の怪我の内容なんか聞きたくありませんよ」トレントは眉をこすった。「致命傷だった――僕にはそれで十分です」

「そうか。だが致命傷でない傷もあったんだ。髪に隠れて、頭部にまだ治りきらない四本の引っ掻き傷がね。そして髪が何本も根元のところで引きむしられた形跡があった。これなら聞きたいだろうと思ったんだがね」

時代遅れの悪党

The Old-Fashioned Apache

フランシス・ハウランド博士がウォーゲイトの自宅近くのスターク・ウッドで襲われ、死んだと思われて置き去りにされた時、彼の数多い友人の誰ひとりとして、動機なき犯罪と見えるこの事件に、理由説明を思いつく者はなかった。その友人たちの中に、サー・ジェームズ・モロイがいた。かの有力な朝刊紙、《レコード》の編集長であり、ハウランド博士がラッセル・クラブに姿を見せる時はいつも、小人数で彼を暖かく囲む仲間のひとりだった。そして翌日、フィリップ・トレントが、彼の新聞のために『このミステリーをどう解くことができるか』を調べるために、ウォーゲイトに出向いたのは、サー・ジェームズの要請によるものだった。

トレントはさっそく現場に行ったが、最初はほとんど何も見つけられなかった。彼が見た限りでは、手がかりを摑めない点では警察も同様だった。だが、事件の第一報で報じられた数少ない明らかな事実に、サー・ジェームズが示唆したように、彼自身が持っている知識から、被害者の並々ならぬ経歴の詳細な記述を加えて記事をふくらますことができた。宿屋〈駄馬と猟犬〉亭に取った自分の部屋に腰を落ち着けて、彼はその晩、汽車でロンドンに届ける至急報を作成した。

「ハウランド博士は（と彼は書き出した）、二年ほど前から、この美しいサセックスの片田舎でフェアフィールドという小さな家で過ごしていた。家には秘書と家政婦と召使いがいた。フェアフィールドはウォーゲイト村のはずれにあり、毎日夕食前に、たいていひとりで周辺を一時間ほど散歩するのが、博士の日課だった。昨日（日曜日）、博士はいつものように五時三十分に家を出た。

六時十五分頃、ウォーゲイトからブリドルミアまで通じる幹線道路を、スパニエル犬を連れて散歩していたデレク・スコットスン氏は、背後で愛犬が興奮して吠え立てるのを聞き、引き返して、その声をたよりに、スターク・ウッドの道路左手を入ってすぐの現場へと踏み入った。犬は小道にうつ伏せに倒れている男のそばにいた。うつ伏せだったが、顔の右側があらわで、一目で顔見知りのハウランド博士とわかった。後頭部にひどい傷を負っているのが見てとれ、最初、同氏は博士が死んでいるものと思った。だが顔がわずかに動いたので、そうではないとわかり、愛犬に被害者を守っているように言いつけて、さほど離れていないところにあるのを知っていた道路脇の電話ボックスへと駆けつけた。

スコットスン氏はブリドルミアの警察署に電話して事情を話し、無医地区であるウォーゲイトに医師を送ってくれるよう要請した。次にハウランド博士の自宅に電話して、秘書のゲムル氏に、ただちにスターク・ウッドに応急処置の道具を持ってくるよう頼もうとした。しかし折悪しく、ゲムル氏もメイドも不在で、家政婦は非常に耳が遠く、電話のベルが聞こえなかった。同氏はそのため、意識不明の博士を愛犬に任せたまま、パトカーが到着するまで路傍に立っていなければならなかった。幸運にもパトカーは時をおかず、救急車を伴って現場に到着した。医師は負傷者に手当てを施した後、ブリドルミアの常駐医師のいない小さな病院に移送した。警察は夕暮れの光の中で、手を尽くして犯人の足取りを捜索しはじめていた。

ハウランド博士はかなりの重傷だが、命にかかわるものではないもよう。何か鈍器のような物、おそらくは鉄の棒で、後頭部を数回殴られており、本日午後四時現在、依然として意識不明。今朝、捜査を続けていたクライマー警部は、小道の湿った土に多数の足跡を発見した。警部はハウランド博士が森の向こうの開けた野原から森の中まで、襲撃者によって尾行され、襲撃者は犯行後、来た道を引き返して逃走したとの見方を取っている。博士の命はスコットスン氏の愛犬に救われたようだ。犬の吠え声に驚いて、暴漢は残忍な犯行を完遂する前に逃走したものと見られる。

記者の知識の中からハウランド博士の経歴に関して主なものをいくつか挙げてみることにする。博士は本国よりフランス国内でよく知られている。引退前は長年に亘り、法曹界で著名な立場にあった。父親がさる有力新聞の特派員をしていたパリで生まれ育ち、教育は英国で受けた。オックスフォードで法律を学び、輝かしい成績を収め、その後、同校で博士号を取得。法廷弁護士の資格を得た後、パリに戻り、弁護士としてフランスの法廷で、係争中、あるいは、起訴を迫られた英国人のために弁護経験を積んだ。この話はすぐにパリに住む他の外国人たちにも広まった。というのも、ハウランド博士は語学に特に堪能で、ヨーロッパの言語のうち五、六ヶ国語を並はずれた流暢さでマスターしており、英語とフランス語同様に淀みなく話したからだ。博士にまつわる逸話として(事実とは異なるが)、自分の知らない言語を話す依頼人の担当になっても、次の日に面会の約束をし、その時までに依頼人の言語で、生まれた時から話しているように流暢に、慣用句なども使いこなして訴訟について話し合う用意ができるとまで語られた。

法曹界の一角で、博士は他の追随を許さぬ、高収入の地位を築いた。被告人たちの弁護人として、また当時もっとも厳しい反対尋問者として、広く世に知られていた。同時に博士は比較法学に関する著作を数冊上梓しており、法律学者の間でも著名な存在であった。記者はパリ在住当時、ハウランド博士に数回会ったことがあり、その落ち着いた立派な態度と、フランスの法廷で非常に強い印象を与えた素晴らしい声に感銘を受けた。

ハウランド博士は確かにフランス法曹界で少なからぬ財を築いたが、風聞によればそのほとんどが、フランス中部のピュイ・ド・ドーム県に作られて不首尾に終わった新しい保養地に投資されて、回収不能に陥ったとのこと。そしてある時、フランス領インドシナの安南《アンナン》国王の叔母が、政敵である高級官吏から、総督代理ド・シュワゼル氏毒殺を企てた廉《かど》で告訴されるという事件が起きた。ハウランド博士は巨額の報酬で、フランスでの仕事を整理して、その婦人の弁護に来てくれるようにとの王からの申し入れを受諾した。博士は首都フエに六ヶ月滞在し、買収された十人余りの証人を探し出して依頼人を救った。その後、報酬を受け取ってただちに隠退し、イングランドに落ち着いた。

安楽な暮らし向きの初老の独り者として、博士はウォーゲイトにやってきた。そこで平和な学究生活を送り、本を執筆し、友人たちをもてなし、しばしばロンドンまで車を走らせてラッセル・クラブで昼食を摂った。その興味深い数々の経験と機知により、クラブでは賞賛の輪の中心だった。博士ほど好かれ、尊敬されていた者は他になく、命を狙う襲撃の対象となったことについては、心配と同時に驚きの声が聞かれた」

翌朝の朝食時、トレントは喫茶室にひとりでいた。パイプをつめていると、宿の外に車が停まる音が聞こえ、ほどなく、すでにトレントと面識のあったクライマー警部が、痩せた、頑健そうな男を案内して現われた。風雨にさらされ、色褪せた緋色の将校の制服を着せて馬に乗せたら最高に似合いそうな男だと、心ひそかにトレントは思った。この人物の後に、ハウランド博士の秘書のゲムル青年が続いた。この青年ともトレントは前日に言葉を交わしていた。

「ちょっとお話をしてもかまいませんか、トレントさん？」痩せた男が言った。「ヒルデブランドと申します――この管区の本部長を務めております、ヒルデブランド大尉です」

トレントはそれ以上のことは訊かず、お役に立てれば幸いですと言って、ヒルデブランド本部長とふたりの男のために椅子を引いてやった。

「さて、捜査協力にうってつけのあなたのような方がいてくださるとはもっけの幸いです」葉巻の端を噛み切りながら、本部長は言った。「あなたは私どもの仕事をよくご承知です。しかも、パリでお過ごしになって、ハウランド博士のことも多少はご存じのようですな。今朝の朝刊で、最初にあなたの署名のある記事を拝読させていただきましたよ」

「ご老人の容体はいかがですか？」とトレントが尋ねた。

「だいぶいいです。今ではみな、博士が回復するだろうと確信しています。昨晩、彼に面会しました。意識を取り戻しつつあって、私のことをわかったと思います。ところで、こうして朝早くからお訪ねしたのは、確実にあなたにお目にかかりたかったからで、この事件になんらかの手がかりを与えてくれると考えて、途中でゲムル君を拾って来たのです。どういうことかと言いますと、クライマー警部が昨日、地面を捜査していて、二枚の紙切れを見つけました。破られた手紙の断片で、スターク・ウッドを貫く小道の近く、野原から森に入ってすぐのところに落ちていたのです。すなわち、博士が発見された場所から三十ヤードばかり離れたところです。そうだな、クライマー？」

「私が測ったところではその通りです」と警部が答えた。

「紙片に書かれているのはフランス語のようです。私もけっこうフランス語は読みこなせますし、部下の警視で、フランス語に堪能な者にも見せました。だが我々にはさっぱり分からんのです。ここに持ってきておりますので、あなたがこれをどうお考えになるか、是非ともお聞かせ願いたいのです」

ヒルデブランド本部長はポケットから携帯用の手紙入れを取り出すと、そこからくしゃくしゃになった二枚の便箋の切れ端をひっぱり出して、トレントに手渡した。のたくっているが十分判読できる筆跡で、それぞれに数行の文字が書き連ねてあった。

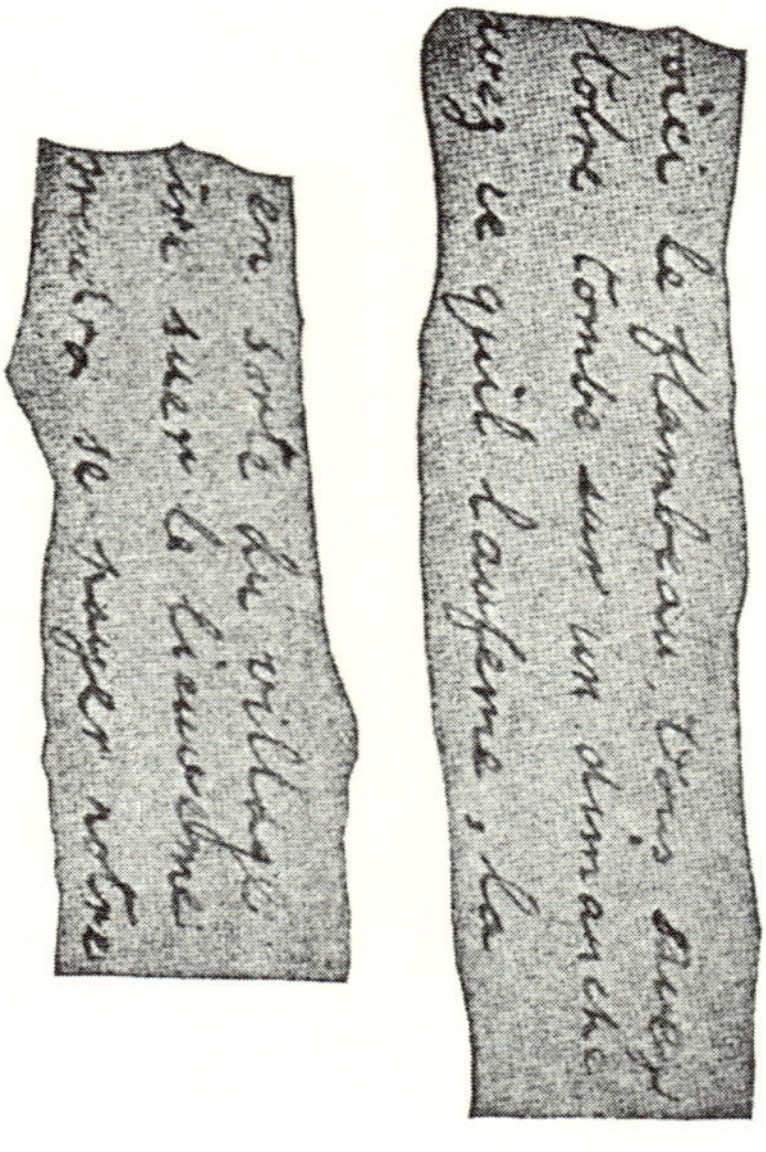

トレントは眉間に皺を寄せて、数分間、殴り書きのような文字に見入った。紙片を持ち上げて光にかざして見もした。傍らでヒルデブランド本部長と警部は意味ありげな視線を交わした。

「奇妙な点がいくつも見受けられますね」ようやくトレントが口を開いた。「誰であれ、これを書いた人間は、フランス語をよく――」

「ひどく変なフランス語ですしね」本部長は言葉をはさんだ。

「たしかに変です」とトレントは同意した。「ですが僕は、書いた人間が完璧にフランス語を知っていたのではないと言おうとしたんです。おわかりのように、十月の日曜日にあたる、ある日付――おそらく犯行当日、十四日の日曜日のことを言っていると思われる、ここのところです。さて、フランス人が『日曜日にあたる』を〈tombe sur un dimanche〉と言ったり書いたりするものだろうかと思うんです。〈tombe un dimanche〉と書くべきところです――僕の知る限り、誰でも知っている慣用語法ですよ。この人間がそもそもフランス人かどうか、疑わしいと思いますね」

「ほほう！」本部長が声を上げた。「ちょっと前進をみましたな。他には？」

「ここにある、わけのわからない言葉ですけどね」――トレントは紙片をテーブルに置いた。「おっしゃるとおり変わったフランス語です。これは泥棒の隠語の一種でしてね、英国の裏社会の古い逆さ読みの俗語と同じようなものです――ただ、もうちょっと複雑ですけどね。ある単語を取り出して、最初の文字を切って、それを最後にくっつける。それから頭に〈L〉をつけて、最後の音節〈eme〉をつければ出来上がりです。ルシェベム〈Louchébème〉と呼ばれるものです。悪党どもが採用する前にパリの屠殺場の屠殺人が発案したものだからです。屠殺人はフランス語ではブシェ〈boucher〉と言いますが、これをいま言ったように綴り替えると、〈boucher〉→〈ouchéb〉→〈louchéb〉→〈louchébème〉。おわかりですね」

「ほお、たいした隠語だ！」ヒルデブランド本部長が感心したように言った。彼は非常に興味を示した。警部の顔にはいくぶん困惑の色が浮かんでいた。ゲムル氏の顔には何の表情もなかった。

「では、〈laufême〉と〈lieuvème〉はどうだね？　私はお手上げのようだが」

「なに、これはまた別の問題、それも重要なことです。ルシェベムは話し言葉の隠語だったんです。秘密の事柄を話すのを聞いた人間が、内容を推し量れるように意図されたものです。書き言葉のためのものではありません。だとすれば、黙字は全部省かなくちゃいけません。さあ、そうすると、〈laufême〉はフォ〈fau〉、〈lieuvème〉はヴィユ〈vieu〉と聞き取れる言葉になりますね」

ヒルデブランド本部長は手紙の切れ端の上に身を乗り出すようにした。「もちろん、そうだ。ヴィユは〈vieux〉、つまり老人という意味だ。わかったぞ！　だが、それではフォはどういう意味かな？　ああ、そうか、わかった。こう書いたにちがいない。〈Vous〉か何かに続けて〈ce qu'il faut〉。たぶん『あなたは何が必要かわかっている』という意味でしょうな」

「ええ、おそらく。でも全体に奇妙なのは、僕がパリに暮らして、ルシェベムのことを知ってから、かなりの年数が経っているってことです。向こうにいる僕の友人の半数はこれを知っていました。僕たちはよく面白がってこの隠語を使ったものですよ。ということはもちろん、悪党にはとっくに使われなくなっているってことです。誰にでもわかってしまう隠語では、彼らには都合が悪いわけですからね。実際、僕が聞いた話では、悪党連中はジャワ語と呼ばれる別の隠語（各音節にvaまたはavを加える）に鞍替えしたということです。そしてそれが僕の耳に入ったということは、おそらく、それももう使われなくなってるってことでしょう。そうすると、これがどれだけ奇妙なことか、おわかりになりますね――犯人はフランスの悪党らしく見せかけて手紙を書こうとして、うまくいかなかったんだと僕は思うんです。

『松明』〈flambeau〉という単語についても同じです。犯人は〈Voici le flambeau〉――ここに松明がある――と書いたようです。これは泥棒の隠語で、『これが仕事だ』とか『用件だ』という意味を表わします――『レ・ミゼラブル』やディケンズと同じくらい古い小説の中でお目にかかったことがあります。今日のわが国の悪党が、掏摸《すり》を巾着切りと言ったり、警察のことをサツケと呼んだりするようなものです。『汗をかく』〈suer〉についても同じことが言えます。犯人が〈faire suer le lieuvème〉――老いぼれに汗をかかせてやる――と書いたんだとすると、ビル・サイクス（ディケンズの『オリヴァー・ツウィスト』に登場する盗賊）と同じくらい時代がかった隠語で『老人を殺《や》る』という意味でしょうね。その通り、何者かがそれをやろうとしたんです。どうぞ、ヒルデブランド本部長」トレントは紙片を彼に手渡した。「講釈を楽しんでいただけたと思いますが」

「なかなかのものだね」本部長は愛想のいい笑みを浮かべた。「ではつまり、こういうことですな、これは単なる目くらましで、我々に拾わせるために犯行現場付近にばらまかれたと。確かに犯人は才走った人間だ。しかし我々はすでにこれが偽の手紙だと結論するに至ったわけだな。ところで、その透かし模様についてはどうです？　あなたがそれに目をつけたのはお見通しですよ。長い方の紙に《KOLAJ》という単語の末尾があるのがおわかりですね」

「あるいは名前かも。それについては僕と同様にご存じでしょう。〈J〉で終わる単語はヨーロッパのこっち側のものではありません。向こう側ではごくごくありふれたものですけどね。いずれにしても、僕たちの犯人が偽造したものではありえませんね」

「その通り。これも合わせて考えなければいけない点ですな。ところで、さきほど申し上げましたが、博士の海外生活について、トレントさん、あなたがご存じのことをすべて教えてくだされば、ここにいるゲムル君が、言ってみればあなたと力を合わせて、我々に協力してくれるかもしれないと私は考えているのです。君は博士の通信関係をまかされていたんだったね、ゲムル君」

この部屋に入ってから初めて、ゲムルの堅く引き結んだ、いかにもスコットランド人らしい口が開いた。「私自身と私の最近の動向に関することはすべて、昨日クライマー警部にお話しいたしました」と彼は言った。「おそらくまだごらんになっていないのですね、ヒルデブランド本部長」

「まだだ」

「その中で私は、ハウランド博士に雇われてまだ三週間だという事実を申し述べております。私が来るまで、博士は秘書なしでやっておられました。ですので、博士の手紙について私にお話しできることはあまり多くはありません」

「ふむ。そいつは残念だな」と本部長は言った。「私が訊こうとしていたのは、博士が脅迫状に類する手紙を受け取ったり、その種のものに返事を出したりしたことがあったかどうかということなんだが」

「博士が個人的にどんな手紙をやりとりしていたかはわかりかねます」ゲムルは用心深く答えた。「私の短い経験から申し上げますと、博士の手紙のやりとりはそんなに多くありませんでした。私が来てから、博士はわずかな手紙しか書き取らせませんでした。どれも商用か儀礼的な性格のものばかりでした。私の仕事は主として、博士の法律研究と執筆中だった著書に関わるものだったのです」ゲムルは胸ポケットから手帳を取り出した。「ここに私が取った手紙の速記メモがあります。宛先は、ロンドン、アーミン・ストリート九二番地、E・L・チェンバーズ・アンド・サン書店。ロンドン、ジャーミン・ストリート一四三番地、仕立て屋、H・T・ソルトウェル氏。ブリドルミア、ヘンスン銀行支店長。ロンドン、コプソール・アヴェニュー五四番地、株式仲買業、クウィン・アンド・バーナード商会。ロンドン、ヘンリエッタ・ストリート一一番地、《食卓座談家》誌編集長。シンガポール、火喰い鳥クラブ幹事。メイドストン、ゴッデン・ストリート三八番地、古物商、L・G・ミンクス氏。それとブリドルミア、ブリドルミア・ガス会社。以上です」

「どれも我々の役には立たんようだな」ヒルデブランド本部長が言った。「さて、クライマー、我々はもうおいとましよう。ここまで無駄足を運ばせて申し訳なかったね、ゲムル君。我々はもうフェアフィールドのそばは通らないんだ。通れば君を乗せていってあげられるんだがね。ご協力に心から感謝しますよ、トレントさん——大助かりですよ。では、失礼」

本部長と部下は足早に出て行った。ゲムルは立ち上がり、トレントには注意を払わずに、もっとゆっくりした足取りでふたりの後に続こうとした。だがトレントが声をかけると、スコットランド人青年は足を止めた。

「ゲムルさん、あなたの読み上げた名前のひとつについて考えているんですけどね」とトレントは言ったのだった。「アーミン・ストリートのチェンバーズ・アンド・サンのことなんです。その手紙の下書きをお持ちなんでしょう。単なる商用の手紙なんですから、何が書いてあったか、教えてくれてもかまわないんじゃないでしょうか？　なんとなく調べてみる価値があるような気がするんですよ」

ゲムルは能面のような顔でしばしトレントを見つめた。「私が思いますに」やがて彼は口を開いた。「それは法外なご要望です。どなたであろうと一民間人に、そのような情報を提供する義務を、私は一切持ち合わせておりません。ではさようなら」そして彼は出て行った。

冷たくあしらわれることは十分に予想していたので、まったくめげずにトレントは、少しあとから、自分の車でロンドンへと出発した。一時間の走行中、彼は忠実なゲムルに切り出して不成功に終わった質問をつきつめて考えていた。そしてもう少し探ってみようと心に決めた。チェンバーズ・アンド・サンという店とは一度も取り引きはなかったが、彼はたまたま――少しでも書店業界に興味のある者ならたいてい知っているように――その書店が外国文学の専門店で、当代の本を五、六ヶ国語で取り揃えており、まだ出回っていればどんな外国の本でも、客のために取り寄せてくれるということを知っていた。そしてハウランド博士の経歴といい、トレントが助言を求められたフランス語もしくは擬フランス語の手紙の断片といい、事件全体に外国の匂いが漂ってはいはしまいか？　これは追ってみる価値がありそうだと彼は思った。トレントはこれを自分で追跡して、警察とついでに《レコード》紙に協力し、自分の詮索趣味も満足させるつもりだった。

正午少し前に彼はチェンバーズの店を訪れた。目についた唯一の店員は接客中だった。それでトレントは紙のカバーがかけられた書物が整然と並べられた棚とテーブルの間をうろついてみた。すると、鼻眼鏡をかけて、自分は重要人物だという意識をあたりに振りまいている小柄な男が奥の階段を下りてきて、何かお探しですかと尋ねてきた。トレントはとっさに思いついて、ヴィクトル・ユゴーの『九十三年』（ユゴー最後の歴史小説）はあるかと訊いた。店員は帽子から兎を取り出す奇術師のようなぞんざいな態度で、すぐさま深い引き出しの奥からその本をひっぱり出した。

トレントはひどく感心して見せて、小柄なその店員と話し込んだ。その男は店にあるすべての本を読破した、あるいは何でも知っているというようすだった。そして大喜びで自分の博学ぶりを披露するのだった。ようやくトレントが自分の友人のハウランド博士がチェンバーズの顧客だったかどうか尋ねると、男は首を横に振った。そのお名前は存じあげませんと彼は言った。もっとも、もちろん、どなたでも、ご自分の身元を明かすことなく本をお求めになることはできます。

トレントは本を買ったことにつけこんで、次に、店長に会いたいと頼み込んだ。名前は彼が聞き出したところでは、ナウック氏といい、二階の小さなオフィスにいた。ナウックは上背も横幅もある巨漢で、きちんと髭をあたり、髪を短く刈り込んでいた。正確で流暢な英語を話したが、唯一の欠点はWとVの発音が少々わかりづらいことだった。彼はハウランド博士の名前だけは知っていた。だが、チェンバーズの客としてではなく、襲撃されたという記事を読んでショックを受けていたのだった。

ハウランド博士から手紙を受け取ったことはありませんか？　いいえ、とナウックは答えた。国の内外を問わず、店が扱う手紙は膨大な数に上った。だがナウックは抜群の記憶力を持っており、そんな手紙はなかったと確信をもって答えた。いずれにしても、手紙を受け取っていれば、店のファイルを探せば簡単に見つけだせるはずだった。トレントさん、手紙の日付はおわかりですか？

トレントにわかるのは、過去三週間のうちのある時点でそれが書き取られたということだけだった。ファイリング・キャビネットを調べた後、ここひと月の間に、ハウランドという名前のいかなる人物からも手紙は来ていないと、ナウックはきっぱりと言い切った。もし手紙が書かれたとしても、なぜか紛失したとしか考えようがなかった。彼はトレントの力になれなかったことを詫びて、別れ際にスカンジナヴィア式のお辞儀をした。

トレントが帰りがけに店内を通り抜ける時、昼食の時間らしく、小柄な店員は帽子とコートを身につけているところだった。トレントはグローヴ・エンド・ロードの自宅に戻り、一時間ほど事実を頭の中で再検討して過ごした。それからブリドルミアのクライマー警部に宛てて一通の手紙をしたため、投函した。

トレントが手紙で提案したとおり、翌日の正午に、アーミン・ストリートの喫茶店で、警部はトレントと落ち合った。窓辺のテーブルからは、道路の向かいにあるチェンバーズの店がよく見えた。ふたりは黙々とコーヒー・カップを口に運んだ。

「お手紙の趣旨がよくわからんのですがね、トレントさん」クライマー警部が口を開いた。「事件を解明したかもしれないと思うとあなたは言われる。それ以上のことは教えてくれないのですから、あなたの評判と、あの手紙の切れ端を扱った手際を知っていなければ、現場での捜査を放り出してきたのが正しかったと思えるかどうか。まだ何一つ判明していないんですからね。足のサイズ以外何もわからない男を捜し出すのは、容易なことじゃありません。ウォーゲイト近辺の者で、あの晩あの付近でよそ者を見かけた者はいないのです。犯人は車か、オートバイ、もしくはブリドルミアからの列車、または駅の近くに停まる三路線の乗合バスのどれかを使って逃走したはずです。そこの誰からも何の情報も得られていません——それはそうでしょう。日曜日の晩は人の行き来が多いんです」

「それにハウランド博士はまだお話ができない状態なんでしょうね。博士は期待通りに回復してらっしゃるんですか？」

「驚異の回復力だと、みな言ってますよ。意識もはっきりしてきて、話もできるんですが、そう多くは無理です。医者が今朝早く、私に面会を許可してくれました。でもずっと傍で見張っているんです。私は重要な点をひとつふたつ質問できただけです――博士を襲った男について何かを見ていないかとね。何も見ていないと、何と言っているのか、ようやく聞き取れるくらいの、か細い声で博士は言いました。だが博士は男が博士を殴った後、独り言を言うのを聞いています。『おまえを潰してやる』、『俺を潰そうとした』とか何とか、それから、『おまえは誰より伊達男だと思う』。まあ、あまり意味をなさんようですがね。その後、博士はエドワード――ブリドルミアでは誰でも知っている、犬の名前です――が吠えるのを聞き、そのまま意識を失ったそうです。私にわかったのはこれで全部です。これ以上の質問はさせてもらえませんでした。だが、ここからある程度のことがわかります。手紙の切れ端が犯人の手で故意に落としておかれたものだとすると、私はそうに違いないと睨んでますが、英語を話す人間が落としたということです。しかもいわゆる日常会話の英語です。博士を殴って、愚かにも、そして完全に、彼の息の根を止めたと思い込んだ時に、つい口をついて出たものです」

トレントはうなずいた。「そして英語で独り言を言う人間は――」

「いずれにせよ、フランス人ではないし、どこの外国人でもないでしょう。あの紙片が目くらましだという我々の考えが正しいことがここからわかりますよ、トレントさん。そして本部長の言う通り、才走った犯人だということもね。それから、あなたが写しが欲しいと言われた手紙の件です。今朝ゲムルに会いましてね、彼の速記メモを私のためにタイプして欲しいと頼んだんです。やっこさん、じっくり考えた末に、自分が思うに、私のためなら、送った通りのカーボン・コピーを提出するのが適切な手続きだろうと言いました。私が礼を言うと、警察に協力するのが自分の義務だが、預かり証は出してくれとのたまいましたよ。さてね、この貴重な書類を紛失したら、ウェスト・サセックス警察がどうなるのかは、神様だけがご存じでしょうな。それで署でその写しを作りまして、あなた用にここに一部お持ちしました――気に入ったら、額にでも入れて飾ってください」

トレントは警部から封筒を受け取り、中身にざっと目を通した。「ゲムルさんにいらいらしちゃだめですよ。あの人は義務の奴隷です。それに、気のいい人間でもない。人の目も非難も気にしないで、ひたすら自分の仕事をし、あとは知ったことじゃないんですから。でも、警部、あなたがこれを手に入れてくださってよかった。これは役に立つと思います。もう一度じっくり目を通させてください」

手紙の文面は次のようなものだった。

サセックス州
ウォーゲイト、フェアフィールド
一九XX年九月二四日

ロンドン、W一
アーミン・ストリート九二番地
E・L・チェンバーズ・アンド・サン御中

拝啓
数週間前、私は貴店に次の書籍を取り寄せてくださるようお願いいたしました。

ルートヴィヒ・フォイエルバッハ著
『ライプニッツ哲学の概要』
オイゲン・エッシュショルツ著
『利益社会《ゲゼルシャフト》の基盤』
この注文をお願いに貴店を訪れた際、間違いを避けるために、私はわざわざ念入りに書名と著者名の綴りまで書いて、注文を受けた店員に渡しました。
しかるに、二週間ほど経っても、貴店からは何の連絡もいただけませんでしたので、私はライプツィヒに住む友人に手紙を書き、必要な書籍を送ってもらうことにしました。書籍は今朝届きました。
最近出版されたものでなく、めったに需要のない本の在庫照会をするのが、貴店にとって行う価値のない仕事だったのなら、そのように言っていただきたかったと思います。　敬具

トレントは目を上げて警部を見た。「まったく食えない手紙ですね」と彼は満足げに評した。「明瞭かつ正確、むだなことは一言もなくて、しかもチェンバーズ・アンド・サンの神経を逆なでするよう計算しつくしている。僕が言ったように、この手紙が確かに署名して投函されたかどうか、お尋ねになりましたか？」

「訊きました。ゲムルはそれは確かだと言ってます」

「わかりました。それじゃ、警部、これから僕の考えをご説明するつもりなんですが、時間が押してましてね。もうじき十二時三十分だ。この手紙をチェンバーズの店長に突きつけたいんですが、

チーフ・アシスタントには聞かれたくないんですよ。僕が間違っていなければ、ちょうど今ごろ、アシスタントは昼食に出かけます。僕の言ってることを信じてくださるなら、僕がボスと面会している間、その男を見張っていてください。そうしてくださるなら、そうですね、三十分後に、ここでお会いしましょう。すべてをお話ししますよ」トレントは言葉を切って、チェンバーズの戸口を見つめた。「あなたが関心を向ければ、これはあなたにとってチャンスと言えるかもしれませんよ」

「もちろん、やりますとも」クライマー警部は熱意を込めて言った。「そら、今出てきたのがその男ですか――あの気取ったちびが?」

「あの男です。気取った男の帽子が決まって小さすぎるというのは、宇宙の法則なんでしょうかね?」だが警部は宇宙の不思議を云々するどころではなく、すでにドアのところに立ち、小男を見失わないように集中していた。

「ええ、トレントさま」封筒から手紙の写しを取り出しながら、店長は言った。「この手紙は興味深く拝見させていただきましょう。あなたがおっしゃる通りなら、この店の通信管理責任者として、私には拝見させていただく義務があります。これがここに配達されたとすれば――」彼は日付に目をやった。「約三週間前ですな」

ナウックは手紙を読んだ。読むにつれて幅の広い柔和な彼の顔が、憤怒の形相に変わった。最後の段落を読み終えると、彼は大きなこぶしをテーブルに打ちつけ、七音節のドイツ語の罵り言葉を吐いた。そして、見るからに無理をして感情を押さえつけると、客の方に向き直った。

「お許しくださいませ、トレントさま。これがどんなにひどいことか、おそらくあなたさまにはおわかりいただけませんでしょうが、つまりこれは、私が信頼していた男に裏切られているということなのです。私のチーフ・アシスタントのヴァトキンが、この注文を受けて、必要な手紙を送るために、私に伝えなければならないのに、それを怠ったのは明らかです」

「でも、うっかり置き間違って、そのまま忘れてしまったのかもしれませんよ」とトレントは言ってみた。

「ええ、あいつはそう言い訳するでしょうな」ナウックは苦々しい口調で言った。「ハウランド博士が自分の注文について、重ねて問い合わせをしてくれていたなら、とそうヴァトキンは言うでしょう。それであいつはきつい叱責と注意を逃れられると思うかもしれん。だがあいつには考えが及ばなかったんです。ハウランド博士があんな行動を取って、こんな――」ここでナウックは何か呑み込んだようだった。たぶん、あからさまなドイツ語の罵り言葉だろうとトレントは思った――「こんな手紙を書くとは。この手紙がどういう意味を持つかおわかりですか、トレントさま？　この店が注文をひとつ失うということ。ええ、それは些細なことです。でもそれは同時に、私どもが重要な顧客をひとり失うということでもあります。そして店の評判に傷がつくということです。ハウランド博士が私どもの店についてどんなことをおっしゃるか、考えてみてください！　もし私がこの手紙を見ていれば、その場でヴァトキンを馘《くび》にしてますよ。そしてあいつはそれがよくわかっていたんです」

　トレントは一瞬考え込んだ。「しかし、彼はどうやってそのことを知ったんでしょうね？　この手紙は配達されていないとおっしゃいましたが」

「いいえ、配達されてはいたのです！　どういうことが起きたのか、今わかりました。いいですか、トレントさま、うちの店員たちは朝、私より少し早くここへ来ます。そして私が出勤した時、私が処理しやすいように手紙を開封して仕分けするのが、ヴァトキンの仕事なのです。あいつはその手紙を読んだのです。それが自分にとってどういう意味を持つのか悟り、それで愚かにも隠したのです」

「そういうことだとお考えですか？　わかりました」実際トレントはナウックよりさらに先がわかり始めていた。「しかし、なぜ彼はそんな挙に出るに至ったんでしょう？　つまり、まず最初に、その注文を彼が無視しなければならなかったのは、なぜなんでしょう？」

「なぜかって？　そりゃヴァトキンがうぬぼれのかたまりみたいな男だからですよ、トレントさま。それにあいつには気性の激しいところがあるんです。あいつには応分の報酬を払っていました。語学が達者で、私どものような商売には重宝な男なんです。うぬぼれが強かろうが、気性が激しかろうが、私には何ほどのこともありません。かつて一度私にひどい態度を取ったこともありますが、二度とふたたびそんなことはしませんでしたし」意味ありげにナウックは言った。「しかし商売で、勝手なことをする扱いにくさは気に入りませんで、一度ならず、お客を見下すような態度を改めるよう厳しく叱ったものです。ここでハウランド博士が何とおっしゃっているかおわかりでしょう」彼は手紙を軽く叩いた。「博士は注文を受けた男にご丁寧に名前のスペルを教えてやったんです。おそらく博士はあいつを凡夫、無知な輩として扱ったのですよ」

トレントは過去の博士に関する記憶を呼び起こした。「博士は時として威圧的な態度を取ることがありましたっけ。有能な法廷弁護士にはありがちなことですけど」

「そいつですな！」ナウックは声を上げた。「博士はヴァトキンを怒り狂わせたに違いありません。

で、あいつとしては博士に何とか仕返しをしてやりたい。だが、あいつにできたのは、せいぜい注文を待たせておくことぐらいだったんです。むろん、児戯に等しい小細工です。だが短気で復讐心の強い馬鹿がやりそうなことですよ。私は堪忍袋の緒が切れるなんてことはめったにないんですが、ヴァトキンの顔など見た日には、即刻、堪忍袋がふっ飛びそうですわ」

トレントは、はらわたを煮えくり返らせているナウック氏の許《もと》を辞して、店を出てクライマー警部が戻るのを待った。

「やつはセント・オールバンズの簡易食堂に行きました」と警部は報告した。「最初にまずカウンターで一杯ひっかけました。私はカウンターでやつの近くに坐ったんですがね、やつは昼食にハム・サンドウィッチを食べ、それを残しました。それからまたウィスキーをダブルで二杯、こっちは残さず飲みきりました。見たことがないくらい、ひどくびくついた男ですな。神経がぼろぼろって感じですよ。もう十分わかったと思いましたから、そこにやつを残して出てきたんです。さあそこで、トレントさん、どういうことなのか、洗いざらい説明してもらえるんでしょうな。それに、ここで私と会おうと思われた理由もね」

トレントは警部に説明した。ある外国書籍専門店の名前がどうして自分の注意を引いたか話して聞かせた。外国書籍専門店なら、外国から来た手紙から外国語の透かし模様入りの便箋の余白の部分を手に入れることも容易にできる。ワトキンが無邪気にフランスの作家に精通しているところをひけらかしてみせながら、本を自分の住所に送るように注文をしたことのあるハウランド博士の名前を思い出せなかったことを話した。トレントはまた、ナウックがワトキンの気質について言ったこと、彼が証拠の手紙からつなぎあわせてまとめた筋書きを話してやった。最後にトレントは、その筋書きの後半を、今は自分でどう推理しているかを語った。

警部は熱心に耳を傾けた。はやる気持ちが抑え切れずに顔に出ていた。「はっきりしていることがひとつあります」と警部は言った。「ワトキン氏にこのことを問いただすのが私の務めだってことです。善は急げですよ。ほら！　当の本人がいま、そこに」そしてトレントを従えて喫茶店を出ると、彼は急いで、まだ気づかずにいる獲物の後を追いかけた。

ふたりは書店に入り、帽子とコートを店の奥にある階段の下の戸棚にかけているワトキンを見た。ふたりの足音にワトキンは振り返り、こちらに近づいてきた。だが、慇懃な問いかけは言葉にならず、トレントを認め、それから見まがいようのないクライマー警部の風采に気づいて、顔は色を失い、おびえた様子になった。

「ワトキンさんですね」と警部は言った。肝をつぶした男は、手を喉元に当てて、言葉もなくただ彼をみつめていた。「警察の者ですが——」警部の言葉はここで途切れた。というのもワトキンが踵を返して、階段を駆け上がろうとするそぶりを見せたからだった。だがその時、ナウックがその階段を下りて姿を現わした。鬼のようなすさまじい形相で、怒りに震える手にはトレントが渡した手紙があった。

「ヴァトキン！」大男は怒鳴った。「これはどういうことだ？　今朝、聞いたぞ。この店に来た手紙をわしから隠したな。そればかりか、おまえというやつは——」

「お願いだ、ほっといてくれ！」ワトキンはテーブルの方へよろよろと歩いていき、その横の椅子にぐったりと腰掛けた。しばらく彼は両腕で頭をおおっていた。やがて顔を上げると死人のような顔で警部を見た。「もういいです」と彼は言った。「逮捕してください。抵抗はしません」

「こらこら、落ち着かんか！」クライマー警部がさえぎった。「いいか、まだ何も訊いてないんだぞ」

ふたたびワトキンは腕の間に頭を埋めた。「かまうもんか！」くぐもった声で彼は言った。「もううんざりなんだよ。終わりにしたいんだ。こんな状態が、あとちょっとでも続いたら、頭がどうかしちまいそうだ」彼は立ち上がった。「あんたが逮捕してくれなくたって、警察署に行って自首するさ」


「今晩、彼をブリドルミアへ連行します」一時間後、クライマー警部は、チャプマン・ロウの警察署を出る時に、そう言った。「お引き止めせざるを得なくなってすみません、トレントさん。やつがどんな供述をするか見当がつかなかったものですから。それに、たまたま、あなたのご意見をうかがいたい点がありましてね。どうやって現場へ行き、あの老人を待ち伏せしてあたりをうろつき、彼の跡をつけたか、どうやって犯行を行ったか、その後、どうやって逃走したか、彼はすべて自供しました。ただ、なぜあんなことをやったのか、理由については頑として口を割ろうとしなかったのです。ご存じのように、我々は自発的な供述について、どんな質問も挟むことが許されません。態度が気に食わないからといって、人を殺そうとするなどとは、到底ありえない話のように思えるんですがね」

「それは身の内にどれだけ常軌を逸した虚栄心がつまっているかによりますよ」とトレントは答えた。「あのひねくれ返ったちび助は、言ってみれば、ちょっと身体を傾けたらあふれそうなくらい、虚栄心で満杯なんですよ。あの手合いはね、感情を害されると、警部、あなたや僕みたいな善良な人間には及びもつかないような憎悪を抱くものなんです。しかしワトキンには別の動機もあったと思うんです。初めて僕が彼と話した時、彼が自分の仕事を愛し、生きがいを感じ、その仕事における自分の役割を過大評価しているのがはっきりわかりました。博士からの手紙を読んだ時、彼はそれが推薦状ももらえずに馘になることを意味するものと悟り、たとえそれを破り捨ててしまっても、送り主も滅ぼしてしまわない限り、決して安心できないと感じたのです」

「わかりました。老人が聞いたという『おれを潰そうとしている』という犯人の言葉はそういう意味だったんですね。そうか。しかし『おまえは誰より伊達男《スウェル》だと思う』というのは？」

「それは博士のちょっとした聞き違いだと思いますよ。あの言葉は『自分が誰より綴り《スペル》が書けると思いやがって』だったんです。それが恨みの大元だったんですから」

トレントと行儀の悪い犬

Trent and the Bad Dog

ヘッドコーン殺人事件の調査に着手した段階で、ジェームズ・ビードル・ホイトの死に涙する者などいないことにトレントは気がついた。たいていの場合、アメリカ人というものはイングランドでは非常に好感を持たれる存在である。だがホイトは顕著な例外と言えた。彼も最初のうちこそ、言葉巧みに取り入るのだが、つきあいが深まるにつれ急速に評判を落とした。大酒を飲みすぎるため、飲み友だち以外には人気がなく、また短気で、すぐに機嫌を損ね、ウィスキーと賭け事と自分自身のことのほかは、実際、何の関心もないといったふうだった。名前以外に多少なりとも知られていたことと言えば、ロンドンの最高級ホテルに滞在し、いい服を着て金をたんまりと持っていたということぐらいのものだった。

ホイトはジェラルド・シェリーが、『イングランドの菜園』と異名をとる、ケント州の奥処、ヘッドコーンにほど近いところにある父親の屋敷、サウス・コートに招いたふたりの客のうちのひとりだった。晩年、ある家庭的な不幸に見舞われたシェリー将軍は、息子のジェラルドと、娘のヘレナの言うことは何でも聞いてやっていた。ジェラルドの友人だというふたり、アメリカ人のホイトと、ある種の商取引――その外見と態度から判断して、儲けの多い取引に携わっていると思われる、すばらしくマナーのよいイタリア紳士、シニョール・ジュリオ・カパッツァを、将軍は喜んで迎え入れた。

ジェラルド・シェリーは、とある成功した事業の共同経営者として、シティで生活を送り、りっぱに職務を果たしていた。大金を賭けるカード賭博に目がないが、負けるよりは勝つ方が――当人の弁では――多かったので、これまでのところ、何も問題はなかった。

ジェラルドはホイトとカパッツァのふたりを伴って、短期休暇を取ってロンドンから戻ってきた。そしていまだかつてないほど深刻な悩みを抱えているようすで意気消沈しており、父親と何やら話し合ったが、そのせいで将軍の方も負けず劣らずふさぎ込んでしまった。

三人の男は火曜日にジェラルドの車でヘッドコーンへとやってきた。次の土曜日の午後には近接する別荘で園遊会が予定されていた。保健婦協会だか、地方都市婦人会だか、教会基金だかが、臨時の寄付を募るために開くパーティーのひとつだった。昼食の後、サウス・コート館の召使いたちは、園遊会に出るための外出許可をもらって全員が屋敷を出た。シェリー嬢とカパッツァは、そのすぐ後に同じ目的で出かけた。ジェラルド・シェリーは、園遊会で彼らと合流する前に、メイドストンまで車を走らせて、ある友人に予備の釣竿を借りに行った。というのも、誰からも好かれるカパッツァが、ジェラルドの得意とするこのスポーツを教えてほしいと頼み込んだからだった。シェリー将軍はいつも通り、休息を取るため書斎へ引き取っていた。休息とは、たいていの場合、たっぷり二時間、骨休めの昼寝をすることを意味していた。ホイトは深酒をして、銃器室として知られる一階の部屋で眠り込んでいた。そこはジェラルド・シェリーと友人たちが自分たちの居間として使っていた部屋だった。こうして、気持ちのいい夏の午後にその場所に残る人間は、アメリカ人と彼をもてなす家の主人だけとなった。

六時に召使いたちが戻ってきて、留守にしている間にジェラルド宛てに届いた手紙を、メイドが銃器室のテーブルに置きに行った。メイドのけたたましい悲鳴を聞きつけて、他の者たちがその部屋へ駆けつけてみると、ホイトの死体が床の真ん中にうつぶせに転がっていた。背中の左肩甲骨の下に、一本のナイフが深々と突き刺さっていた。

一時間後にシェリー兄妹とカパッツァが園遊会から戻った時には、すでに警察が初動捜査を手際よく進めていた。将軍から得られた供述では、彼は何ら普段と変わったものは見ず、物音も聞かず、メイドの叫び声で屋敷内が騒がしくなるまで、書斎から出なかったということだった。殺人犯人が残したと思われる痕跡はまったく見当たらなかった。凶器は猟刀型のナイフで、あるピッツバーグの店のマークが入っていた。刃渡り十インチほどの、まっすぐな片刃のナイフで、エッジが湾曲して、物騒なほど切っ先が鋭くなっていた。柄はぶつ切りの鹿の角でできており、指紋は発見されなかった。

犯人が屋敷に侵入した方法については、事はいたって簡単だった。正面玄関と裏口のドアは夜間だけしか施錠しておらず、取っ手を回せば開けられたのだった。あたりをうろついていて、召使いやその他の者たちが出て行くのを見て、家には誰もいないだろうと見当をつけた泥棒なら誰でも、なんの造作もなく侵入できた。だが、どの部屋からも何も盗まれてはいなかった。ホイトの懐中時計と、中身がぎっしり入った札入れもポケットに残されていた。完璧なミステリーだった。イタリア人の考えによれば、憎しみか恨み――彼はそれを血の復讐《ヴェンデタツツイア》と呼んだが――による犯行というのが、何より説得力のある推理と思われた。

《レコード》紙へトレントが送った第一便の特派記事で、不適切な部分を削除した形で世に出た、これらの事実は、トレントが一部は警察から、そしてその大部分をシェリー嬢から聞き出したものだった。自身の言葉によれば、「いくらかは役に立ちそうな」情報を、彼女は進んで提供した。シエリー嬢は冷静沈着なブルネットの髪の美人で、本人が言うには、オックスフォードで「運だめしに音楽の学士号を取ろうとしていて」、今は試験官の手に自らの運命をまかせて、自宅で待機しているところなのだった。壁沿いに作られた花壇と砂利を敷いた小道とで家から隔てられた、屋敷裏手の狭い芝生の上をふたりでそぞろ歩きながら、彼女はトレントにそういったことを語った。シェリー嬢は最近毛を刈ったばかりの黒いプードルを連れていた。

「私たちのうちの誰かがホイトさんを好きだったなんて」と彼女は言った。「そんなふりをしたってむだですわね。私自身、あの方には我慢がなりませんでした。当初から私に不愉快なおべっかを使っていました。私が嫌がっていることを態度で示して、あの方をお誘いせずに、シニョール・カパッツァを車で遠乗りにお連れした後なんて特に、まるで頭痛持ちの熊みたいにいらいらと怒ってらしたわ。父がひと月に飲むより多い量のウィスキーを一日で空けてしまうし。召使いたちに対しても横柄でした。一度、独りでジェラルドの車で出かけたいとおっしゃるから、うちの運転手がはっきりと、あなたは車を運転できる状態ではないと申しましたら、運転手に向かって、私がこれまで聞いたこともない、胸が悪くなるような暴言を大声で吐き散らしたんですのよ。まだあります。あの方が私の愛犬のハーレクィンを、陰でぶったり蹴ったり、ひどい扱いをしていたのも、私、知っていました。ホイトがここへ来た最初の日から、ハーレクィンが彼を死ぬほど怖がったからですわ――彼が近くにいる時はいつも、吠えもせず震えているんです。ハーレクィンはほんとうは、元気がよくて人なつこい犬なのに。

他にもありますわ。ホイトはよく私の兄に無礼な態度を取っていました。そして私がジェラルドにそう申しますと、兄はホイトとシニョール・カパッツァとポーカーをして大負けしてしまって、その支払いができないのだと白状しました。ホイトはカパッツァにもずいぶん勝ったけれども、彼の方は払い切れたのだとジェラルドは申しましたわ。きっとたいそうなお金持ちなんでしょうね。兄はまた、父に援助を求めたことも認めました。そしてそれは父にとって、ひどいショックだったに違いありませんわ。なぜって父の収入では、この田舎屋敷を維持していくだけで精一杯なんですもの。実を言いますとね」シェリー嬢は若さゆえの率直さで話を続けた。「不幸なことに、私の母は二年前に心を病みまして、スミーズの療養所に入院させているんですが、これが想像以上の費用がかかりますの。その不幸の後、父は別人のようになってしまいました。父は母を心から愛しておりましたもの。そこへ、ジェラルドがまた新たなトラブルを持ち込んだ上に、追い打ちをかけるみたいに、この屋敷で殺人まで起きては、父は参ってしまいますわ、かわいそうに」

一家の裏事情をこれだけ率直に語られたことに対して、内心の困惑が顔に出ていなければいいがとトレントは思った。ヘレナ・シェリーに、今度の犯行について、思いつくことをすべて詳しく話してほしいと言ったのは彼であり、彼女はその言葉に従ったに過ぎない。彼は心に湧いた同情を短く述べ、それからこうつけ加えた。「あなたとカパッツァ氏が、この家でホイトの生きている姿を見た最後の人だと思うんですが」

「そのことは今、お話ししようと思っていたところですわ。昼食の後、一時間ほどしてからカパッツァと私は庭に出ました。彼をサー・ギルバート・トリゲリスの牧草地で行われる園遊会にお連れしようとしたからです。父の地所のすぐ隣で、ここから歩いてわずか二分のところなんですの。カパッツァは興味しんしんでした。それは私が園遊会のパン食い競走にハーレクィンを出すことにしていたからです。彼にとってはそれが目新しかったんですわ」

「それは僕も同じですよ」とトレント。

「とても楽しいんですのよ。飼い主が自分の犬に引き綱をつけて一緒に走るの。百ヤード離れた地点まで走ったら、犬と飼い主がそれぞれ丸いパンを食べるんです。どちらもパンを食べ終わったら――食べ終わらなくてはだめなの――スタート地点に戻ってくるんです。一番早く戻った組は賞品がもらえます。ハーレクィンは私が知っているうちで一番食いしん坊な犬だし、私だってその気になればパンを急いで呑み込むくらいできるわ。だからきっと一等賞が取れると思ったんです。そしてその通りでした。ほんの鼻の差で、すごくはらはらしましたけれどね。ハーレクィンにとっては、素晴らしい一日でしたわ。あの子はお笑いドッグ・ショーで、《哀愁の目をしたワンちゃん賞》もいただいたんですもの。ごらんになればおわかりでしょ。あら、そういえば」シェリー嬢は話をやめ、可愛い鼻に分厚いレンズの眼鏡をかけた。「あの子、どこへ行ったのかしら？」

トレントが指差した。「あそこにいますよ。あなたの真正面の花壇の真ん中で、あなたを見てます――確かに、とても哀愁が漂ってますね」

「こっちへいらっしゃい」と飼い主が呼んだ。「どうして花壇なんかに入るの？　お行儀悪い子ね。それで、お話の続きですけど、私たちは客間を抜けて、この芝生を庭の反対のはずれの方へ歩いていました。そこにトリゲリス家のお屋敷に通じる門があるんです」

彼女は数歩歩いて、芝生の中央にある小さな円形の薔薇の花壇の前で立ち止まった。

「今ちょうど私たちの向かい側に見えるあの窓が、あの時ホイトがいた部屋の窓ですわ。窓は開いていました。そして私たちが近づいた時、カパッツァが自分の上着につける花を一輪もらえないかと言いました。私はもちろん、いいわと答えました。その時、ホイトが窓のところに現われたんです。彼はせせら笑うみたいにして言いました。『そりゃいい、ミス・シェリー。そいつの清廉潔白な生活にふさわしく白い花がいい。確かにそれがお似合いだ』というようなことを。それからカパッツァを見てこう言い足したんです。『俺は約束を果たすからな』って。その態度がとても失礼だったから、私、不愉快になって、彼に背を向けてバッグから取り出した鋏で薔薇を一輪切り始めましたの。カパッツァのボタンホールにその花を留めてさしあげてから、私たちは先を急いだんです」

「そしてあなたがホイトを見たのはそれが最後ですか？」

「ええ、そんなところですわ。私たちが門まで行った時――ほら、向こうの、柊《ひいらぎ》の生け垣の中に見える門ですけれど――私たちの背後からホイトが大きな声で呼びました。そして私がちらっと振り返ると、あの方、手を振っていましたわ。ハーレクィンが吠えて、駆け戻ろうとして引き綱を引っ張り始めました。私はその騒ぎで父が目を覚ますのではないかと思いました。それでホイトの振る舞いについて、ちょっと文句を言いましたの。そしたらカパッツァが変なアクセントでこう言ったんです。『彼、ボクたちに戻ってほしい、思ってマス。お気の毒ネ、自分でやってるコト、わかってませんネ。ミス・シェリー、戻りたいデスカ？』って。全然、戻りたいなんてほんの少しも思わないと私は答えました。そして私たちは園遊会へ向かって歩き続けたんです。

実際にはそれが、殺される前に私たちの誰かがホイトを見た最後でした。警察には彼が助けを求めて叫んでいたように聞こえたかと訊かれましたわ。たぶん、犯行の時刻を確定したかったのではないかしら。でも、そんなふうには聞こえませんでした。絶対、『助けてくれ！』とは言ってませんん。ただ『おーい！』って、私たちの注意を引こうとしたようでしたわ。ただそれだけだったと思うんです」

トレントは七十ヤードほど離れた生け垣の門を見やった。「ええ、もし彼がはっきり意味のある言葉を叫んだとすれば、あなたは聞き取ったに違いないでしょうね。それにあなたのお父上もまったく何も聞いていなかったとうかがっていますしね」

「ええ、聞こえなかったでしょう――かなり耳が遠いですし、その時は眠っていたでしょうしね。それに書斎は屋敷の反対側ですから。でも父は聞こえなかったことをひどく気に病んでいます。父はある意味で自分に非があると思い込んでいるんだと思いますわ。事件そのものが、父にはそうとう応えているんです」

トレントは無言でしばらく考え込んだ。「それで園遊会で、お兄さんとお会いになったわけですね？」

「ええ、兄はメイドストンから会場に直行したんです。車でたった二十分の距離ですから、たぶん私たちより前に着いていたのでしょう。人ごみの中でばったり会った時、しばらく前から来ていたと申しておりましたもの。その後は、私たち三人はずっと一緒でした。そしてここに帰ってきて、何が起こったか聞きましたの」


将軍の地所の一方の境界になっている小川へと傾斜している牧草地の真ん中で、トレントはジェラルド・シェリーとシニョール・カパッツァを見つけた。ふたりは手に釣竿を持ち、陸《おか》でイタリア人が毛鉤を投げる技術の手ほどきを受けているのが一目でわかった。「そこだ！　コツをつかんだね」とシェリーが言っているのが聞こえた。「こんなに早くコツを呑み込む初心者は初めてだよ」

「はっはー、僕は腕のいい漁師だぞ！《ソノ・モルト・ペスカトーレ》」もうひとりが笑った。「お魚さん、ご用心ヨ、ボクが行くからネ」

シェリーは、心配ごとで心を乱し、憔悴しきったようすの、線の細い金髪の青年で、友人とは好対照をなしていた。イタリア人の方は三十歳ほどで、背が高く、色浅黒く、がっちりしていて、筋骨たくましい身体の線には健康と活力がみなぎっていた。

シェリーは妹の意見にすっかり賛成した。トレントには自分たちが話せることはすべて聞いてほしいと彼は言った。なぜならトレントと彼の新聞は家族の意に添わないことは載せないという定評があるからだった。彼は妹とシニョール・カパッツァが事件に関して知っていることは、すでに妹が話したと思っていた。昼食の時から殺されているのが発見されるまでの時間にホイトを見た者は他にいないのだから、ふたりは他の誰より多くのことを知っているはずだった。

シェリーはこの点を力説し、メイドストンで会った数人の名を挙げて、犯行のあった午後の自分の行動について自ら進んで事細かに語った。そして園遊会で過ごした時は、自分たちとシェリー嬢がいつもお互いの目の届くところにいたと言って、イタリア人の同意を求めた。シェリー嬢の話を聞いていて、彼女が彼らと一緒にいなかった時間のことを思いついたトレントは、シニョール・カパッツァの方を振り返った。

「それは本当デス」とカパッツァは言った。低くて優しい声だった。「ずーっと一緒ネ。彼、警察にも、そう言ったヨ。でも、ボクの友だち、疑われてると心配してマス」彼は眩しいほどの笑顔でつけ加えた。「それ、ムチャなお話ネ？　自分の家で、家族の前で、人、殺しマスか？　理由も無いヨ、そうでショ？」

トレントはそんなことはありそうもないと同意した。

「いや、警察はすべての人を疑っているのさ、当然だろう」とシェリーは陰鬱な声で言った。「例えば、父を疑ってる。殺人犯が侵入した時、たまたま家にいたというだけの理由でね——あなただけに言いますけどね、自分の家で客に危害を加えるくらいなら、親父は即刻ピストル自殺しますよ。背後から刺し殺すなんて論外だ」

「まあ、彼らには彼らなりのやり方がありますからね」とトレントは言った。「シニョール、あなたとミス・シェリーが窓から顔を出したホイトに会った時のことを聞かせていただけますか。約束を守るとか、どうとか言ったんでしたね？　それはどういう意味だったんでしょう？」

カパッツァの表情豊かな顔をかすかな困惑の影がよぎった。「そのこと、話したくないネ、ミスター・トレント。でも、モチロン、みんな話さなきゃダメね。わかってマス。アナタの質問、もう警部サンにも話しました。ホイト、よくボクのコト、からかった。ボクが水ばっかり飲むからネ。殺されたあの日、彼、たくさんウィスキー飲んで、昼食の後、またボクのコト、からかった。たまにはお酒飲んで、楽しめと言いました。ボク、彼に言ったヨ。『ココの人たち、君が酒飲むと楽しくナイ。君、お客さんでショ、チョット考えなさいヨ。ココにいる時は、お酒、控えたらどうデスか。みんな、君のコト、モット好きになるヨ』と。ホイト、言いました。『ソレはいい忠告だナ。オレだって、酒なんか、いつでもやめられるゾ。見せてやろう。今後、ココにいる間、オレは禁酒するゾ。約束だ』と。だから、ミス・シェリーに、ボクのセーレンケッパクな生活と言い、そして、約束を果たすと言ったのデス」

トレントはうなずいた。「そうですか。わかりました。それから、そのちょっと後で、あなたとミス・シェリーが門のところにいた時に、彼はあなたたちの後ろから叫びましたね。なぜでしょう？」

カパッツァは軽く肩をすくめた。「ナンデ、ボクにわかるハズありますか？　彼、ボクたちに戻ってほしかったのでショ。でも、ミス・シェリー、イヤと言ったヨ。あの人、お酒、醒めてナイ、さっさと行きまショ、と。彼が生きてるの見たの、ソレが最後ネ」

「それで、殺人と聞いて、誰がやったか、なぜやったか、何か思い当たりませんでしたか？　あれから何も思いついておられないようですが、シニョール・カパッツァ。つまり、ホイトはあなたの友だちだったわけでしょう。彼の生活や事情について、きっと何かご存じでは」

ラテン民族が断固たる否定を表わす時のしぐさで、カパッツァは人差し指を打ち振った。「イエイエ、ミスター・トレント。間違えちゃダメね。ボク、彼のコト、シェリー君と同じホドしか、知りませんのヨ。ボクたち三人、グレヴィル・ホテルで初めて会ったのネ。ホイトとボク、ステキなロンドンに来て、そこに滞在してました。ディナーの後、何回か、ブリッジ・ゲームして、知り合いになったのデス。ある晩、喫煙室のボクのところに、ホイト、来ました。シェリー君も一緒だったヨ。ホイト、言いましたネ。『この紳士とボクは、カクテル・バーで知り合って、意気トーゴーしたんだヨ。チョイト、ポーカーでも、やろうと思うが、君もドウ？』モチロン、いいヨと言いました。そして、ホイトの部屋でゲームしたのデス。三人とも、スゴ腕ヨ。トテモ楽しかったネ。その後、何度か会って、トテモ仲良くなりました。そして、シェリー君、このステキなお屋敷に、ボクたちを招待してくれたのデス。それが、このヒサンな結末ヨ」シニョール・カパッツァは深いため息をつき、きれいな目をくるっと回して天を仰いだ。

翌日の検屍審問の際、捜査責任者であるジュエル首席警部の要請で、通例の閉廷の前に、医師の証言が取り上げられた。外傷について陳述され、ナイフは左肺と心臓の左心室を貫通していたと証人は述べた。このような傷で即死となったのは間違いなく、被害者はおそらく声を上げることさえできずに絶命したものと思われた。この一撃を被害者自身が加えることはありえなかった。また、さほど強い力は要さなかったものと思われた。なぜなら凶器の切っ先は、ナイフの切っ先としてはこれ以上ないといっていいほど鋭いものだったからである。

トレントは、この証言を傍聴したあと、その日姿を消した。彼は車でロンドンに戻り、レスター・スクエアにほど近い、ある友人のオフィスで午後の一時間を過ごした。その後、彼はジュエル首席警部に宛てて、注意深く考え抜かれた手紙を書いた。翌朝、首席警部はその手紙を滞りなく受け取った。

「貴殿が調査する価値があると思われる事柄を二、三提示させていただきます（とトレントは書いた）。そのうちのいくつか、おそらく、そのすべてを、すでに貴殿も考えつかれたことでしょうが、わかりやすくするために、私の知っていること、そして考えていることのすべてを書き記すこととします。

ジェラルド・シェリーは自分にこの犯行の嫌疑がかかっていると思っています。そしてそうであることは疑う余地がありません。彼がホイトに支払い能力を超えた金を巻き上げられ、おそらくホイトの入れ知恵で父親に助力を求めたことは、すべての状況が示しています。シェリー将軍の経済状態はすでに容易ならざるものとなっており、ジェラルドは父親からそう告げられたものと思われます。もしホイトの素性が割り出せれば、彼がプロの賭博師であり、詐欺師だったことがわかるはずです。いずれにせよ、彼がジェラルドを絶望的な苦境に追い込んでいたとすれば、ホイトの死はジェラルドにとって非常に都合がよかったでしょう。それは彼の父親にとっても同様であり、こうして、父親もまた嫌疑の対象となりました。父親の方は、殺人が行われた時、屋敷内にいたことを自ら認めているのですから、なおさらのことです。これはジェラルドの場合には当てはまりません。しかしながら、彼のアリバイは十分ではありません。メイドストンから帰って、誰にも見咎められずに家に立ち寄り、その後すぐに園遊会へ出向くのは、彼にしてみれば簡単だったに相違ありません。

無論、貴殿もこの点は熟慮されたことでしょう。しかし、まさしくジェラルドがそういう行動を取ったという確信は、私ほどお持ちでないかもしれません。私の信ずる、事の次第を記すと、彼はなんらかの理由でサウス・コート館へ車で戻ってきて、銃器室へ行き、背中にナイフを突き立てた死体となって横たわっているホイトを発見したのです。同時に彼は、開いた窓から、シェリー嬢とカパッツァ氏が生け垣の門に向かって歩いていくのを目にしました。自分が何をしているのかに気づくより先に、彼は窓に駆け寄り、ふたりに向かって大声で叫び、手を振りました。ふたりは振り返り、ちらりと彼の方を見ました。そして、プードルは彼を認めて吠えたて、犬がよくやるように、彼の興奮に呼応して跳びはねました。ふたりがそれ以上彼に注意を払わずに行ってしまった時、彼は当然ながら驚きました。妹がひどい近視で、眼鏡をかけても、その距離からでは自分を見分けられないことは、兄として知っていましたが、カパッツァまでが近視だとは彼には想像する由もなかったからです。それでも、実際、ふたりのどちらも自分がわからなかったと考えるしかありませんでした。そして、自分の置かれた立場に思い至った時、彼はそう考えて、心から胸を撫でおろしたのです。

死体が他の誰かに発見される前に、殺された男が横たわっている部屋にいたと知れたら、自分が危険極まりない立場に置かれることに彼は気がついたのです。どんな動機が自分に帰せられるのか、彼にはわかっていました。そしてその時も、その後も、他の誰がホイトを殺したかなど、彼には想像もつきませんでした。本当のことを言えば自分が有罪にされてしまうがゆえに、それを口にすることを恐れる無実の男という立場に、彼は立たされたわけです。

しっかりしたものには思えなかったに違いありませんが、彼は全力をあげてアリバイを作ることを決心しました。彼が貴殿に供述したのは、その結果です。

私がこのような結論に至ったのは、同じ出来事についてシェリー嬢が語ってくれた話の中の、いくつかの些細ながら奇妙な事柄に気づいたからでした。第一に、彼女はホイトが叫んでいるのを聞いた時、ちょっと振り返って、彼が手を振っているのを見たと言いました。私自身が観察したところから、シェリー嬢には、その距離から一見しただけでは、窓辺にいた人物に十分な見分けがついたはずはないということを私は知りました。実際のところ、彼女は、それがホイトだと思い込んだに過ぎないのです。そしてほんの少し前に、本当に彼をその窓のところで見ていたのですから、これは至極当然のことと言えましょう。彼女はこうも言っています。犬が駆け戻ろうとして、父親の昼寝を妨げかねない声で騒ぐので困った、と。これが私の心に引っかかりました。なぜなら彼女はそれ以前に、その犬がホイトにおびえ、彼が近くにいると震えてすくみ上がってしまうと語っていたからです。しかし、窓のところにいるのがホイトであるかどうか、たとえ彼女がわずかに疑問を抱いたとしても、その人物をホイトだと認め、酔っ払いの招きに応じて引き返したいのかと尋ねたカパッツァ氏によって、その疑いは掻き消されてしまったに相違ありません。

そこがカパッツァの機敏で賢いところだったのです。というのも、実際に窓のところにいたのがジェラルドなら、私はそう信じていますが、カパッツァは即座に彼を見分けたものと思われます。彼は飛びぬけて視力がいいのです。今ではそのことがわかっています。先に、どれだけ速やかに彼が毛鉤の投げ方を習得したかを耳にした時、そんな印象を持ちました。あれは手首と目の動きの連携が難しいのです。

もうひとつ、ホイトがシェリー嬢とカパッツァに窓から話しかけた時に起きたことについての彼女の話で、私の心に引っかかったことがあります。彼女は彼が失礼で冷笑的な態度を取ったと言っています。そして彼女は完全に嘘偽りのない証人だと私は思います。しかしカパッツァの方は、同じ事実を私に語るに際し、まったく違った色合いを加えています。彼の説明ではホイトは、なかなか練れた性格で、カパッツァに意見されて禁酒を誓った後、少し経ってからまた、その約束を繰り返しただけだということになっています。それを口にした時の言い方についてのシェリー嬢の説明がなければ、それはホイトが言った言葉についての非常にもっともらしい説明になっていたでしょう。彼女もこの点については非常に明確です。なぜなら彼女はあまりに不愉快を感じていたので、彼に背を向け、薔薇を切ることに注意を向けるほどだったからです。

私の頭にひとつの考えが浮かんだのは、この最後の点からでした。とっぴな思いつきかもしれませんが、少なくとも、いくつかの奇妙な疑問点に答えを与えるものでした。

もし窓から叫んだ男がホイトだとしたら、なぜ犬はあのように振る舞ったのか？

もしその男がホイトではなかったとしたら、なぜカパッツァはシェリー嬢にその男がホイトだと偽ったのか？　そして、もしホイトがその時改心する気になっていて、無礼な態度に出る心配はないとカッパツァが信じていたなら、なぜ彼はホイトが飲んだくれていたことを彼女に思い出させたのか？

最後に、シェリー嬢が背を向けてハンドバッグから鋏を出して、薔薇を切っている間に、彼女が見ていない何事かが起きたのではないか？

おそらく貴殿には私の考えの向かう先がおわかりのことでしょう。私は検屍審問を待ちました。死因について医師がなんと言うか聞くためです。そしてそれは、私の疑念を払拭するものではありませんでした。数時間後、私はグリーン・ストリート二四七番地に住む、ハイマン・ワインゴット氏を訪ねました。芝居と演芸の事務所を構えており、この業界に関して知るべきことはすべて知っている人物です。私は彼にカパッツァ氏の特徴を述べて尋ねました。ワインゴット氏はアルファベット順に厚紙の紙ばさみがぎっしり並んだ本棚のところへ行き、Bの項目の中から一冊を取り出しました。表紙にある名前はブリッキオーネでした。彼は書類を数枚と、写真を三枚抜き出して、私に手渡しました。それらはジュリオ・カパッツァ氏と多大の類似点を有するものでした。

それから私はワインゴット氏に、ホイトが死に至った一部始終と私の推理を話しました。彼は非常に興味を示し、ロンドンにはブリッキオーネを見分けられる人間は大勢いるが、よければ自分が確認したいと言いました。彼は明日の午後三時二十八分に到着の列車でヘッドコーンに行き、着いたら貴殿の元へ出向く予定です。

ティト・ブリッキオーネはシチリアのカラチベッタで生を受けました。まだ幼少の頃に両親が移民して、米国民となり、ニューヨークの貧しいイタリア人たちの間で成長しています。ブリッキオーネはナイフ投げの達人でした。なり手が少なく、稼ぎのいい商売です。名高いレオ・ラッティについて腕を磨きました。二十フィート離れたところから、スペードのエースを射抜く腕前で、一度もしくじったことはありません。何年もかけてヨーロッパとアメリカ全土を巡業したこともあります。英国でのギャラは、一回十分の興行で最低でも五十ポンドを下りません。ニューヨーク州で二度、投獄されて仕事の中断があったにもかかわらず、大金をため込んだと言われています。投獄の罪状は二度とも、喧嘩の果ての加重暴行でした。凶暴な性格と、いつも（左脇の下に）携行しているナイフを躊躇なく使うことから、危険な男という評判をとり、起訴されなかったいくつかの殺人と刺傷事件は彼の仕業と考えられています。彼は厳格な節制のできる男です。なぜならナイフ投げはそうでなければならないからです。しかし彼は根っからのギャンブラーで、プロのカード詐欺師たちとの付き合いもずいぶんありました。

これがカパッツァ氏の略歴です。彼がいかにしてホイトと知り合い、またその後に、ジェラルド・シェリーと知り合ったかという話に関して、貴殿がどのようにお考えになったかはわかりません。その時の私には、それは信用詐欺を変形したカード詐欺のように思えました。そしてワインゴット氏が話してくれたことは——カパッツァが話した変な英語と同じように——それと符合すると思います。おそらく、あのふたりは共謀してジェラルドから金を巻き上げ、カパッツァはその金を取り立てて山分けするまで、ホイトにまとわりついていたものと思われます。

私の考えは、ホイトが銃器室の窓から離れようとし、シェリー嬢がそれに背を向けた瞬間に、カパッツァが自分のナイフを投げてホイトを殺したというものですが、如何でしょうか。彼はシェリー嬢のすぐ近くに立ったまま、ただ、彼女と窓の間に立ってそれをやってのけたのです。その距離はおよそ十六フィートでした。ジェラルド・シェリーは、ふたりが生け垣の門の方へ歩いて行く間に部屋に入り、ふたりが門に着いた時、彼らに向かって叫びました。カパッツァことブリッキオーネは、非常にすばやく考えを巡らし行動できる男です。シェリー嬢が窓辺の男をホイトだと思い込んでいるのを瞬時にして見て取り、自分たちふたりがそう証言すれば、自分のアリバイは確実なものになると考えました。そこで彼女の思い込みに乗じたのです。

なぜ彼がホイトを殺したのかについては、想像の域を出ません。私自身の推理では、シェリー嬢が自分よりカパッツァをひいきにしたのに憤慨したホイトが、シェリー嬢に深入りするのをやめないと、シェリー一家にカパッツァの『清廉潔白な』生活を全部ばらすぞと脅したのです。カパッツァが彼女に薔薇を所望するのを聞いたホイトは、『約束を果たす』ことを決意し、そう言いました。ブリッキオーネの凶悪な気性にはこれで十分過ぎるほどでした。そしてホイトが窓から背を向けた時、ギャンブラー特有の大胆さで、彼はチャンスを捉えたのです」

ジュエル首席警部がこの手紙を受け取った日の午後、トレントは自宅のアトリエにいた。仕事が山のようにたまっていた。そして殺人現場には、もう発見すべきものはないと彼は思っていた。《レコード》の代理人がひとり、現場に残っていて、ワインゴット氏訪問の結果を彼に電話で伝えてくれることになっていた。そしてトレントは、すでに事実に先がけて、ジュリオ・カパッツァの正体を暴き、警察の取るであろう最新の動向を伝える記事を起草していた。四時十五分に電話があり、トレントはほとんど何も付け加えることなく、自分の原稿を至急便でフリート・ストリートへ送った。

事の顚末を知らせる正式な知らせがトレントの元へ届いたのは、翌朝の第一便だった。手紙は次のようなものだった。

拝啓

今月二十二日付の貴簡を拝受いたしました。そして、その内容に感謝を申し上げなければなりません。

貴簡通り、ワインゴット氏は本日の午後、当地に到着し、我々はサウス・コート館へ向かいました。カパッツァことブリッキオーネの犯罪歴に関する貴殿の情報にかんがみ、制服警官を同行するのが最善と考えました。川でジェラルド・シェリー氏と釣りに興ずるブリッキオーネを発見し、彼らに気づかれぬよう接近しますと、ワインゴット氏が『あの男です。どこにいても私には彼がわかります』と言いました。ブリッキオーネは顔を上げて、ワインゴット氏に気がついたようでした。そして氏に向かって言語道断な雑言を吐き、一瞬、我々が阻止できぬほどのすばやさで身を躍らせて氏に飛びかかり、両手で髪をつかみ、喉を嚙み切ろうとしました。ワインゴット氏はブリッキオーネのこめかみを強打し、下腹部にも一撃を加え、一方、我々も背後から彼を羽交い締めにし、その結果、それ以上の事無きを得て、逮捕に至った次第であります。その後、ブリッキオーネはメイドストンの下位裁判所に委ねられて予審を受けたのち、次の巡回裁判で公判に付されることになりました。

ジェラルド・シェリー氏は、事件当日の自分の行動に関して我々にした供述は、一部完全でないの箇所があったと認めました。氏の行動は、おおむね、貴簡に述べられた通りでした。ホイト殺害の犯人の正体については何も知らないようですし、また、犯罪に巻き込まれるのを回避しようとする以外の動機もないようなので、現在勧告されているように、彼については不起訴とすることが決定いたしました。

敬具

C・M・ジュエル（首席警部）拝

名のある篤志家

The Public Benefactor

ホワイト大佐はオテル・アルテマールの巨大な表玄関から、身分のよさを感じさせるゆったりした足取りで外へ出た。そして陽光溢れるモンテ・カルロの風景が一望できるヴェランダの椅子に戻った。堂々たる山の岩肌が平凡な魅力のこの街の雄大な背景となっている。細く長い指で、彼は細く長い葉巻に火をつけ、眠そうなまぶたの下の目で、ゆっくりとその風景をあちこち見渡した。やがてホテルから背の高い金髪の若い女性が出てきて、傍の椅子に腰掛けると、彼は立ち上がった。

「今朝は一段とお美しいですな、ミセス・アシュレー」と大佐は言った。この婦人がすべての男たちから、自分の容貌についてさりげなく触れられるのを期待していることを彼は心得ていた。そしてさっさとそれをやり過ごしたかった。その話題に彼は飽き飽きしていた。

アシュレー夫人は自分の満艦飾が無理強いしたと見なして、そのコメントを無視し、薄茶色の睫毛をしばたたかせて彼を見た。化粧室でメイドとふたりで二時間かかって整えたばかりの身ごしらえに、すっかりご満悦だった。そして彼女は尊大な態度こそすなわち社会的な地位が上等なしるしなのだと信じていた。

「今朝はお父上のお加減はいかがですか?」と大佐は尋ねた。

「悪いわ」アシュレー夫人の答えは短かった。「また何かが父を混乱させていますの。私《わたくし》にはそれが何なのかわかりませんけれど。今までより、ますます神経質になって、気落ちしておりますわ。それで私、もう一度診ていただくように、コール先生にお電話いたしましたの。そろそろ、ここに見えますわ」

ホワイト大佐は整った黒い口髭に指を触れた。「私が口を挟むべきことではないのでしょうが」と彼は言った。「お父上の友人のひとりとして、あなたがコール医師にほんとうに満足しておられるのか、うかがっておいたほうがいいかもしれませんな」

「あら、お尋ねになってくださってかまいませんわ」アシュレー夫人は、いくぶん厳しい口調で答えた。「先生とは長年のお付き合いですし、神経の病気に優れた手腕をお持ちの方です。父がこんな病気になった時に、ここにあの先生がいてくださったのは、とても幸運でしたわ。あら、先生だわ」

自分の神経障害の研究は個人的な経験とはまったく無関係という顔をした、がっしりしたハンサムな男が、階段を上ってきて、ヴェランダにいるふたりに加わった。「メッセージをいただきましたよ、大変ですね、ミセス・アシュレー」と医師は言った。「おはようございます、大佐。ミセス・アシュレーからお聞き及びと思いますが、今日は父上の具合があまりよくないように思われるそうなのです」

「彼女は私にはそうは言われませんでしたよ」とホワイト大佐が答えた。「いつもより悪いと言われたんです」その口調に含まれるものに、医師は顔をさっと紅潮させた。だが平静を保ってアシュレー夫人の方に向き直った。

「ここへ来る途中で、あなたもご存じの、ある人物に会ったんです」と彼は言った。「フィリップ・トレントですよ――友人たちとクリュニーに滞在しているんです。あなたがここにいらっしゃることを知って、訪ねてくるつもりでいましたよ。ただ、サマートン氏がご病気だということは、もちろん聞いていませんでした。あなたの父上が彼に会っても悪いことはないばかりか、むしろ薬になると言っておきました。それに早いに越したことはない——何をおいても父上の気を紛らすことが必要なんです。それでトレントは今日の午後にやって来ますよ。ではサマートン氏のところへ上がりましょうか？　居間の方にいらっしゃるんですね」

アシュレー夫人が立ち上がり、医師が彼女の後に続いて、ホテルの玄関へ向かった。ふたりが玄関まで来た時、ホワイト大佐はコール医師が、明らかに自分に聞こえるように、侮蔑の口調でこう言うのを耳にした。「あなたのお友だちのアメリカ人は、今朝は実に礼儀正しいですな」

大佐は笑みを浮かべた。「いじましい男だ」風景に向かって、彼はそうつぶやいた。


午後になって、サマートンのスイートルームに姿を見せたトレントは、その容貌の変わりように驚いた。サマートンは数ヶ月前には、六十幾つという年齢をやすやすと隠しおおせていた。ずんぐりした短軀と、しし鼻のついた四角い顔は、決して美しいとは言えなかったが、健康と活力を絵に描いたような男だった。それが今は、すっかり老い込んで、しかも弱々しくなり果ててしまっているのだった。顔は蒼白でやつれ、目は悲しみを湛え、肩は落ち、身体全体が苦痛と振り払えない不安を物語っていた。

「君の顔を拝めるとは実に嬉しいよ、トレント」と彼は言った。「君ならわしを助けてくれるかもしれん——いやはや、間の悪い時に、こんな具合に健康を損ねてしまったのだ。わしは進退きわまっておるのだよ、君。そら、葉巻だ」彼は箱を差し出した。「わし自身は、葉巻を止められておるのだが、せめていい葉巻の匂いでも嗅げば、少しは違うだろう」

トレントは葉巻を取り、紫煙の向こうから考え込むようにサマートンを見た。「進退きわまるとは、どういう意味です？」とトレントは尋ねた。「アフリカのジャングルで狂暴な人食い人種に追いかけられているわけでもないでしょうに。モンテ・カルロには、戦艦を沈めるほど大勢、医者がいますよ。娘さんだって、ここであなたのお世話をしてるじゃありませんか。さきほどお会いしたアメリカ人の大佐も、なにかと頼れそうなお友だちのようですし」

「そう。ホワイトはいい男だよ」とサマートンは言った。「彼がいなければ、わしはどうなっていたか、わからんよ。彼とは昨年、当地で知り合って、それからすっかり親しくなったのだ。だが、わしがこんな病気になってからというもの、彼は思いやりの限りを尽くしてくれとる」

「大佐にしては、ずいぶんお若い」とトレントが感じたところを述べた。

「ああ、軍人ではないのだよ。単なる名誉称号なのだと言っておった。大富豪なのだが、人生を歩み出した時には、一文無しだったそうだ。ここでわしの世話をしてくれておるジョーなのだが――残念ながら、困っておるのはあの娘のことなのだ。一週間前、わしの神経が不調になった時、娘はあのコールという男を呼びおった。あれはあの男がここにいるのを知っていたのだ。そしてやつを信頼しきっておる。まあ、わしから見ればやつはボンクラだ。やつの処置がまったく効き目がないのはわかっておる」

「ではなぜ、彼を遠ざけないんですか？　その人をどう思っているか、いつだって平気で口にする、あなたともあろう方が」

「そういうことではない。問題はジョーなのだ。そうだな、トレント、君の力を借りるなら、ほんとうのことを言わねばならんな。ジョーは一人っ子でな、甘やかし過ぎた。性格のきつい、わがままな女だ。とはいえ、わしはあの娘をこよなく愛しておる。娘を怒らせるような原因を作りたくはないのだ。たとえ娘が優しい心の持ち主だったとしても、やはりできんだろうがな。だが、実際、あの娘は自分の思う通りにならんことがあると、すさまじく怒り出すのだ。わしの今のこの状態では、娘のそんなありさまは、ただただ、見るに堪えんのだよ。娘がそうしたいと言い出さんうちは、家に帰りたいとも言えん。コールは役立たずだとも言えんのだ。それどころか、わしはあの男を気に入っていると思われている始末だ」サマートンは震える手で額をぬぐい、それから話の穂を継いだ。「君にはすべてお見通しかもしれんが、娘はやっと恋仲だとわしは睨んでおる。ふたりはいつも一緒なのだ。ヒュー・アシュレーが神経衰弱になった時、治療したのがコールだ。亭主が死んでから、娘とコールはむやみと仲がいい」

トレントは葉巻をふかしながら、じっくり考えた。「コールが悪い人間だとお考えなわけじゃないんですね？」ようやく彼は尋ねた。

「いや、そうではない。そういうたぐいの人間ではないのだ。二十年近く治安判事を務めて、ロンドンのごろつきの半分を裁いてきたわしだ。見ればすぐに腹黒いやつは見抜ける。コールはわしを理解しておらん。それだけだ。やつはそれに気づこうともせん。さて、トレント、わしのために何とかしてくれんかね？　どうすればいいかはわかっとるな。君の言うことなら娘も耳を貸すだろう。いずれにしても、わしにするようなひどい目に君を遭わせるようなことはするまいよ。ホワイトも、ひと言ふたこと言ってやるくらいのことだよ、たぶん。他の意見も聞くように、ジョーにひと言、仄《ほの》めかしてみたと言っておるが、娘は鼻も引っかけんのだ」

「もちろん、出来ることは何でもやりますよ」とトレントは言った。「ですけど、サマートン、実際のところ、どうなさったんです？　神経の調子が悪いと言われる。そこに何か意味があるのかもしれませんよ。確かにお加減がよくなさそうです。でもどんな具合なんです？」

サマートンは弱々しく片手を挙げた。「頼むから、加減がよくなさそうだなどと、言ってくれるな。その言葉はもううんざりなのだ。見ず知らずの連中が、町でわしに寄ってたかって、わしが病気のようだと言い、何かしてやれることはないかと訊くのだ。どんな具合かだと？」サマートンは椅子に坐った身を前に乗り出し、つらそうにトレントの目をじっと見つめた。「話すよ。わしは気が狂いかけているのだと思う——弱り果てて死にそうだよ」

トレントはショックを受けたが、顔色ひとつ変えなかった。「まさか！」彼は笑顔で言った。「あなたは僕と同じくまったく正気ですよ、サマートン。これまで道理に合わないことなんか、ひと言も言ってないじゃありませんか」

「しかし、どうにもおかしなことがあるのだ。どのようにそれが始まったか、話そう。一週間ほど前のある晩のことだ。ジョーがマントンへドライブして、まだ行ったことのないソスペルまで登山鉄道に乗り、ニースに寄って帰ってこようと言い出した。わしらは翌日出発する仲間をホテル内で募った。それでだ、次の朝、仲間のところへ行くと、ポーター頭のガストンが、わしのところへやってきて、わしが頼んだソスペルまでの便の時刻表をお持ちしましたなどと言うのだ。わしはたまげた。誓って言うが、わしは絶対に彼に時刻表など頼んでおらんし、そうしようなどと、ちらりとでも思い浮かべたこともなかったからだ。

このことは他の者には言わなかった。当然、皆はわしが時刻表を頼んだのを忘れただけだと思うだろうからな。だがその一件は、終日頭から離れなかった。それからその晩、自分の部屋で着替えをしていると、ドアがノックされ、ボーイですと言って、男が入って来た。ボーイも何も、わしは呼んどらんと言った。男はびっくりしたようすだった。彼は、ボーイ控え室のベルが鳴ったと言うのだ。それに呼び鈴を鳴らすとつく、寝室のドアの上の小さな青いランプが、彼がノックした時もついていて、たった今、自分がそのスイッチを切ったばかりだと言った。電気系統がどこか故障したに違いないと言うと、不思議そうにわしを見て、そのボーイは出て行った。朝の出来事の後で、わしはいやな気がした。呼び鈴など鳴らしてないし、鳴らして何か頼もうとも思わなかった――しかし、それともわしが鳴らしたのだろうか？　わしは不安になった。そして夕食の時、何か心配事でもあるのかとジョーが訊いた。むろんのこと、わしはなんでもないと答えたよ。だが不安は募るばかりだった。そしてその後、寝つけなくなった。

翌朝、髭をあたっている時、まったく同じ事が起きた。ボーイがノックし、ムッシュー、ご用は何でしょうと尋ねたのだ。そして、わかるかね、トレント、また気違いを見るような目で見られるくらいならと、わしは彼に煙草を頼んだ。どれだけわしが動揺していたかがわかるだろう。わしにはベルを鳴らした記憶は、ほんの少しもなかったのだ。そして今は、精神的に少しおかしくなっているに違いないと思っている。

次の日は、何人かの仲間と海岸通りに出てボートレースを観戦した。あるレースでわしはある男と賭けをし、気に入ったボートに賭けた。わしは負け、その男に払う金が足りないことに気づいた。そこで自分の口座のあるリヨネ銀行へ行き、千フラン札十枚とその他に小額の紙幣を何枚か引き出した。それから仲間のところへ戻り、また何度か賭けをした。支払いをするために札入れを出してみると、その中には千フラン札が二十枚入っていたのだ。

そのことについては何も口に出さなかった。わしはひどくうろたえていた。銀行へ取って返し、自分がいくら引き出したか、訊いてみた。出納係はわしの小切手を見せてくれたよ――一万五百フランだった。わしは二万渡されたと言って、札入れを出して彼に見せた。そこには一万フランしかなかった。出納係は、あのボーイとまるきり同じ顔でわしを見た。あやうく叫び出すところだったよ。

翌日、ホワイトとわしは散歩に出た。そして新聞を買うために、よく行くマダム・ジュバンのスタンドに立ち寄ったのだ。わしは前日――二月二日、火曜日の《タイムズ》を買った。当日の新聞が出るには早すぎる時刻だったのだ。腰を下ろして新聞を見た時、まだ広げていなかった、新聞の一面の日付が、わしの目に飛び込んできた。それは二月二日、月曜日――去年の――《タイムズ》だったのだ！

わしはホワイトに言った。『妙なことがあるものだな。わしの新聞の日付を見てくれ』彼はそれを受け取って言った。『何です、これのどこがいけないんですか？』わしは答えた。『気づかんかね？　一年前のだよ』ホワイトはわしを見つめた。わしがひどく怖れておる、あの目つきでな。彼はただこう言った。『いいえ、何の問題もない、昨日の新聞ですよ』そして、わしがもう一度見てみると、その通りだったのだ。

ホテルへ戻るとすぐに、わしはジョーに言った。すぐに医者に診てもらわなければならん、生まれて初めてのことだが、神経が参っているのだとな。精神の病だとは言わなかった。娘は確かにそれが賢明だと言った。お父さまは数日前からなんだか様子がおかしかったとな。そして娘はあのコールという男を手紙で呼び寄せたのだ。ああ、君はわしがあの男をどう思っておるか知っているな。わしは彼に、君に話したことをすべて話した。今まで他の誰にも話したことはないがな。やつはしきりに頭を振って、しばし考え、それから去年のこの時期にわしがモンテ・カルロにいなかったかと訊きおった。この時期はいつもここに来ていたと答えたよ。するとコールは、おそらくわしは去年やったのとまったく同じ行動を、今年も無意識に繰り返したか、あるいは今年やったことだと自分で思い込んでおるのだろうと言った。わしの記憶がこんがらかっているか、それと似たようなことだろうとな。一年前のある日、二万フランを引き出し、一年前の二月二日の《タイムズ》を買ったとか、そういうようなことだとな。まあ、そうでなかったとは言い切れん。だが、だからと言ってまったく安心できるものでないことは、君にもわかるだろう。記憶がとんぼ返りをするなんぞは、いい徴候ではあるまい。おまけに、それでは時刻表の件は説明がつかんのだ。そしてコールは、自分の処方した鎮静剤を飲み、決して疲れるようなことはせず、煙草も刺激物も控えろと言った」

サマートンがこうした奇妙な事実ないしは妄想を、順を追って語り尽くす間、無言で耳を傾けていたトレントは、葉巻の吸いさしをもみ消して口を開いた。「そういうことに関しては、僕は素人ですが、普通の意味でいう神経の病気に、そうした事実がどうやら当て嵌っているように見えるという点は認めます。でも僕の乏しい経験からみて、あなたはちっとも精神病の患者らしくありませんよ、サマートン」

サマートンは堪りかねたように声を上げた。「まさにその通りだ！　わしはまったく正気だと思っとる――それでも時折、自分がやっておることがわからんという事実は残る。それにまた、一番ひどい話をまだ君にしておらんのだ――今朝方、わしを打ちのめしたことだ。いいかね、一週間前、わしは家内にバースデイ・プレゼントを送った。家内は今、ブルック・ストリートのフラットにおる。あれはモンテ・カルロが大嫌いなのでな。わしが送ってやったのは、白い玉《ぎょく》でできた中国の小さな彫像だ――スカラ通り《ル・ド・ラ・スカラ》にあるグランジェットの小さな店で買い求めて、送ってくれるように彼に名前と住所を書いて渡したのだ。

　今朝メアリからプレゼントの礼を言う心のこもった手紙が届いた。だが同時に手紙には、わしがそれを宛てた住所は何の冗談かと尋ねてあった。現在その住所に住む人が、わしらの現住所を知っていたから良かったようなものの、それにしても、プレゼントが家内のところに届くまでに三日もかかったのだ。家内は住所が書かれていたラベルを一緒に送って寄越したよ。ちょっと見てくれんかね？」

　トレントはサマートンの震える手から、その紙を受け取った。このような住所だった。

英国
ロンドンＳＷ七
タルフォード・ストリート二三番地
ミセス・Ｊ・Ｌ・サマートン

「奥さまが戸惑われるのも無理ありませんね」相手の顔を見上げて、トレントは言った。「これはどこの住所なんですか？」

「タルフォード・ストリート二三番地とは――〈Talford〉となっているが、ほんとうはＯのあとにＵが入る〈Talfourd〉が正しい綴りなのだが――わしら夫婦が結婚した時から暮らしていた家の住所なのだ。そこから移ったのは一九一二年――もう十四年も前のことだ」サマートンは目を閉じて椅子に深くもたれた。「以来、わしはこの住所を目にしたこともなければ、ほとんど考えにのぼせたこともないのだ。そういうことだ。不安で一杯になっているところへ、まったくとどめを刺すような――」言葉を詰まらせ、彼は両手で顔を覆った。

しばらくの間、トレントは黙ったまま彼を見ていた。それからもう一度、ラベルを見つめた。彼は立ち上がって、それを窓のところへ持って行き、そこで打ちひしがれて椅子に沈んでいる男に背を向けて丹念に調べた。やがて、陽光きらめく花の階段《エスカリエ・デ・フルール》を眺め渡しながら、彼はほとんど聞き取れないほどかすかに口笛を吹き始めた。

「では、グランジェットに指示を出した時に、頭の中でこの住所を考えていたわけではないのですね」

サマートンはいらいらしたようすで顔を上げた。「言ったろう。今朝、そのラベルを読むまで、そこに住んでおったことさえ、忘れていたくらいだ。見ての通り、他の出来事ともよく符合する。だが、わしにとっては、それと気づかんうちに、記憶が一年前に戻ってしまうのと、十四年前に溯るのとでは、話はまったく別だ」

トレントは窓から離れ、サマートンの肩に手をかけた。「そう、しょげないでくださいよ」と彼は言った。「だいぶ落ち込んでおられるようですが、きっと僕がなんとかしてさしあげられると思います。実際、僕におまかせいただければ、あなたが元のようにお元気になるという自信はかなりあるんですよ」そしてトレントは、住所のラベルを自分のポケットに滑りこませると、慌ただしく友人の許を辞した。

一時間後、トレントはホワイト大佐がヴェランダのお気に入りの椅子に坐り、《ニューヨーカー》誌の鮮やかなページをめくっているところを見つけた。

「大佐、僕はたった今、面白い話をしてきたところなんですよ」相手に向かい合うように手すりに寄りかかり、挨拶も抜きに彼はいきなり切り出した。「グランジェットの小さな骨董品店に行ってきましたよ——あなたもご存じでしょ」

ホワイト大佐は雑誌を脇へ置いた。「ああ、知っているよ」と彼は答えた。「グランジェットとは何度か取引をしたことがあるからね」

「ええ、あなたが彼と取引をしたことは知っていますよ」冷やかに微笑んでトレントは言った。彼はサマートンの部屋から持ってきたラベルをポケットから出して、大佐の傍にある小卓に放り出すように置いた。

「確かによくできた住所だ」トレントは話を続けた。「間違いは二箇所だけです。通りの名前がアメリカ式に綴られているってことがひとつ。T・A・L・F・O・U・R・Dとなるべきところです」

大した興味も示さずにラベルを検分していた大佐がうなずいた。「それでタルフォードと読むのだね、なるほど」と彼は言った。

「それと」とトレントは続けた。「〈SW七〉という郵便区分が、新しすぎるってことです。郵便局が地区を示す文字の後に数字をつけたのは、サマートンがこの住所から越したずっと後のことなんです。いつからそうなったのか、正確なことはちょっとわかりませんが、第一次大戦中だったのは知っています」

ホワイト大佐はため息をついた。「それがそんなにいけないことかね？」

「そのラベルをグランジェットのところへ持って行きましてね」とトレントは言葉を続けた。「サマートンの代わりに聞きたいことがあると彼に言ったんですよ。サマートンの小包がどういうわけでその住所に送られることになったのか知りたい、ことは極めて重大だとね。グランジェットは信頼に足る手先ではありませんね、大佐。すぐにぐらつき始めましたよ。彼はサマートンがこのアドレスをくれたのだと言い張りました。でも次の瞬間には、悪気があったわけじゃないし、どっちにしても、法律に触れることじゃないと言い出したんです。そこで僕は、それは裁判所の決めることだと言ってやりました。グランジェットは以前にも厄介になったことがあるに違いないと思いますね。なぜって、僕が裁判所と口に出したとたんに、彼は落ち着きを失い、見逃してくれと言い出して、全部白状したんですから。小包を間違った住所に送るのに、あなたが支払った金の額まで教えてくれましたよ。わからないのは、あなたがどうやってあの住所を知ったかということなんですが」

大佐は屈託のない微笑を浮かべて訊いた。「他に知りたいことは？」

「この悪意のこもったいじめがどうやって実行されたか」とトレントは言った。「いくつかについては想像がつきますよ。ポーターやボーイに賄賂をやって、サマートンが時刻表を頼んだり、寝室の呼び鈴を鳴らしたと偽らせるのはわけもないことです。金をやった連中に、町で彼がどれだけ具合が悪く見えるか、同情したように声をかけさせるのも簡単です。でも新聞のトリックがどうやって仕組まれたのかはわかりません。それにサマートンの札入れの紙幣のすり替えの一件も不可解です。まあ、大した問題じゃありませんけどね。こんな事はもう起こらないでしょうから。そしてサマートンには今度のトラブルはすべて、心ないインチキだと言うつもりです。それについて彼がどうするつもりかは、本人から聞いてください。たぶんあなたを訴えるでしょうね。サマートンはその気になれば非常に強硬になれる人ですから」

ホワイト大佐は椅子から立ち上がり、トレントに歩み寄った。「ああ、彼のことなら、重々わかっているよ」彼はトレントの目をのぞき込むように見つめて、軽くその胸先を叩いた。「そんなことは君に言われるまでもない。それに私だって、その気になれば強硬になれるさ。しかしまあ、トレント君、君に全部見破られたことを、私は残念だとは思っていないよ。知られた方がよかったのさ。知られることも私の計画のうちだった。君は一日二日、事態の進行を早めた。それだけのことだ。サマートンとのことはほとんど仕上げの段階に来ていたんだ。私としては、彼に何も言わず、突然姿をくらますつもりだった。私と彼との間の、ある出来事を思い出させる手紙を彼に残してね。私がこれからやろうとしているのがそれだ。この私の心ないインチキについて、君に手紙を書こう――そういうことで、私の方は別に差し支えはない――そのほとんどを見抜いた君にはむしろ、私がこんなことをした理由を知ってほしいと思うのでね。今日、君に手紙を届けよう。読み終わったら、サマートンに見せたまえ。だがここでひとつだけ教えてあげよう――紙幣のトリックの仕掛け方を」大佐はひと呼吸置き、それから尋ねた。「煙草をお持ちかね?」

トレントは反射的に胸ポケットに手をやった。そして驚いたような顔をし、いくつか他のポケットをむなしく探った。「すみません。どこかに煙草入れを置き忘れてきたみたいです」

「いや」とホワイト大佐は言った。「大丈夫、君のその外側のポケットにあったよ。今日の午後、君がそこへ入れるのを見たんだ。今は私の手元にあるがね。ほら」彼は煙草入れを困惑気味のトレントに差し出した。「少し前、君と間近に向き合った時に取ったんだ。言葉を強調して君のベストを叩いただろう、あの時だよ。サマートンの札入れを取ったのもこの手だ――ただ彼の場合は、もっとずっとやりやすかった。尻ポケットに金をつっこんでおく、不用心な癖があるからね。お別れする前に言っておくことはこれで全部だ。もう二度と会うことはないと思うがね」

「心から、僕もそう願いたいところですね」とトレントが言った。「あなたの手口の説明を読ませていただくのを楽しみにしていますよ。でも行状について僕が知る限りでは、あなたは危険でふとどきな悪党のようですね。たった今、僕にやって見せたような、ちょっとした技術で生計を立てているんですか?」

ホワイト大佐は首を振った。「逆だな。あのちょっとした技術で我らが友、サマートンを引っかけるのに、なんだかんだと数千ドルの出費だ。私を怒らせようとしても、それは無理だな、トレント君。私はこの上なく満足しているんだ。モンテ・カルロで果たすべきことは果たした。そして、今夜パリに発つ。サマートンが事を構える気なら、私は今後十日間はオテル・モーリスにいるよ。彼は動かないだろうがね。手紙は夕方には届けよう」大佐はわずかに頭を下げると背を向けた。そしてこれまで以上の品格を漂わせてホテルの中に消えていった。

二時間後、トレントが自分のホテルで夕食のための着替えをしているところへ、ホワイト大佐からの手紙が届けられた。アルテマールの便箋が何枚にもわたって、きちんとした鮮やかな筆跡で埋められていた。そこには日付も署名もなく、文章は前置きもなく次のように始まっていた。

「私は三十八年前、ロンドンのイズリントンに生まれた。イタリア人だった母は善良な女で、私をよく育ててくれた。だが父はイギリス人で、その父もまたそうであったように、掏摸《スリ》だった。そして私も父親似で、とくに腕のよさはそっくり受け継いでいた。これは職業としては高く評価されるものではないが、父はその頂点を極め、暮らし向きは人並み以上だった。ほとんど捕まったことはなかったと思う。私が父を記憶する十年間には一度もなかった。父が死ぬ前に私は、父が教えられることのすべてを伝授された。父は私の手並みは自分以上だと言っていた。だが、たぶんそれは親バカというものだろう。

父と同じように、私はもっぱらひとりで仕事をした。これは相棒を使って仕事をするよりずっと難しいのである。そして上品な掏摸ということにかけては、この世界で肩を並べる者はいなかった。私はかなりいい教育を受けた。見た目も身なりも上品な話し方もどこに行っても通用した。私の話し方は父と同じで、私にとっては自然なものだった。父がどのようにして、気取ったところのない、物静かな、上流階級独特の話し方を身につけたのかは知らないが、上流階級に生まれついていなくて、その話し方をこなした人間を、私は他に知らない。

十七歳の時、私は運悪く現行犯で捕まった。私は北部ロンドン治安判事、サマートン氏の前で審理された。彼は任命されて日が浅く、犯罪者の間では評判がよくなかった。話には聞いていたが、私を扱う彼の態度には驚かされた。初犯だったので、謹慎の誓約だけか、最悪でも一ヶ月程度の軽い刑ですむだろうと私は思っていた。だが最初から明らかに彼は私を嫌っていた。私が犯罪者たちと付き合いがあって、悪い影響を及ぼしていると警察側は彼に言った。私がそれは嘘だと申し立てると、私を悪意ある目でねめつけ、最後に、この事件に寛大な措置を取ることはできないと言った。そして懲役三ヶ月の判決を下したのだ。

出所してまもなく、私はふたたびサマートンの前に引き出された。ある宝石店の窓が破られ、おびただしい宝石が盗まれるという事件があり、以前、私といざこざのあった警官が証言に立った。犯人は三人組で、その警官は彼らが逃亡しようとする、ちょうどその時に現場に到着した。彼は追跡したが、犯人たちは逃げおおせた。しかし彼は犯人のうちのひとりを認めたと断言した。それが私だと言うのである。実際には私はその時、現場付近にはいなかった。だがそれを証明する手立てがなかった。そして良好な関係ではないために、その警官は私に罪を着せようとしているのだと私が申し立てると、治安判事は指で机を叩き、だんだん不機嫌な顔になった。彼は私に懲役六ヶ月の判決を下した。不十分な証言で、自分が絶対にやっていないことに厳しい懲罰——不当な判決だった——を加えられたことも、警官の証言に対する私の反論が一顧の価値もないものとして扱われたことも納得できなかった。だが、一番ひどかったのは、彼が判決を申し渡す前に言った言葉だった。彼にはそんなことを言う必要はなかったのだ。人を傷つけることだけを意図していた。その言葉を吐いた時に私を睨みつけた彼の目つきからもそれは歴然としていた。彼は私にこう言ったのだ。お前は自分が紳士みたいに見えると思い上がっているが、下卑た盗っ人以外の何物でもない。絶対にまともな家に足を踏み入れたり、まともな人々と交わったりすることなどできない、と。他にもまだあった。だがその言葉は私が生涯忘れえぬものとなった。自分の立場を利用して私を侮辱し、威圧して決めつけたことを、私はいつの日かサマートンに償わせようと決意し、そして彼はその償いをしたのである。

刑期を務めている間、私は毎日ジェームズ・リンガード・サマートン氏のことを、いつの日か彼にしてやるはずのことを考えて過ごした。私は一般的に言うところの復讐心の強い男とは違うと思う。だが生涯を通じて、ひとつのことに傾注すると、私はそのことを眼前に据え、強固な意志を持って当たってきた。そしてサマートンに償いをさせることに、ひとかたならぬ情熱を注いだ。

非常に息の長い仕事になることはわかっていた。そういうつもりで計画を立てたのだ。まず完遂することが第一だった。彼に盗っ人呼ばわりされたことは気にならなかった。なぜなら、その通りだったからだ。だが紳士みたいに見えると思い上がっていると言われたことは承服しかねた。なぜなら、私は自分が紳士然としていることを知っていたからだ。サマートンなどより、はるかに紳士らしく見えたし、それは今も変わらない。商売柄、そのように見えることが必要だったのだ——第一級の掏摸はみな、そうである。絶対にまともな人々と交わることはできないとも言われたくはなかった。私には善良な市民となるに足る品性がないと言われたようなものだ。そしてその結果、私はまさしくそういう人間になろうと心に決めた。そしてそれはサマートンの意図とはかけ離れたものだった。

刑務所を出た時、なすべきことはわかっていた。私は果物商をしていた母の兄を訪ね、これからは堅気になるつもりだと言った。アメリカへ渡る旅費を出してくれないかと、私は伯父に頼んだ。そうすれば人生を一からやり直すことができる。伯父はこれに賛成し、私は海を渡った。当時の合衆国に入り込むのは難しいことではなかった。すぐに勤め口にありつけた。かいつまんで話せば、私は五年後には、コロラド州、ハリスンのある会社で、いい地位について金を貯めていた。二十八歳の時、町の近くに思惑買いした土地が、地下に主として銅の鉱脈が埋蔵されていることがわかり、一躍、私は百万長者になった。

その後はあらゆる種類の事業に手を染め、さらに成功を重ねていった。ハリスンの町に図書館と病院を寄贈し、デンヴァーとボウルダーで教授奨学金制度を創設し、各種の慈善事業に大口の寄付をした。私は優良市民、名のある篤志家となった。州知事は私を専属スタッフの一員に指名し、大佐の階級を与えた。これは名誉称号に過ぎず、私はそのために何かする必要はなかった。大佐という地位は気に入った。サマートンに取り入る時に役に立つかもしれないと考えたからである。他に考えるべきことは山ほどあったが、決して彼のことは忘れなかった。

三年前、ある私立探偵事務所にサマートンの調査を依頼した。私は彼の居所、健康状態、生活習慣について報告を受けた。私と最後に会って以降に彼が暮らしていた家の住所もすべて手に入れた。彼が大金を相続し、判事の職から退いたことも知った。とりわけ、彼がクリスマス後の一ヶ月をモンテ・カルロで、アルテマールに滞在して過ごすということを聞き込んだ。

そこで、次に彼がそこへ行った時——昨年のことだが——私もそこへ行った。私たちは知り合い、親しくなった。私が仕事のために国へ帰る時、次の年、つまり今年だが、お互いにまた会いたいという話になった。彼についてそれまで知っていたよりずっと多くのことを知った、その何週間かの間に、私は自分の計画のために情勢を見極め、来るべき一年後に備えて、ちょっとした計略の準備を進めた。ホテルの従業員には法外なチップを払う客として認められた。新聞スタンドのマダム・ジュバンと最善の関係を作り、グランジェット老人のところではずいぶん散財した。

二週間前、サマートンがアルテマールに着いた時、私はすでにそこにいた。彼は私を見て喜び、私は彼や彼の娘、そして父娘の友人たちとずっと一緒に過ごした。数日経った後、君もご存じのやり方で、私は彼を苛《さいな》み始めた。彼を嫌っていたホテルの従業員たちは、完全にこの計画の趣旨に共鳴していた。街頭で彼に話しかけた連中は、百フラン札一枚に見合う以上の仕事をしてくれた。

私がどのようにサマートンの札入れの件を扱ったかについて、一部は君に話した。そのうち彼が金を下ろしに銀行へ行くだろうと思った私は、自分の手が昔の器用さを取り戻すまで、何ヶ月にもわたって練習をしておいた。彼がリヨネ銀行へ行った時は私もつきあい、彼が紙幣十枚を下ろすのを見て、彼と一緒にボートレースの観衆の中に戻った。尻ポケットから財布を抜き取るのは、熟練した掏摸にとっては一番簡単なことのひとつである。私はもう一万フラン余計に入れて札入れを戻し、彼が自分の発見に顔色を変えるのを見守った。快《かい》なる哉《かな》！　一分後、私はふたたび札入れを取って、自分の一万を抜き取り、元に返した。万事が滞りなく進んだ。

新聞のトリックは次のように行われたものだ。ロンドンに立ち寄って、私は昨年のこの時期の二週間分の《タイムズ》紙を新聞社の日付遡及部から手に入れておいた。マダム・ジュバンは少し考えてから、私がサマートンにいたずらを仕掛けるのに手を貸すことに快く同意した。私たちが揃って彼女のスタンドに初めて立ち寄った時、彼女から彼に一年前の新聞を渡すことにしておいた。私はその時を、札入れの事件の翌日に定めた。すでに私の上着のポケットには正しい日付の《タイムズ》が入っていた。それはその一時間前に自分で準備しておいたものだった。彼がマダム・ジュバンから新聞を受け取ると、私は《エスクワイア》を買った。これは大判のアメリカの雑誌で、私は自分の《タイムズ》をその下に用意して持っていた。彼が新聞の日付に気づき、声を上げた時、私はごくさりげなく手を伸ばしてそれを受け取った。憶えているだろうが、君にしたように、彼の目を見ながら、一瞬のうちに新聞をすり替え、そして日付は正しいと言ってやったのだ。それを手渡した時の彼のものすごい形相ときたら、手間と金をかけただけの甲斐はあったというものだった。本当だよ。

サマートンの古い住所を手に入れた時に頭に浮かんだのはこういうことだった。一年前、彼はグランジェットの店から妻に誕生日のプレゼントを送った。私も選ぶのを手伝ったものだ。私は彼が今年も同じことをする方に賭け、そして彼はそうした。だがもし彼がそうしなくても、あの住所には、何か別の、気の利いた使い道を考えついただろうと思う。たまたま、彼は本当に、今度も同じ目的でグランジェットの店に一緒に行ってくれと私に頼んだ。彼は私の鑑定眼を信頼していた。ご存じのように、私はグランジェットへの報酬をケチりすぎるというミスを犯したわけではない。もっと金額がずっと少なくても彼はおそらくやってくれただろう。だが礼は尽くしたかった。

もちろん、私立探偵が私に古い住所を教える際に、いくつか間違いをやらかしたせいで、破綻が生じた。そのことで彼を責めるつもりはない。サマートンがそこに住んでいた時から、郵便区分が少しばかり変わったなどと、誰も思いつくはずがない。そしてタルフォードの綴り間違いはごく自然なミスである。いずれにせよ、私は気に病んではいない。狙い通りの結果が得られた。それに物の分かった知的な人物にこの話を語るのが実に気分がいいということもわかった。

これで全部だと思う。私は感興の尽きない至福のひと時を過ごせた。サマートンは私がいなくなったことを寂しがるだろうと思う。二十年前の自分の警察裁判所時代に始まって、私たちが交わした他愛のない楽しいお喋りを、彼は残らず思い返しながら時を過ごすだろう」

「感興の尽きない至福のひと時、か！」トレントはひとり繰り返した。「小型版の巌窟王だな」彼は何枚か便箋をめくった。「優良市民で、名のある篤志家、ねえ？　そして余暇にはプライベートで悪党もやりますってわけか。サマートンにはこれはお気に召さないだろうな。でもきっと、気が狂っていくと思うよりはましかもしれない。それにしても、僕から手渡すのはちょっと気が進まないな」

彼はポーターのオフィスに電話してボーイを呼んだ。

ちょっとしたミステリー

The Little Mystery

　カドガン・プレイスを通りかかったフィリップ・トレントが、背の高い古い屋敷の車寄せにいる身ぎれいな人影に目を留めたのは、ある土曜日の昼下がりだった。彼が車を停めると、その娘は石段を降りてきた。

「やあ、マリオン、どうしてた？」と彼は声をかけた。「君に会うのは、ほとんど一年ぶりだね」

「まあ、フィル！　驚いたわ」彼女はたった今出てきたドアの方をちらりと振り返った。「ドクターに会いに来たの？　でもだめ。予約なしでは診てもらえないわよ。それにドクターの方も出かけるところなの」

　トレントは運転席から降りて、マリオン・シルヴェスターと握手を交わした。二十二歳のこの娘を、彼はほとんど生まれた時から知っていた。「すると、ここは医者の家ってわけかな。ああ、なるほど。真鍮の表札が小さすぎて、ちょっと気がつかないね。確かに偉い人らしい――看板が小さいほど、医者は名医なんだ。でも別に医者にかかりに来たわけじゃないよ。チェルシーで昼食を食べてきたところなんだ。でもそれもそんなに悪くはなかった」

「あら、会いたいかどうかは別として、ドクターには会うことになるわよ」ドアが開いた時、彼女は声を落として言った。そして黒い髭をたくわえた、痩せて背の高い男が出てきた。男はマリオンに向かって帽子を取って挨拶し、挨拶を返すトレントにすばやい一瞥をくれると、通り過ぎていった。

「ドクターって言っても、本当は内科医ではなくって、外科医なの（英国では主に内科医をドクターと呼ぶ）」とマリオンが説明した。「でも彼はポーランド人で、彼の国ではどんな学位を取ってもドクターと呼ばれるみたいよ」

トレントは真鍮の表札をじっくりと見た。「ドクター・W・コジツキか。君のドクター・W・コジツキの表情には、何だかとても悲壮感が漂っていたよ、マリオン。面白い、教養あふれる顔だね。それにずいぶん小さな耳だな。耳たぶなんか、ほとんどなかったぞ。手はきれいだった。左手は犬か、それとも患者に、ひどく嚙まれたことがあるね――傷のようすから見て、二、三年前ってとこかな。五十過ぎなのに、禿げてはいない。鼻は短く、上唇は厚い――きれいに髭を落としたら、まずハンサムとは言いがたいね」

娘は大笑いした。「あなたらしいじゃない！　半秒のうちに人を見てとるのね。写真を撮るみたいな描写だわ。それでね、私は彼の秘書をしているの。土曜日は半ドンだから、昼食後はお休みなのよ」

「どこか連れて行ってあげようか？　一時間ぐらい暇があるんだ」

彼女はちょっと考えた。「ねえ、フィル、こんなふうにあなたに会えるなんて、ほんとにラッキーだわ。ちょっと悩んでることがあって、あなたに話せたらいいなって何度も思っていたの。私にはどういうことか、わからないんだもの。だけど、たぶん、あなたならわかるわ。あなたの好きな犯罪絡みの問題じゃないけど。私を家に送ってくれるなら、そこで説明するのが一番いいわ。レヴィル・プレイスは知らないでしょうね」

「場所は知ってるよ」

「じゃあ、立派な住宅街がだんだん、みすぼらしくなっていくあたりだってこと、知ってるのね。

四三番地の安い一番上の階を借りてるの」トレントは車のドアを開け、娘は乗り込んだ。「あんまり陽気な場所じゃないけど、私の小さな部屋《フラットレット》のドアを入ってしまえば大丈夫。母が上等の家具や小物を譲ってくれたの。それに風通しはいいし、快適なのよ」

車は走り出し、マリオンは話を続けた。「ええ、今は自活してるの。もちろん、父が死んで以来、会っていなかったんですものね、私たち。父のことはよくご存じだから、想像はつくと思うけど、遺された私たちの暮らしはあんまり楽じゃなかったわ」

トレントはうなずいた。彼はコリン・シルヴェスターをよく知っていたから、死後に何か遺していたら驚きだと思った。たぶんシルヴェスター夫人には自分の収入があったのだろうとトレントは考えた。シルヴェスターはいともたやすく莫大な財を成したが、気前よく人をもてなすのが大好きで、それ以上に、何であれ大博打と名のつくものが好きだった。毒舌家だったせいで、誰からも好かれるというわけではなかったが、社交界では有名人で人気もあった。そのことが、彼が死んだ時、やがて出版される回顧録の材料を残したというニュースを刺激的なものにした。

「母はウォリンフォードに家を持っているの」とマリオンは言った。「それにフレッドの学費の払いがあるから、やっていくには十分じゃないわ。私、手に職をつける勉強をする間ぐらいなら、生活できるだけの貯えが少しあったし、それでロンドンに出て、秘書になるための勉強をしようって決めたの。今私たちが向かっている部屋を借りて、ニーダムの秘書コースに通い始めたのよ」

トレントはいつ卒業したのかと尋ねた。

「いいえ、卒業はしてないの。ポーラ・コジツキが私を訪ねてくるまで、三ヶ月と通わなかったわ。

彼女のことは知らないでしょ――もちろん、私の雇い主の娘よ。学校で一番の仲良しだったの。ポーラは教育は全部イングランドで受けてて、絶対ポーランド人だなんてわからないわ。お父さまがロンドンへ来てから、ずっと一緒に暮らしてるの。息子もいるけど、ぐれてしまったってポーラは言ってた。それ以来、あのおじさまはすっかり娘を溺愛してるわ。それでね、彼女は私を訪ねてきて、お父さまが新しい秘書を欲しがってるって言ったの。そして何がなんでも、その仕事は私でなければならないって。

そりゃ、びっくりしたわ。それまでに、ポーラがレヴィル・プレイスにお茶を飲みに連れて来た時の、たった一度しか、ドクターとは会ったことがなかったんだもの。父からは時々話を聞かされてはいたけど、父はなぜだか、ドクターのことは好きじゃなかったわ。だから私、ずっと、とても付き合いにくい人だと思っていたの。だけど訪ねてらした時、あのおじさまのこと、すっかり好きになったわ。ポーラのことを目に入れても痛くないほど可愛がっているの。だけどももちろん、そんな申し出があるとは夢にも思わなかったわ。ええ、ポーラが私にうまいこと言って、ドクターに引き会わせてくれたの。ドクターはとても魅力的で――私の生活ぶりをポーラから聞いて心を動かされたって言ったわ。ほんとにやたらと誉めてくれたのよ。苦境に立たされた若い娘が、挫けて自堕落にならずにいるってだけで、男の人たちが口にするようなたぐいの言葉を並べて。わかるでしょ」

「ああ、わかるよ」トレントは感情を込めて答えた。「君は勇敢だ、自立心がある、それから――」

「その通りよ。しっかり暗記しているのね」この現代っ子は人の言葉をさえぎって言った。「そんな前置きがすむと、ドクターは自分のところへ来てくれないかって、私に頼んだの。彼の秘書はもっといい仕事に移るので辞めるって、ポーラから聞かされたわ。だけど、ドクターが私を雇いたいために、秘書に別の勤め口を世話したとも言ってた。それはすごく光栄なんですけどって、私は言ったの。でも私はまだほとんど養成も受けてないし、経験も何にもないんですってね。そしたらドクターは、どんなバカでもできる仕事――正確にはこんな言い方じゃなかったけど――だって言ったわ。患者さんたちの予約リストを管理したり、患者さんが来たら応対したり、連絡を取り次いだり、診察料を帳簿につけるぐらいのことだって。それにね、初めての仕事にしては、私が思っていた倍の額のお給料をくれるって言うの。

それで私、引き受けたのよ。悪いことなんて全然何にもなかったわ。一ヶ月経った今もそうよ。お仕事はきつくないし、ほんとのところ、あんまりやることがないことだってしょっちゅうなの。それで、父の本の方の仕事が少しできるのよ。そうだ、言ってなかったけど、私ね、父の回顧録の下書きの原稿を、出版社に持ち込めるようにまとめているところなの。ほんとに走り書きみたいなものだから、私が書き直さなきゃならないのよ。毎日、ドクターのところへ少し持って行ってるの。すごい量だから――実はまだ全部は読んでいないのだけど、私が読んだところは大部分、そうとうスキャンダラスよ、嘘じゃないんだから」

有力者たちについて、あからさまな内輪話を披露するシルヴェスターの口ぶりを鮮やかに思い出したトレントは、嘘じゃないのはよくわかると答えた。「だけど、その天の恵みのような仕事が、今のところ、何も悪いことはないと言ったね。マリオン、それはがっかりだな。僕は、コジツキが君に破廉恥な誘いを持ちかけたとか、阿片をやってるとか、自分がイタチだという妄想を密かに抱いているとかいう話を期待したんだけどね。それなら君にはすべて申し分のないことだし、僕も口で言っている以上に嬉しいよ――さてと、レヴィル・プレイス四三番地だ」

そこは一帯の他の家と同様、古めかしい、屋根の高い、前面を化粧しっくいで塗った、地階のある三階建ての家で、傾きかけてこそいないが、外観はいささかみすぼらしかった。ふたりは石段を上がり、マリオンが表戸の鍵を開けた。階段を上る途中、各階が仕切られて独立したフラットになっているのがわかった。そしてマリオンの部屋のドアには表戸と同じく、イェール錠が取りつけられていた。

「さあ、ここが私の屋根裏部屋よ」入りながら彼女が言った。踊り場は四つの部屋に面していた。どの部屋もかなり天井が高く、明るかった。

「りっぱな屋根裏部屋だね」居間、寝室、浴室、台所と見せてもらって、トレントは感想を述べた。「僕のところの最上階よりずっといいじゃない。君の言ったとおり、インテリアも文句なしにいいセンスだよ。あの小さな脚付きの箪笥ね、いらなくなったら教えてくれよ。それにあのマホガニーの書き物机、あれは昔、スピネット(チェンバロの一種)だったんじゃないかな。あれを手放す気はないだろうねえ」

マリオンは笑い出した。「骨董屋さんでも始めるつもり？　でもまず、あなたのアドバイスが欲しいの。話を聞いてね。最初にね、そのテーブルの上を見て」

トレントはテーブルの上にかがみこんだ。「あちこちにある、このかすかな引っ掻き傷のことだね――まるで何か硬くて重い物をこの上で移動させたみたいだ。妙だな。傷は四箇所――四角形を作っている。ウォリンフォードからここに運んできた時についた傷かな？」

「違うわ。もっと最近よ――そうね、たぶん三週間か、もう少し前くらいだわ。それまで、そのテーブルは鏡のように傷ひとつなかったのよ。毎日、私、雑巾で磨いてるの。だから、すぐに気がついたの。週に二日、午前中来てくれる家政婦さんでもないわ。とても几帳面で手先の器用な人だし、この傷を私が初めて見つけたのは木曜日なの。家政婦さんが来るのは火曜日と金曜日よ。もちろん、テーブルに引っ掻き傷がついたのもいやだけど、もっといやなのは、誰がつけたのか、その誰かがどうやってここに入って傷をつけたのかがわからないってことよ。外出する時は、もちろん玄関の鍵をかけていくし、通りに面したドアはいつでも鍵がかかっているの。つまらないことを心配してるって顔をしないでね。私が留守の間に、誰かがこの場所に入っているのをはっきりと示すことは、まだ他にもあるのよ。

あの肘掛椅子の上に、ビロードのクッションがあるでしょ？　片面の刺繍の模様の方が、裏面のよりも綺麗だから、今もそうだけど、いつもそっち側を見せて置いてあるの。でも何度か、私が部屋に入って見ると、裏返しになってたことがあるわ。あの椅子に坐って、帰る前にクッションを叩いて形を元どおりに直した誰かが、間違ってひっくり返して置いたのかもしれない。それに、あなたがすごく欲しがってる、その古い書き物机の話に戻るけど、どの抽斗《ひきだし》にも貴重品なんて入っていなくて――左の抽斗に父の回顧録の原稿を、右の抽斗に私が清書した分を入れてあるんだけど――でも三回、誰かがいじっているの」

「鍵はかかってないの？」とトレントが訊いた。

「ええ。部屋のドア以外、ここにある物に鍵なんてかけてないわ。ほら、この抽斗、見て」――彼女は両側の抽斗を開け、また閉めた――「どっちの抽斗も閉めるとちょっと奥にひっこみ過ぎちゃうの。それで私はいつも、木枠のところまでひっぱり出しておくのよ。きっと私のこと、どうでもいいことにやかましい娘だって思ってるんでしょう。とにかくね、今からそんなに前じゃない三日間、私がひっこんだ抽斗に気がついて、それを直したのは、絶対に間違いないことなの。それから、こっち」――彼女は台所へと案内した――「もっと確かなものを見せるわ。それがこの流し台よ。朝食の後片づけをしたら、きれいに洗っておくだけじゃないの。私、底も周りもすっかり拭いておくのよ」

「どうして？」トレントは不思議そうに訊いた。

「どうしてって、私はそう躾《しつけ》られたんだもの」マリオンはきっぱりと答えた。「それでね、ここのところ毎日、帰ってきて見ると、きれいに洗ってはあるんだけど、でも拭いてないの。周りに水滴がついてるのね。蛇口をひねって水を撥ねかすと、つくでしょ。ほら！　この水滴を見て？　指摘されなければ、男の人には気がつかないでしょう。今朝、私が出て行く時にはなかったのよ」

マリオンと客は、しばらく無言でお互いに顔を見合わせた。やがてトレントが言った。「何も失くなってはいないと言うんだね。宝石とか、その他の持ち出せるような物とか」

「いいえ、絶対に何も盗まれていないわ。確かよ。鏡台の抽斗にはよくお金を入れておくし、宝石類みたいなものもそこにしまってあるけど、何も盗られてないわ。部屋に置いてある食べ物も、一度も触られたことはないし、日用品も失くなってないわ――箱のマッチの本数まで数えたわけじゃないけど」

トレントは立ち上がり、部屋を歩き回った。「まったくのところ、何とも変てこな話だな」と彼は評した。「下の階の住人の誰かがやって来るのかもしれないと言うのも、ありそうもないしね。君の部屋の鍵を持っているわけじゃないんだからね」

「そうね。それに、どうして下の階の人たちがそんなことをしなきゃいけないの？　鍵のことだったら、いつも私のハンドバッグの中よ。バッグはずっと手元に置いてるわ。合鍵は、鏡台の抽斗に置いてある一組と、家政婦さんが持っている一組だけよ。キンチ夫人に会ったことがあれば、変な振る舞いやだらしないことができる人じゃないってわかるはずだわ。このすぐ近所のセント・マークス教会の司祭さまを尊敬していて、この部屋を掃除している間じゅう、讃美歌を歌ってるような人よ。法律事務所に勤めている息子さんがいて、そのことを人に話して聞かせるのが好きなの。キンチ夫人を疑えない理由は他にもあるわ。私たちが入って来た時、私が閉めた窓があるでしょう。夫人は部屋の空気を入れ替えるために、私があの窓をいつも開けておくのを知っているわ。なのに時々、帰ってくると、その窓が閉まっているのよ。わかる？」

トレントはその窓のところに行き、しばらくそれを開けていた。「うん。この肘掛椅子に坐った誰かのところに風が当たりそうだな。確かに、君が留守の間に誰かがここに侵入しているみたいだね。特に、君の肘掛椅子に坐って、立ち去る時にクッションをふくらませて行ってるのは確かな気がするよ」

マリオン・シルヴェスターがうんざりするような声を上げた。「ね、推理するのにはおあつらえ向きでしょ？　私、このフラットにやって来て、私の椅子でごろごろしている人のことを突き止めたいの。わかってるでしょうけど、警察に行ってもむだよね。行って何て言えばいいの？　部屋は荒されてるわけじゃないし、何も盗まれていないんだもの。ここで誰かがくつろいでいるって証拠を実際につかんでいるわけでもない。警察の人はにやにや笑うだけね。そしてこう言うわ――じゃなければ、お腹の中でこう思うんだわ――想像力のたくましい娘だって」

トレントは考え込んだ。「そうだね。警察はそう言うだろう。ところで、朝は何時にここを出るの？」

「九時十五分よ。そしていつも七時頃に戻ってくるわ」

「週末は部屋にいることが多いのかな？」

「いいえ、あんまりいないわ。友だちと過ごすことが多いの。ポーラ・コジツキとか、ロンドンで知り合った人たちよ。日曜日は、もしお天気が良ければ、一緒に行く人がいてもいなくても、郊外の方へ出かけて、一日野外で過ごすの。生活にはちっとも退屈していないわ、フィル。たったひとつの悩みの種が、このどうでもいいようなちょっとしたミステリーなのよ」

「たぶん、君が取る一番いい方法はね」とトレントが言った。「僕に任せることだよ、マリオン。今はもう失礼しなきゃならないけど、この件については僕の冴え渡った知性を発揮してみせるよ。いくつか調べてみて、またすぐに会おう」

マリオンは跳び上がった。「ありがとう、フィル！　そう言ってくれると思ってたわ」

「その前に、君の合鍵を貸してくれないかな？」

彼女は寝室に取りに行った。「使ってもいいけど、何かくすねたり、家具を壊したりしないって約束してね」

トレントははしたない振る舞いは慎むと明言した。家を出る前に、彼はそれぞれの錠に鍵を試してみて、ぴったり合うことを確かめた。

カクタス・クラブでは、たいていの人生模様が揃っている。そして会員が勢揃いしている場で、情報が集められない話題などめったにない。翌日、昼食を摂りながら、トレントは複数の筋からコジツキ医師に関する事実を聞き込むことができた。彼は外科手術用の器具を独自に開発し、独自の療法を持った、整形外科の専門医だった。生まれ故郷のポーゼン（ポズナニ。一九一八年までプロイセン領）の町に大きな診療所を建て、ヨーロッパ中の評判を勝ち得ていた。硫黄王、ジェイスン・B・ローズの病気に苦しむ孫が海を渡って彼の元に治療に訪れ、回復をみたこともあった。

この医師に往診を頼んだことのある元患者のひとりが、さらに詳しい情報を教えてくれた。コジツキはやもめで、ドイツ文化の影響を避けるため、息子と娘はイングランドの学校に入れられた。医師はドイツ文化の影響を否としていた。ドイツ統治下で熱烈なるポーランド愛国者だったからである。この選択は息子の場合はうまく行かなかった。息子はどうしようもないろくでなしになってしまっていた。

十年ほど前、コジツキ医師は、曖昧にしか伝えられていないが、ドイツ当局と『もめごとを起こし』、ロンドンに身を移すことが賢明と判断した。そこで彼は再び診療所を開き、順調この上なくやっていた。悪くなる一方の息子は、文書偽造に手を染め、懲役刑を受けていた。医師はロンドン大学のスレード美術専門学校の学生である娘ひとりに愛情を注いだ。彼は娘を甘やかしすぎることなく、誰もが彼女を魅力的だと思っていた。

マリオン・シルヴェスターに好意を持っているという他に、トレントが彼女の『ちょっとしたミステリー』に関心を持ったのには別の動機があった。彼はこの出来事に彼女が想像する以上の何かがあると考えていた。それで好奇心がうずいたのである。コジツキ医師に関してはさらに調べてみるだけの価値がありそうだった。そして追求の手がかりとなるものが、少なくともひとつあった。カクタス・クラブを後にすると、彼はコジツキの息子の裁判記事を探して、《レコード》新聞社にあるファイルを一時間ほど漁ったが、何も見つからなかった。なおもその作業を続けていると、新聞社で犯罪担当のホーマンが資料室に入って来た。

「コジツキという名前を探しているんだったら」とホーマンは言った。「見つからんぜ。その事件は憶えているよ。ジャクスンという名で求刑されたんだ。悪党仲間と付き合う時の、その名前で警察では通っていたからな。盗んだ小切手を偽造して、金を懐に入れた。後になるまで、そいつがあの医者の息子だとはわからなかった。そしてその事実が公になることはなかった。仲たがいした男に売られたんだよ。その男の証言でジャクスンは五年の懲役をくらった」

こうして正しい手がかりを得て、トレントはすぐにその事件の記事を見つけた。別段、目を引くところのない記事だった。だがトレントは密告者の名前がウィムスターだということや、仲たがいする前はその男がジャクスンと親しい関係にあったこと、彼が警察にたれ込んだのは、果敢な公共心からというより、裏切り行為に近いらしいということなどを心に留めた。証言にはハロウ・ロードの〈猫とバイオリン〉亭というパブが、ジャクスンやウィムスターなどの仲間たちの溜まり場として登場していた。日付を見ると、ジャクスンことコジツキの服役期間は、あと六ヶ月だった。だがホーマンが指摘したように、品行優良の見返りとして、その刑期はかなり短縮される可能性があった。

そこのビールが絶品だということをトレントが知った、〈猫とバイオリン〉亭の亭主は、ウィムスターのことはよく知っていたが、ジャクスンが来ていたのは先代の頃だった。三年前、その店に今の亭主が初めて来た時、ウィムスターは〈猫とバイオリン〉亭の以前からの常連だった。競馬の予想屋で、それでずいぶん儲けているようだった。去年、ウィムスターは誰にも何も言わずに、この地区から姿を消した。だが、最近になってウールウィッチまで行ったジョー・チットルが、通りでばったり彼に出くわした。ジョーはあれはウィムスターだったと断言したが、彼が声をかけると、その男は自分はそんな名前ではないし、生まれてこの方、ジョーに会ったことなどないと言った。そんな態度を取るなんて、まったくむかつく奴だとジョーは言った。ねえ、旦那、これはどういうことですかね？

面白いことだが、ウィムスターのことを尋ねるのはトレントが初めてではない、と亭主は言った。最近、やはり彼と接触を取りたがっている紳士風の男がいて、亭主はトレントに話したのと同じことをその男に話していた。

「もう一度会えば、その男がわかるかい？」とトレントが訊いた。

わかる、と亭主は請け合った。妙に印象に残る顔で、忘れようったって、ちょっと忘れられないねえ。だがまた、何だってみんなウィムスターのことを知りたがるんだね、と亭主は不思議そうな顔をした。

トレントはただ、ウィムスターが自分の役に立つ情報を持っているかもしれないんだとだけ言った。親爺さん、何を飲んでるんだい？　年代物のジャマイカ・ラムをちょいとね——こんな冷え込む日にはいいもんさね。そら、乾杯だよ、旦那！

トレントをスコットランド・ヤードの小さなオフィスに迎えたブライ首席警部は、テーブル越しに煙草入れを押しやった。

「そうだな。ジョージ・ジャクスンことラディスラス・コジツキのことなら、もう少し教えてやれるよ」トレントが自分の得た情報を開陳すると、ブライはそう言った。「君が〈猫〉の亭主から話を聞いてきてくれてよかったよ。彼の証言は役に立つだろう。こっちはまだ、その線を当たってなかったんでな。と言うのもだね、君がウィムスターとして知っている男は、ウールウィッチに住むようになって、バーリングと名乗っていたんだ。このふたりは同一人物だ。そう見て間違いない。ジャクスンについてはこっちはいろいろ摑んだんだが、君はあまり知るまい」

「へえ、また何かトラブルでも？」

「まあ、そういったとこだな」首席警部は苦りきった顔で言った。「やつは五週間前に出所した。今は殺人未遂で手配中だよ。先週、火曜日の夜、バーリングは、彼が住んでいるフォックスヒル・ストリートを歩いていて、顔見知りのふたりの男とすれ違った。あたりには他に誰もいなかった。彼らはすれ違う時、挨拶を交わした。そしてそのあと、ふたりはもうひとりの男とすれ違った。その顔つきが気に入らなかったとふたりは言ってるがね。そいつはバーリングの後ろ姿を見据えていた。まるで彼を尾《つ》けているようだった。それで、好奇心に駆られて、ふたりは回れ右してその後を尾けたんだ。

　バーリングが、おそらくそこへ行く途中だったんだろうが、〈赤い雌牛〉亭というパブに近づいた、ちょうどその時、後ろを歩いていた男が追いついて、彼の腕を摑むのをふたりは見た。遠すぎて話し声は聞こえなかったが、男はバーリングをパブの脇にある大工の作業場の入り口に連れ込もうとしているようだった。その時、ふたりはバーリングが助けを求めて叫ぶのを聞いた。彼らが駆け寄ると、もうひとりの男は入り口から飛び出して、反対方向の大通りの方へ逃げて行った。ふたりが見るとバーリングは血だまりの中に死んだように倒れていた。二箇所刺されていた。傷は重傷だったが、致命傷にはならなかった。翌日、彼は自分をナイフで刺した男は、文書偽造罪の刑期を終えたジョージ・ジャクスンだと話すことができた。我々は犯罪者の写真ファイルの中からやつのを探し出して、ふたりの目撃者に見せた。すぐにやつだとわかったよ。バーリングはそれ以上のことは黙秘している」

テーブルに肘をつき、トレントは目を輝かせてこの簡潔な話を聞いていた。「それでジャクスンはまだ逃亡中ですか？」

「そうだ。たぶん、追っ手が来ないのを見て、大通りに出たところで足をゆるめたんだろう。そして十本近くあるバスか路面電車のどれかに乗ったんだ。姿をくらますのはわけもないことだ。もちろん、監獄で撮った写真付きの手配書が出回ってるがね、今のところ足取りは摑めていない。やつの本名と経歴はわかっていたから、ドクター・コジツキも訪ねて、事情聴取したんだが、何も聞くべきことはなかった——息子が釈放されたことも知らなかったとドクターは言ってる。お行儀よくしていたから、六ヶ月刑期が短縮されたんだがね。いい子ぶりは囚人服と一緒に脱ぎ捨てたってわけだ、よくある話だよ」

物思う目でトレントはしばらく首席警部を見つめ、それから目をそらした。「それですべて、つじつまが合う」独り言のように彼は言った。「気に入らないな。だけど、しょうがない」

「何を考えてるんだね？」ブライ首席警部が訊いた。「また冴えた考えでも閃いたか？　君の考えはいつも何かしら役に立つからな。そら言ってみなさい」

「ええ、犯人をどこで捕まえられるかについて、考えていることが、あるにはあるんですが——冴えてると言えるかどうかは、ちょっとわかりません。ただ、僕の考えが正しければ、それはある人にとっては、さらなる悲劇を意味するんです」

「危険な犯罪者の逃亡を見て見ぬふりをするなら、それは君にとって悲劇を意味することになるんだよ」テーブルに自分の椅子を引き寄せながら、首席警部ははっきりと言った。「さあ、聞かせてもらおうか」

トレントは彼に話して聞かせた。

翌朝、レヴィル・プレイスの角でトレントはブライと落ち合った。首席警部は少し離れたところに、もうひとり、私服警官を伴っていた。トレントも以前から顔見知りのボレット巡査部長だった。そこには自動車が待機していて、トレントたちが通り過ぎる際、首席警部と運転手は、ほとんど気づかぬほどかすかにうなずき合った。

「その娘にはどうすべきか話したのかね?」ブライが尋ねた。

「今朝、僕の手紙を受け取っているはずです」とトレントは答えた。「打ち合わせ通り、彼女には何も話していません——いつも通りの時間に家を出て、ドアのところにいる僕たちを見ても無視して、何ごともないかのように、まっすぐ仕事に向かってくれとだけ言ってあります」

「よろしい」

彼らは四三番地のドアのところへ行き、トレントがマリオンの鍵でドアを開けた。戸口で巡査部長が合流すると、三人はすばやく最上階まで上り、フラットの玄関の前で待った。「多分、彼女が出て行ってしばらくは何ごとも起こらんだろう」と首席警部が言った。「だが普段以上にこのドアを開け閉めすることは避けたいんだ」

九時十五分きっかりに、帽子を被り、ハンドバッグを持ったマリオンが、フラットの玄関のドアを開けて出てきた。階段のとっつきで背の高い三人の男たちが待っているのを見て、彼女は頬を紅潮させ、目を輝かせた。「お手紙、受け取ったわ」トレントにそうささやくと、彼女は階段を急いで下りて行った。

三人の男は静かに部屋に入った。しかし、背後でドアを閉めるのは、それほど静かにはしなかった。ブライは踊り場から通じる四つの部屋をそれぞれ一見したあと、トレントがマリオンの話を聞いた、一番広い居間に入った。そこで彼らは部屋のドアを開け放して、無言で待った。トレントにはその三十分間はこれまで自分の時計が示したうちで最も長いものに感じられた。

やがて部屋の外で、かすかな鋭い音がした。そして首席警部が他のふたりに、ドアからもっとさがっているように、身振りで指示した。また別の小さな物音が続いた。そして戸口の向こうに、部屋の外の天井から何かがゆっくり下りてくるのが見えた。小さなスーツケースだった。取っ手に紐が結びつけられていた。スーツケースは音もなく踊り場に置かれた。紐はその傍に落ちた。それから乾いた音とともに、籐の横木のついた縄梯子が、上方からすばやく解けながら降りてきて、その端が床に届いた。

梯子は軋んで大きく振れ始め、それから二本の足が現われた。ひとりの男が、このやりにくい方法で、足場を探りながら降りてきた。背が低く、均整がとれないほど肩幅の広い、屈強そうな男だった。だが肩の上の頭が、見ている者の視界に入ってくる直前に、ふたりの警官は部屋から飛び出した。

男はたちまち梯子から引きずり下ろされた。無言のまま、すさまじい格闘が続いた。その間に小さな玄関テーブルとその上に載っていた丸い花瓶がこなごなに壊れ、玄関のドアの羽目板には靴の踵が当たってひびが入った。ついに手錠がかけられ、ボレット巡査部長にしっかりと捉えられて、息を切らしながら恐ろしい形相で立っているジョージ・ジャクスンに正式に逮捕の理由が告げられた。

ジャクスンは広い額と発達しすぎた顎のせいで、顔がほぼ四角で、唇は薄く、顎先は短く、まぶたの狭い目はずいぶん離れていた。そして髭が伸び放題だった。

ブライは逮捕した男の胸ポケットから、ピストルを抜き取った。

「ほらな」と首席警部はトレントに言った。「こいつを捕まえるのに、これ以上の方法はなかったんだ。両手が自由だったら、止める前にこの銃で誰かが怪我をしただろうよ。その屋根裏に入って捕まえようとしていれば、ほぼ確実に誰か殺されていた。そして食料と弾丸があるうちは、警察隊も近寄れやしない。だが、このフラットを使っているとすれば、ロープか梯子か何かが要るはずで、降りている最中は手も足も出んのさ」

首席警部は通りに面した窓の方へ行き、頭を出して手を振った。角に停まっていた車が、ゆっくりと四三番地へと向かってきた。

「ボレット、そいつを連行しろ」玄関のドアを開けてブライが言った。「俺は上をひとまわり見てから行く」

巡査部長は片方の手でジャクスンの襟首を、もう片方で袖口をしっかり握り、腕を伸ばして、たくみに彼を操りながら、戸口を抜けて階段を下りて行った。最初から最後まで、彼はひと言も口をきかなかった。

「まず、やつの旅行道具を見てみよう」床に置かれたスーツケースの留め金を外しながら、ブライは言った。「いい考えだよ——上り下りの手間が省けるからな。さて、何が入っているかな？　歯ブラシ、石鹸、タオル、櫛とブラシ——何はともあれ、ご立派な衛生習慣を身につけているな。そして必要以上にミス・シルヴェスターの物を使うのを好まなかったんだな。きちんと顔を洗い、形跡を残さなかった。風呂も使っていた。顔を見てわかったと思うが、髭剃り道具はない」

「意図的にそうしたんだと思いますね」とトレントが言った。「地下に——というか、天井裏に潜伏して、自分の捜索が一段落するのを待つ。その間にあご髭、口髭を伸ばしておけば、何よりうってつけの変装になりますからね。そっちのは何です？」

首席警部がしげしげと見ながら、それを持ち上げた。「下々の使うブリキ缶じゃないぞ——ガラス容器入りの骨抜きチキンだ。それに瓶入りトマトスープ。ビスケット。バター——まったく、息子思いの父親だよ。塩、胡椒。紅茶一包み。ふきん二枚——食器の後片づけ用だな。ミス・シルヴェスターのを使わずにすむように。だが、皿やナイフ、フォーク、台所用品は勝手に使ったに違いない。ここにはひとつもないからな。ところで、もしジャクスンが台所や風呂場の湯沸かし器、居間のガス・ストーブばかりでなく、レンジも使ったとすれば、彼女はガス料金の請求額が撥ね上がっているのに気づくだろうな。なるほど、一日八時間ばかりは、やつはここで心底くつろいで、居心地よくしていたんだろうよ」

「それに、時々はあの医者が、新鮮な差し入れを持って立ち寄ったでしょうしね」とトレントが言った。「そういう時は患者の家に往診に行っているとでも思わせておいたんでしょう、きっと」

首席警部はスーツケースを閉じ、膝をついて立ち上がった。「父親が梯子を持ってきてくれて、よかったよ。俺ぐらいの背丈の人間にとってはロープより楽だからな」

「確かにジャクスンが初めて屋根裏に上がったやり方よりは、楽でしょうね」とトレントは言った。「僕の考えが正しければ、親子は居間のテーブルを踊り場に引きずってきて、その上に椅子を置いたんです。ジャクスンは天井のはね上げ戸を手で押し上げるしかなかったでしょうからね。それに自分の身体を引き上げるのには、かなり力が要ったはずです。椅子の脚でついた引っ掻き傷が、そもそも最初に、僕にある考えを思いつかせたんです」

「だが、君がヒントを得たのはそれだけじゃないだろう?」と首席警部が水を向けた。

「ええ、その前に、あの医者が、よく知りもしない娘に仕事を作ってやって、一日中自分の家に間違いなく置いておくのには、何か理由があるに違いないと睨んだんです。彼が知っていたのは彼女がフラットレットの最上階に住んでいるということです。そして一度、そこの屋根裏と、はね上げ戸が利用できるものかどうか、様子を見に彼女を訪ねてきています。彼女が自分の下で働き始めると、チャンスを見つけ次第、彼女のバッグから鍵を拝借し、型を取って、刻みのないイェール錠の鍵を作り、やすりで磨いて合鍵を仕上げたんです——聞くところによると、彼は職人はだしの腕なんですってね。それから必要な物資を仕入れ、シルヴェスター嬢が自分の娘と劇場に出かけたある晩、ラディスラスと落ち合い、ここに連れてきて、天井裏に匿ったんです。というのが、とにかく、僕の説ですよ。昨日から何度も考えて、事件の概略を補ってみたんです」

ブライが唸った。「まあ、そんなところに違いない。もちろん、医者は息子が釈放されるのをすぐさま知ったんだ。おそらく息子が電話して、どこかで会う約束をしたんだろう。自分がウィムスターにやろうとしていることを父親に話したかもしれん。ふたたび警察に追われる身になるから、安全な隠れ処が要るという話はしたに違いない。そこで医者は一計を案じて、自分の娘の友だちの家の天井裏に隠れ処を作る計画を練り始めたんだ。いい計画ではあったがね」

「おそらく、息子みたいな男が自分を刑務所送りにした相手をどうするつもりかなんて、彼には言われなくてもわかっていたんでしょう」とトレントが言った。「ポーランド人で、しかも悪党だったら、大らかに人を許す性分は持ち合わせていそうもありませんよ。自分の息子を死刑から救うためなら、彼は喜んで何でもやったでしょうね」

「ああ、その可能性は十分だろうな。同情の余地もなくはないがね。さてと、俺が上る間、この梯子の裾を押さえていてくれんか？　君も来たければ、ひとりで頑張って上って来たまえ。ジャクスンがやったようにな」

「僕が来たければですって？」

首席警部の大きな懐中電灯の光で、ふたりは自称《スワ・デイザーン》ジョージ・ジャクスンのねぐらを調べた。屋根の二本の梁の間に、軽い帆布のハンモックが吊るされ、その中に畳んだ毛布が置いてあった。片隅の根太の上に何枚か厚紙が敷いてあり、その上におびただしい保存食品、ビスケットの缶、箱入りの卵、蠟燭の包み、その他の必要な日用品が置かれていた。別の隅には新聞紙が山と積まれていた。

「腰掛けるものがありませんね」とトレントが言った。「往来を椅子を持って歩いたら、注目を引かないわけにはいきませんからね――しかも、ここには椅子を置く余地がない。彼が下の肘掛椅子を好んだのも無理ないわけだ」

「この場所に必要な物を整えるのに、あの医者は何度か足を運んだに違いない」と首席警部は言った。「さあ、見るのはもう十分だ。ミス・シルヴェスターが帰ってくる前に、これを全部、片づけるよ。この話を君から聞いたら、あの娘はどう思うかな。一生の語り種になるだろうよ――知らん間に若い男に、二週間も自分のフラットに住みつかれていたとはね」

下に降りると、トレントは床に散らばった残骸を集めて、台所の隅に片づけ始めた。

「マリオンに新しいテーブルと花瓶を買ってやらなきゃ」と彼は言った。「家具を壊さない約束だったんですよ」そして突然、笑い出した。

ブライは何が可笑しいのかと訊いた。

「いえね、ちょっと思い出してしまって。あの娘はこれが、僕の好きな犯罪絡みの問題じゃないって言ったんですよ」

隠遁貴族

The Unknown Peer

サウスロップ卿の失踪事件に、何らかの解決の糸口を見いだす使命を帯びて、フィリップ・トレントがラッキントンへ赴いた時、すでに警察が知り、新聞によって公になった簡単な事実に何か付け加えられる見込みはあまりなさそうだった。その事実というのは単純明快で、悲しむべき結論を示すものにほかならなかった。

九月二十三日の金曜日の早朝、ブレイドマスというデヴォン州の賑やかな保養地から海岸沿いに三マイルほど離れた、マーウィン・コーヴの海岸のそばに、小型の幌付き自動車が乗り捨てられているのが発見された。車は道をはずれて、芝地を横切り、砂礫の海岸際に停まっていた。

警察による捜査では、車から発見されたのは、後部座席に厚手のオーバーコート、折畳式の腰掛け、スケッチブックと絵の具箱。運転席の前の棚には、アナトール・フランスの《柳のひとがた》（十九世紀末のフランス社会を描いた、A・フランスの代表作『現代史』四部作の一）が一冊と、パイプが二本、チョコレート、携帯用のブランデーの小瓶、双眼鏡。そしてポケットには、たくさんの地図と、ノーフォーク州、ウィンダム近郊のヒンガム・ブルウィット館のサウスロップ卿の運転免許証が残されていた。周辺の聞き込みから、数マイル内陸に入った小さな町、ラッキントンの〈王冠〉亭から似たような車とその運転者がいなくなっていることがわかった。後にはっきりとその車と特定された。

しかし宿帳には、車の持ち主は自分の名前をL・G・コックスと署名していた。その日早くに電話で部屋を予約した時もその名前だった。手紙も一通、コックス宛てに宿に届いており、六時三十分頃に到着した本人の手で開封されていた。部屋には大きなスーツケースが運び込まれ、置かれたままになっていた。謎のコックスなる人物は宿の金庫に銀行券三十五ポンドの入った封筒を預けていた。彼は喫茶室で夕食を摂り、しばらくロビーで煙草を吸ったあと、行く先については何も告げずに、ふたたび車で外出した。それきり、彼の姿を見たり声を聞いたりした者はなかった。

《紳士録》でサウスロップ卿について調べるに至って、ようやくこの事件に、必要な手がかりが得られた。というのも、この地方の警察では誰もそんな貴族は聞いたことがなかったのだった。それによると、サウスロップ卿は姓をコックスといい、洗礼名をランスロット・グラハムといった。彼は九代目の男爵で、年齢は三十三歳、爵位を継いだのは二十六歳の時だった。ハロー校とケンブリッジのトリニティ・カレッジで教育を受け、結婚はしておらず、相続人は従弟のランバート・リーヴズ・コックスだった。いかなる種類の公式記録も、またいかなる『趣味』も、このまれに見るほど簡潔な経歴には記されておらず、実際、記事の主から協力が得られず、編纂室で書き上げられたもののようであった。

トレントは、しかし、サウスロップ卿について、それ以上のことを聞き知っていた。トレントをラッキントンに送った《レコード》紙社主のサー・ジェームズ・モロイには面識のない者はなく、社交界ではまったく知られていなかった、くだんの失踪貴族も例外ではなかった。社交界というところは、モロイによれば、サウスロップ卿には心から厭わしく、軽蔑すべきところだった。彼の興味は、ほとんどかなう者がないくらいのワインに関する道楽を別とすれば、もっぱら文学と芸術にあった。英国式より欧州大陸式の生活スタイルを非常に好み、生活の大部分を海外で過ごした。所得は莫大だった。そして、その大部分を使いあぐねているようだった。健康には恵まれ、思いやりのある性格だった。だが、ひとりでいることをこよなく愛し、思う存分に孤独を満喫していた。気に入りの楽しみのひとつが、車でひとり郊外をあてもなく走り、そこここで車を停めてはスケッチをし、ラッキントンでも使った名前を使って、いつも人里離れた宿に泊まることだった。

とはいえ、サウスロップ卿も人並みに恋をした。モロイの聞いた話では、行方不明になった時、彼はアデーラ・ティンダルとの婚約が公表寸前だった。友人の間で、彼の選択は驚きをもって迎えられた。というのも、ティンダル嬢は彼と同様、芸術や文学にまじめに取り組んではいたが、女流作家である彼女は、世に知られることを少しも厭わなかったからである。彼女は人の噂になることを喜んでいたとモロイは断言した。そして確かに彼女は噂の種になった――特に劇作家のルシアス・ケリーとの関係については。ふたりの関係は隠し立てされることはなかったが、やがて、ケリーの喧嘩っ早い性格が愛想を尽かされる時が来て、彼女はきっぱりと彼との関係を断ったのだった。

この顚末はすべてサウスロップ卿のよく知るところだった。ケリーとは少年時代からの友だちだったからである。そしてそれを知っているという事実こそが、彼ののぼせぶりの、まごうかたなき証拠だった。どう見ても、その結婚は完全な失敗に終わっていただろうというのがモロイの判定だった。そして、〈王冠〉亭の喫茶室でその件をじっくり考えていたトレントは、モロイの見解に賛成する気になっていた。

その日、トレントが到着してまもなく、《レコード》に送る第一報に載せる新事実が判明した。ブレイドマスとマーウィン・コーヴの間の海岸で、波に洗われている、ツイードの縁なし帽が見つかったのだ。そして〈王冠〉亭の者たちは、それがサウスロップ卿のものに間違いないと言った。卿は異様に粗末な、ごく淡いグレーの手織りのツイード、それも宿のボーイ長がいみじくも言ったように、半マイル先からでも匂ってきそうなたぐいのツイードのスーツを着ていた。そしてその帽子はスーツと同じ素材で作られていたため、目を引いたのだった。一日半、海水に浸かった後でも、帽子はスコットランド高地の羊の匂いを放っていた。この匂いと、その色あるいはその色のなさを除けば、その出所を明らかにするものは何も、製造元の名前さえなかった。だがそれがサウスロップ卿のものであることを疑う理由はなく、それにより、彼の身に何が起こったかという疑問が、疑問の余地があったとすればの話だが、氷解したかに見えた。自分用の帽子を誂えで、しかも服と同じ素材で作るとは、風変わりな——金のありあまった——インテリのやりそうなことだと、トレントは思った。

ボーイ長に深い印象を刻み込んだのが、サウスロップ卿が愛用していた、ひどく大きな角縁の眼鏡と、この服だった。それ以外には、と彼はトレントに語った。少しぼんやりしたところがあったほかは、あのお気の毒な紳士には、特に変わったところはございませんでした。彼は食卓に一通の手紙を携えてきて——ボーイ長は宿に彼宛てに届いた手紙だろうと思っていたが——その手紙に心を悩ませていたようだった。夕食の間じゅう、彼は再三にわたってその手紙を読み返していた。夕食といっても、全部ではなく、スープと、魚料理に少し手をつけただけだった。そうです。今夜と同じように、コンソメ・スープとヒラメの上等のフィレでございます。チキンのローストもございましたが、あの方はそれも、その他の何も召し上がりませんでした。トレントさま、ただいま、夕食をご用意いたしましょうか？

「そうだね、いただこうかな。でも魚は今、食べたくないな」メニューを見ながらトレントは意を決めた。「宿のディナーから他のものをもらうことにしよう」そこで彼はふと思いついて訊いた。

「サウスロップ卿が何を飲んだか、憶えているかい？　彼の選別眼を参考にさせてもらおうかな」

　ボーイは使い古して染みのついたワインリストを出して見せた。「それなら申し上げられます。あの方は、ここにある、このクラレット（フランス西部ボルドー地域産の赤ワイン）をお飲みになりました。シャトー・マルゴー（ボルドー地域の有名なシャトー。政府公式格付けシャトーの一級）、一九二二年ものです」

「確かかい？　それで彼の気に入ったのかな？」

「ええ、あまりお残しになりませんでしたから」とボーイは答えた。たぶん、このボーイは飲み残しのワインに個人的な興味があったのだろうとトレントは思った。「ご自分でお試しになってはいかがですか？　私どもの最上の赤ワインでございます」

「おたくの最上の赤ワインを飲もうとは思わないな」考えながらリストに目を通して、トレントは言った。「ここにベイシュベル（ボルドーの由緒あるシャトー）の一九二四年ものがある。十八ペンス安い。僕にはこれで十分だよ。これをいただこう」人けのない喫茶室に、物思いにふけるトレントを残して、ボーイは急いで出て行った。

　トレントは警察から、宿に預けられたままの多数の紙幣について、ノーウィッチのサウスロップ卿の銀行に電話で照会したと聞いていた。その答えは、それらの紙幣は十日前に卿本人が引き出したものだとのことだった。トレントはまた、乗り捨てられた車に残されていたものを調べる許可を得ていた。その中には地図も含まれていた。彼は地図のラッキントンのところに鉛筆で×印がつけられているのを見つけた。この地方を逆にたどると、ホーブリッジ、リンガム、キャンドリーといった小さな町に、同じような×印がついていた。この印に基づいた調査の結果、警察はすでに『L・G・コックス』が木曜日、水曜日、火曜日の夜に、それぞれの町の宿で過ごしたことを確認していた。彼が月曜日にヒンガム・ブルウィット館を出発したことは、すでにわかっていた。

ラッキントンでそれ以上なすべきことが見つからなかったトレントは、自分の車で地図に示された足跡をたどってみることにした。〈王冠〉亭のボーイと話をした後、午前中に彼はホーブリッジに向けて出発した。サウスロップ卿の進んだ距離は、印通りに、ほとんどまっすぐな道を直行すれば大したことはなかった。だが彼は興味を引かれたあちこちの地点で車を停めたものと推測された。スケッチのためではない、とトレントは考えた。彼の所持品の中に、スケッチが見つからなかったからである。トレントは昼食に間に合うようにホーブリッジに到着した。そして、〈三鐘〉亭でふたたび、ある会話——先に彼が〈王冠〉亭のボーイ長と楽しく交わしたお喋りと似たようなものだったが——から考えるべき事柄を見つけた。その夜のリンガムの〈緑の男〉亭でも同じだった。しかし、翌日、キャンドリーの〈走る牡鹿〉亭でトレントが夕食にした時、サウスロップ卿が飲んだ酒に関して残っていた記録は、様相を異にしていた。聞き込んだ話から、トレントは自分が正しい道筋をたどっていると確信した。

ヒンガム・ブルウィット館の執事と女中頭は、翌日、トレントが話を聞くと、暗い顔でサウスロップ卿はもう二度と現われないだろうと、確信を持って答えた。執事はすでに、デヴォン警察の捜査員に、なけなしの情報を提供していた。その中にはサウスロップ卿が自殺するつもりだったという考えをほんの少しでも裏づけるものはまったくなく、実際、出発する日は、むしろ、いつになく明るかったと執事は認めた。しかし、何をこれ以上考えることがあるんですかと執事は尋ねた。特に、帽子まで発見された今となってはねえ、と女中頭が言った。もちろん、サウスロップ卿は変わった考え方をする方でしたよ、ご存じじゃないでしょうけど、とここで悄然と頭を振りながら女中頭は言葉を切った。他の人間と違った考えや振る舞いをする男は、いつでも狂気に陥る可能性があるという含みがその裏にあった。

サウスロップ卿は、と彼らはトレントに語った。こういうドライブ旅行に出かける時に、行く先の住所を置いて行ったためしがなかった。着いてみるまで、どこへ行くか自分でもわからない、と彼は常々言っていた。だが今回、それが何か、あるいはどこかは、執事には知る由もなかったが、彼は心のうちに、ひとつの目的を持っていた。そして、執事は警官にもその話をしたが、警官はそれ以上追求するようすはなかった。どういうことかというと、サウスロップ卿は旅に出る数日前、書斎で誰かの電話を受けた。そして、部屋のドアが開いていたので、廊下を通りかかった執事が、彼の言葉をいくつか、偶然聞いてしまったのだった。

卿は電話の相手に、翌週の火曜日に、昔ながらの荒野を訪ね、もし天気が良ければスケッチをするつもりだと話していた。執事がはっきりと聞き取ったところでは、「あの教会と礼拝堂を君も憶えているね」と彼は言っていた。それから彼は、あれから二十年以上になると言っていた。「何が二十年以上なんですかね？」トレントは聞き出そうとした。それは、わかりませんよ。サウスロップ卿はそれしかおっしゃらなかったんですから。

執事はそれ以上のことは聞いていなかった。どこで卿が行方不明になったかを知っていた執事は、昔ながらの荒野とは、おそらくダートムーアかエクスムーアのことだろうと思っていた。トレントはそうは考えなかったが、その点について議論することはしなかった。「たぶんあなた方に教えてもらえそうなことがひとつあるんですがね」と彼は言った。「サウスロップ卿はハロー校とケンブリッジで学ばれたと記憶しています。ハロー校の前に私立予備学校《プレップ・スクール》（パブリック・スクール進学準備のための寄宿制の私立初等学校）に入られたかどうか、ご存じですか？」

「それならお答えできますわ」と女中頭が言った。「私は小さい頃から、ご一家と共におりますのでね。旦那さまがお入りになったのは、ダービーシャー州シャーンズリーの近くのマーシャム・ハウスですよ。先々代の男爵さまの家庭教師だった方によって創設された学校です。そしてこの二世代の間、コックス家の男の子たちはみな、そこへ入っています。学校としては、大変に格式が高うございましてね、名家の子弟が入る学校です」

「ええ、その学校については、聞いたことがあります」とトレントが言った。「ピロウ夫人、サウスロップ卿は楽しい学校時代を過ごされたんでしょうか――つまり、友だちがたくさんいて、体育が好きだったとか、そんな感じでしたか？」

　ピロウ夫人はきっぱりと首を横に振った。「どんな時も学校は大嫌いでしたよ。体育は、もちろん、参加しなくてはなりませんでしたけど、旦那さまはそれに我慢ができませんでした。他の子どもたちともなじみませんでした。他の連中は羊みたいだ、羊の一匹になるなんてごめんだとおっしゃるのが口癖で――他には何も学ばれなかったとしても、学校で、悪い言葉だけは覚えてらして。ところがケンブリッジでは、それが全然違ったんです。あそこでは最初から、水を得た魚のようだった――旦那さまはよく、そうおっしゃっていました」

　その日の午後、ノーウィッチで、トレントはダービーシャー州のある地方の一マイル一インチ縮尺の英国政府陸地測量部の地図を調達した。この地図と、これまで彼が訪ねた小さな町の道筋を印した、小縮尺の英国地図をもって、トレントはその夜を宿で過ごした。そして、発表するためのものではないが、これまでの自分の調査を、簡潔でわかりやすいレポートにまとめた。

翌朝の行程は長かった。シャーンズリーで昼食にし、そこで彼は一連の喫茶室での聞き込みを、非常に満足のいく追加情報で締めくくった。マーシャム・ハウスが、タウン・ムーアの縁に位置するシャーンズリーのちょうど町はずれにあることを彼は知った。そしてあらかじめ、地図からわかっていたように、タウン・ムーアはその町の南方と西方に何マイルにもわたって広がっていた。彼はまた、『教会と礼拝堂』とは何で、どこにあるのかも知った。そして、自分が疑り深い性分で、そのありきたりの言葉を文字通りに受け取らなくてよかったと思った。

一時間後、彼は荒野を横切る、人っ子ひとり通らない道路の、とある場所で車を停めた。そこからヒースの花で赤紫に染め上げられた斜面を見上げると、巨大な岩と、それより小ぶりのもうひとつの岩が、風景の単調さを破っているのを見ることができた。岩の切っ先が空に突きささっていた。ふつう名前のついた岩というものは、その名に似つかわしくないものだが、それほどこのふたつの岩はその名からかけ離れていないな、とトレントは心の中でつぶやいた。岩の右手向こうに、小さな木立があった。木立は見渡す限り、それひとつきりだった。そこへ向かって道路から、でこぼこと荷車の轍《わだち》が続いていた。画家なら当然、あの地点から見た、『教会と礼拝堂』とその背景が、最高の効果を生むと考えるだろうとトレントは思った。彼は車を降り、ヒースの中の小道を歩き出した。

道路からかなり離れたその木立のところに行きつくと、彼は荒涼とした風景を眺め渡した。もしそこで誰かがサウスロップ卿に会ったとしても、そこは完全にふたりだけの世界だっただろう。一軒の家も小屋も視界にはなく、鳥たちのほかに生命あるものの影はなかった。トレントは誰かここを訪れた者の痕跡はないかと、あたりに目を配ったが、一週間も経ってしまった後では、そんなものを期待できる道理はないと判断した。その時、樅の木の根元にひっかかった白い物が、彼の目を捉えた。

それは破れた紙の小さな断片だった。片面に鉛筆書きの線で、彼のよく知る風景に濃淡がつけられていた。急いで探すと、近くのヒースの間にもう一枚の切れ端が見つかった。風が吹き散らさずに残していった絵の切れ端はそれだけだった。だがその遺留品をじっくりと調べたトレントにとっては、それで十分だった。

彼は目を転じて、もっと広い範囲を調べた。というのも、この紙切れは、彼にとって確証となるものではあったが、彼が探していたものではなかったからである。ゆっくりと荒野の轍をたどって、彼は轍がそこにある理由に行きついた——それはずっと以前に打ち捨てられた、小さな採石場だった。採石場の下の方には泥水が溜まって、差し渡し五十ヤードくらいの、ほぼ円形の池になっていた。そして池の周囲は、石の砕片、壊れて錆びついた工具、腐りかけた木切れ、砕けた陶器などが散乱し、典型的な産業廃棄物の捨て場の光景を呈していた。肩のところまで袖をまくり上げて探ったが、トレントの手は池の底に届かなかった。なんらかの秘密を隠しているとしても、その濁った黄色い水が、よくそれを守っていた。

池の近くには足跡の残るような土はなかった。彼はしばらく轍の終点にあるゴミ溜めをかき回してみたが、何も見つからなかった。そのあと、壊れた防火バケツをひっくり返すと、日の光にきらりと光るものがあった。三ペニー硬貨ほどの大きさの、小さな平たいガラスのかけらだった。縁は一辺が滑らかで、二辺が割れてぎざぎざしていた。トレントは思考をめぐらしながら、それを調べた。彼の推論のうちには存在しないものだった。何の意味もないものかもしれなかった。しかし、ひょっとすると……。彼は拾った紙片と一緒に、注意深くそれを札入れにしまった。

二時間後、ダービーの警察本部で、彼は四角い顔でやる気満々のアリスン警視の前に、荒野で発見した物を並べ、地図と自分のレポートを広げていた。警視はトレントの名をよく知っていた。

ブラッドショー法律事務所の所長で、サウスロップ卿の法律顧問を卿の父親の代から務めているガーニー・ブラッドショーもまた、その名をよく知っていた。トレントの電話による求めに応じて、彼は三時に会う約束をしていた。トレントはダービーシャーでの調査の翌日のその時刻にやってきた。礼儀正しくはあるが威厳を崩さない老紳士、ブラッドショー氏は、握手を交わしながら、訝《いぶか》しげな面持ちであった。

「あなたが何を披露してくださるものやら、さて、見当もつきませんな」と彼は言った。「この件は私には、支障なく裁判所に死亡推定をしてもらうべきものと思えるんですがね。そうではないと考えられたらいいとは思いますよ。サウスロップ卿のことは生まれた時から存じ上げておりますし、彼のことはたいそう好きでしたからな。ところで、お断りしておかなくてはなりませんが、この場に第三の人物をお招きしておきましたよ——たぶんご存じでしょうが、称号と莫大な遺産を相続することになる、ランバート・コックス氏です。フランスから帰国したばかりで、どういう状況か知りたいと、昨日、お手紙をいただきましてな、それで私は、あなたが言わんとすることを、彼も聞いたほうがいいと思ったのです。そこであなたと同じ時刻にお約束をしたのですよ」

「競馬狂として、存じ上げてますよ」とトレントは言った。「新聞で見るまで、あなたのおっしゃるような、サウスロップの相続人だとは知りませんでした」

机の上の電話のブザーが鳴り、ブラッドショーが受話器を耳に当てた。「お通ししなさい」と彼は言った。

ランバート・コックスは背が高く、痩せぎすの、抜け目なさそうな男だった。日焼けした顔に髭はなく、左の眼にひものない片眼鏡《モノクル》をはめ込んでいた。紹介を受ける間、彼は好奇心に満ちた鋭い眼差しで、じろじろと相手を見ていた。

「さて、それでは」とブラッドショーが言った。「お話をうかがいましょうかな、トレント君」

トレントはテーブルの上で手を組んだ。「まず初めに、あなた方おふたりがばからしいと思われるかもしれない思いつきを披露しましょう。つまり、こうです。ラッキントンへ、その後は海岸へと、あの車を運転して行った男は、サウスロップ卿ではなかった、ということです」

ふたりとも呆気にとられてトレントを見つめた。やがてブラッドショーが顔色を和らげて、落ち着いた口調で言った。「そう考える理由をぜひともうかがいたいですな。トレント君、あなたはばからしい思いつきをすることで名高いわけではない。しかし、これは驚くべき思いつきと呼ばせていただきましょうかな」

「私もまったく同感ですね」とコックスが言った。

「そもそも僕がこの考えを思いついたのは、行方不明になる前に、この男が〈王冠〉亭で夕食の時に選んだワインからなんです。ばかげていると思いますか？」

「ワインということでは何もばかげてはおりませんよ」ブラッドショーは大まじめに答えた。「私自身、ワインには非常にうるさいですからね。一日に二度飲むのが日課です」と彼は言い足した。

「サウスロップ卿も、うるさかったとうかがっています。第一級の目利きとの評判をとっていました。さて、僕の話しているこの男はですね、その晩ほとんど食欲がなかったようです。宿が彼に供した夕食は、おもにスープとヒラメのフィレ、それにロースト・チキンでした」

「そうでしょうとも」ブラッドショーが仏頂面で言った。「イングランドのホテルでは、十中八、九そんなものですよ。それで?」

「この男はスープと魚料理を取りました。それと一緒に、彼は一本の赤ワインを飲んだんです」

弁護士は突如、平静を失った。

「赤ワインですと!」と彼は叫んだ。

「ええ、それも妙な赤ワインなんです。宿の主人は、完璧な出来のベイシュヴェルの一九二四年ものも持っていました——僕自身、いただきましたけどね。でも彼はマルゴーの一九二二年ものも持っていて、そっちの方が古いワインだからもっと高価だと思ったんでしょうけど、ベイシュベルより十八ペンス高くして、ワインリストに載せたんです。それがその晩、くだんの旅人が選んだワインでした。これをどうお考えになります? 魚料理なのに、彼は赤ワインを飲んだ。しかも彼が選んだのは、はずれ年のワインなんです。それも出来のいい一九二四年のワインがもっと安く飲めるって時にですよ」

コックスが困惑した顔をする傍らで、ブラッドショーは立ち上がって部屋をゆっくりと歩き回り始めた。「まったく、その通りですな。もし正気だったとするならば、サウスロップ卿がそんなことをするとは、到底考えられません」

「ここに至っても、その男がサウスロップ卿で、正気を失っていたとお考えなら」とトレントは応じた。「狂気に陥っていたにしては、行動が一貫しています。なぜなら、その前夜、ホーブリッジで、彼は銘柄の語感がいいだけの、ありもしないシャトーの名前を冠したワインのうちから一本を選んでいるんです。そしてその前にはリンガムで、夕食の直前にウィスキーのソーダ割を二杯飲んでから、一番値段の高い、質の悪い赤ワインを飲んでいます。僕は二軒の宿に足を運んで、こうした事実を摑んだんです。ところがサウスロップ卿が家を出て最初に泊まったキャンドリーまで戻ると、事情は全然違っていたんです。彼はワインリストの中で一番いいワインを選んでいました。ほとんど誰も注文したことのないようなライン・ワインです。これを注文したその人こそ、本物のサウスロップ卿だったのだと思います」

ブラッドショーが口をすぼめた。「サウスロップ卿の車に乗っていた何者かが、他の三つの場所で、彼に扮し、彼が目利きだという評判を知っていて、ワインについて何も知らないのに、その評判に基づいて振る舞ったとおっしゃるわけですな。大変けっこう。だが、サウスロップ卿はそれらの場所で、いつも通りに宿帳にサインしているではありませんか。ラッキントンでは、自分宛ての手紙を受け取って読んでもいます。ドライブ旅行は、全体としては、卿が以前にもよくやったような、あてもない気ままな旅行にすぎません。ラッキントンで作られた彼の人相書きもまさにその通りです——服も眼鏡も、ぼんやりしたようすもね。海岸に打ち上げられた帽子も確かに彼のものですよ。いやいや、トレント君。あれはサウスロップ卿だったと断定すべきですな。そして彼は海まで車を運転していって、入水したのだと推定されます。姿をくらますために、自殺を装ったのかどうかは議論の分かれるところだが、そこには分別というものがありません」

「まったくだ」とランバート・コックスが言った。「あなたがワインについておっしゃったことは、それに関する限りは、その通りなのでしょうがね、トレントさん、私はブラッドショーさんの意見に与しますよ。サウスロップは自殺を図ったのです。そして、彼がそんなことをするほど、正気を失っていたとすれば、飲み物の選び方が常軌を逸しているのは狂気のせいですよ」

トレントは首を振った。「ご説明しなければならないことは、他にもあるんです。今からお話しします。服や帽子やその他のことも、すべて僕の説の論拠になります。この男がサウスロップ卿のツイードのスーツを着たのは、単にその方が誰だかきわめてわかりやすくなるからです。この男はサウスロップ卿のこと、彼の流儀をすべて熟知していました。サウスロップ卿からの手紙も手に入れて、その筆跡を真似て覚えたんです。L・G・コックスに宛てて手紙を書き、投函したのもこの男です。そしてその手紙が悩みの種というふうに見せかけたのです。紙幣がサウスロップ卿のものだということが調べ上げられることも承知の上でした。それで最後の仕上げに、宿のフロントに預けたんです。それにもちろん、自分が溺れたわけではありません。彼はただ、帽子を海に放り込んだだけです。おそらく、人目につくその服を着替え、車の中にあるバッグに入れたのでしょう。そのバッグには別のスーツが入っていて、彼はそれに着替えたんです。この男はその後、バッグを手に数マイル歩いてブレイドマスまで行き、十二時十五分の列車――快適な寝台つきで人気のある列車ですが――でロンドンに出たと思われます」

「そういうこともありえなくはないでしょうがね」ブラッドショーはいくぶん不機嫌に同意した。傍らでランバート・コックスが短く笑った。「でもね、私に興味があるのは、事実なんですよ、トレントさん」

「それじゃ、事実をいくつか挙げましょう。サウスロップ卿がノーフォークの屋敷を出発する数日前に、彼の書斎に電話をかけてきた者がいます。ドアが少し開いていて、卿が電話の相手に言ったことを執事が少し聞いています。次の火曜日に、昔ながらの荒野と呼ぶ場所に行くつもりだと卿は言ったんです。自分と同様、相手もその場所をよく知っているような感じでした。卿は言いました。『あの教会と礼拝堂を君も憶えているね』と。そして、あれからもう二十年以上になると。卿はスケッチをしに行くつもりだと言ったんです」

コックスが陰険な顔になった。「サウスロップが生きていたら、あなたが私生活の事情にそれほど注目してくれて、さぞ喜んだことでしょうな。こんな覗き趣味から、何がわかると言うんですかね？」彼はせせら笑うように言った。

「わかると思いますよ」静かな口調でトレントは答えた。「別の用件でサウスロップ卿に電話をかけたある人物が、たまたま、その火曜日にサウスロップ卿がどこにいるかを聞いて知ることになったということがわかります。火曜日と言えば、ご記憶ですね、彼が突如としてその晩から、ひどいワインの趣味に宗旨変えした日です。おそらく電話で知ったことから、その人物がある考えを思いついたんです。その考えを練るのに、数日間の猶予がありました。そしてまた、サウスロップ卿は、二十年以上前に知っていた荒野の思い出を共有する人物と話していたということがわかります。二十年以上前といえば、すなわち、卿がプレップ・スクールに通っていた頃です。彼は今年三十三歳ですからね。それから、彼がマーシャム・ハウスという、ダービーシャー州シャーンズリーのタウン・ムーアのはずれに建つ学校に入っていたことがわかりました。そこで僕は、そこまで調査に出向いたんです。そして『教会と礼拝堂』というのが、学校から二マイルほど離れた、荒野の丘の上にあるふたつの大岩のことだとわかりました。従兄とそこで学ばれたのなら、憶えていらっしゃるでしょうね、コックスさん」

コックスは指でこつこつとテーブルを叩いた。「もちろん、憶えているよ」彼はけんか腰だった。「マーシャム・ハウスにいた者なら、何百人もがみな憶えていることだ。それが何だと言うのだね？」

この時、彼に注意深い視線を注いでいたブラッドショーが、片手を上げて制した。「まあまあ、コックスさん。そうかっかするのはやめましょうよ。トレント君は、思っていたより深刻な様相を見せはじめた事件を整理する手助けをしてくれているのではありませんか。頼みますから、おとなしく最後まで彼の話を拝聴しましょう」

「僕は自分でもちょっと絵を描くものでしてね」トレントは話を続けた。「サウスロップ卿の目指した一番いい景色の見える地点と思われるところをあちこち探してみたんです。その地点へ行くと、ちぎれた紙切れを二枚見つけました。鉛筆で描いたスケッチの切れ端でした。その紙は、僕がラッキントンで調べることができた、サウスロップ卿のスケッチブックの紙とまったく同じ材質でした。スケッチはスケッチブックから破り取られ、そして引き裂かれたのだと、僕は思います。なぜなら、そのスケッチは卿がシャーンズリーにいた証拠になるからです。荒野のそのあたりは人影もない、寂しい場所です。僕が信じるように、誰かがそこへ行ってサウスロップ卿に会ったとすれば、その男のやろうとしていることに、これ以上うってつけの環境はまずなかったでしょう。その晩、リンガムの町に卿の車に乗って現われたのは、この男だと僕は思います。サウスロップ卿が消えたのは――ラッキントンではなくて、シャーンズリーの荒野だったのだと思いますよ」

ブラッドショーが椅子から立ち上がりかけた。「お加減がすぐれませんか、コックスさん？」

「いや、全然、大丈夫だ。ありがとう」とコックスは答えた。彼は深く息を吸い、それからトレントの方に向き直った。「話すべきことは、それだけかね？　何と言っていいものやら――」

「あ、いえ、まだまだ終わりじゃないんです」トレントが彼をさえぎって言った。「でもこれから、実際に起こったと僕が信じることを話させてください。サウスロップ卿の車で荒野を後にした男がサウスロップ卿でなかったとしたら、ラッキントンで終わったその変装旅行の意味を僕は知りたいと思いました。その説明となるのが、つまり、デヴォン州まで車を運転して行った男が卿を殺害し、三百マイル離れたところで卿が自殺を図ったと見せかけたという考えです。巧妙な計画でした。あの車に乗った男はサウスロップ卿であると、誰もが当然、決めてかかることに基づいたものです。そしてどうして彼がサウスロップ卿でないなどと想像する人間がいるでしょうか？

サウスロップ卿は公人とは正反対の人物でした。まったく世間からはずれたところで生きていました。ニュースにもならず、彼がどんな容貌をしているのか、知る者はほとんどいませんでした。卿はこうしたことを利用して、車で旅行をする際、自分の正体が知れる機会のない小さな町に泊り、貴族ではないというふりをして、自分のプライバシーを守ったのです。殺人犯人はこのことをすべて知っていました。それこそが犯人の計画の核心だったんです。宿の人たちは、この旅行者の目立った点に注意を向けます。顔に関しての証言はずっと曖昧になり、このふたりの男の顔つきに顕著な違いがない限り、じゅうぶんサウスロップ卿として通ったでしょう。あの大きな角縁の眼鏡は、どちらにとっても、顔を隠す役割を持っていたんです」

ブラッドショーはゆっくりと両手をこすり合わせた。「おそらく、そういうことが起こったのでしょうな。コックスさん、どうお考えになりますか？」

「何もかも、ばかばかしい当て推量に過ぎんね」コックスはいらいらしたように言った。「こんなことを聞かされるのは、私はもううんざりだ」彼は椅子を蹴って立ち上がった。

「いいえ、行かないでください、コックスさん」トレントが引き止めた。「もっとあなたのお気に召すことがあるんですよ——事実です。重要なことです。お聞きになった方がいい。今言ったようなことを考えながら、僕は死体を隠せそうな場所を探して歩きました。とりたてて目立つものもない広大な荒野の中で、ひとつだけ見つけたんです。丘の中腹にある、打ち捨てられた古い採石場です。その下の方に泥水が溜まって、大きな池になっていたんです。その池の縁で、小さなガラスのかけらを拾いました。

昨日の夕方、このガラスのかけらを警察官と僕とで、ダービーの眼鏡屋に見てもらいました。眼鏡屋は、これはモノクルの破片だと言いました。球面レンズと呼ぶものだそうです。小さなかけらひとつから、わかることはすべて教えてもらいましたよ。普通の処方のものではなかったんです。マイナス五——つまり、片方の目が非常に度の強い近視の人がつけていたものなんです。警察は、モノクルを着用している人間はごく少数で、しかもこんな強度のものはほとんど使われていないから、公式に捜査すれば、最近数年間で、こういう眼鏡をあつらえた人たちの名前が確認できると考えています。おわかりですね」トレントは言葉を続けた。「この男は池の縁で、何事かに夢中になっている間に、石の上に眼鏡を落として壊したんです。几帳面な男と見えて、見つけられる破片は全部拾いました。でも、これひとつ、見逃したんです」

ランバート・コックスは片手を喉にあてがった。「この部屋は風通しが悪くて、ひどく息がつまる」と彼はつぶやいた。「かまわなければ、窓を開けますよ」ふたたび、彼は立ち上がった。だが、弁護士の動きの方がすばやかった。「私がやりましょう」と彼は言って窓を開け、窓辺に立っていた。

トレントはポケットから折りたたんだ紙を取り出した。「これは僕が昼食のちょっと前に、ダービーシャー警察署のアリスン警視から受け取った電報です。おふたりにお話ししたようなことはすべて警視にも話してあります」彼は慎重に電報を広げた。「今朝、あの池を浚《さら》い、背後から銃で頭部を撃たれた男の死体を発見したそうです。死体は服を脱がされ、下着姿で、鎖で自転車を結び付けて沈められていました。

これで、犯人がどうやってサウスロップ卿がいる人里離れた場所まで行ったかという疑問が解けましたね。犯人は車でそこへ行くことはできなかった。なぜなら、車はそこに残しておかなければならなくなるからです。彼は自転車を使いました。というのも、それには、あとあと、非常に有効な使い道があったんです。警察は自転車の販売元が突き止められると信じています。自転車はまったく新品の状態でしたからね。販売元から、買った人間の手がかりが得られるかも知れません」

ブラッドショーは、両手をポケットに突っ込んで、死人のように蒼ざめたコックスの顔を見つめながら、こう尋ねた。「死体の身元は分かったんですかな?」

「警視によれば、検屍審問は明後日だそうです。僕が誰の死体だと思っているか、警視はご存じです。だからもう、身元確認のためにヒンガム・ブルウィット館に人をやっているはずですよ。僕の証言はたぶん審理のもっと後の段階まで必要ないそうです。説示が始まってから——」

ランバート・コックスがしゃくり上げるような音を立てた。彼は弾かれたように立ち上がり、両手でこめかみを押さえると、気を失って床に倒れ込んだ。

トレントが襟をゆるめ、弁護士がテーブルの上の瓶から、仰向けになった顔に水をかけてやった。まぶたがぴくぴくと動き始めた。「大丈夫だな」冷やかにブラッドショーは言った。「おめでとう、トレント君。この男は私の依頼人ではない。だから、はばかることなく言えますが、彼は男爵の称号をそう長くは楽しめないと思いますな——それとも財産ですかな、本当に重要だったのは。そう信ずるだけの根拠はあります。またモノクルを落としてしまいましたね。ところで、たまたま知っていることなんですが、彼の片目が半失明状態なのは、マーシャム・ハウスでクリケットのボールを当てて怪我をしたせいなんですよ」

ありふれたヘアピン

The Ordinary Hairpins

　友人たちが小委員会を結成して、アヴィモア卿を説き伏せて肖像画を贈呈する運びとなり、その仕事を依頼した画家が、フィリップ・トレントだった。それは彼にとって魅力的な仕事だった。というのも、俗人は言うに及ばず、わずか数名を除けば、数多《あまた》いる聖職者より神学に造詣が深いと言われているこの貴族の、高い、半分禿げ上がった頭部、鷲鼻、厳格な口元を、彼はしばしば公の場で目にし、敬服していたからだった。卿は慈善事業への貢献で、全国民の尊敬の的になっていた。モデルとしてキャンヴァスの前に坐るようになって三回目にして初めて、アヴィモア卿は重苦しい寡黙の殻を破った。

「トレント君」唐突に彼は切り出した。「君は確か、亡くなった私の義理の姉の肖像画をここに持っていたはずだな。このアトリエに飾ってあると聞いていたのだが」

　トレントは静かに絵を描き続けた。「あの女性《ひと》の演じたカルメンを観た後で描いたラフ・デッサンに過ぎませんよ。ご結婚なさる前の話です。以来ずっと、ここに掛けてありました。あなたが初めてお越しになる前に、はずしましたけど」

　モデルはゆっくりとうなずいた。「実に行き届いた心配りだ。しかしできたら、ぜひとも拝見させてもらいたいのだがね」

「もちろん、いいですよ」トレントはカーテンの後ろから、額入りのスケッチ画をひっぱり出した。トレントが生き生きと描いた有名な歌姫の肖像を、アヴィモア卿は無言で長いこと見つめていた。

　一方で画家は、モデルの冷厳な顔にこれまでで初めて浮かんだ、情感溢れる表情を写し取ろうと忙しく筆を走らせた。深い憂いに柔らげられ、初めてその表情が気高さに輝いた。

やがてモデルはトレントに顔を向けた。「この絵を譲ってくれんか、君の言い値で買おう」

トレントは首を振った。「手放す気はないんです」彼はキャンヴァスの上に数回、注意深く筆を運んだ。「その理由をお知りになりたいのであれば、お話ししましょう。その絵は、僕がこれまでに会ったうちで、もっとも賞賛すべき女性の、僕の個人的な思い出だからです。リルマー・ヴェルゲランの美しさと完璧な肉体には忘れがたいものがあります。彼女の声は奇跡とも言えるものでした。その魂はそれらに相応《ふさわ》しかった。怖れを知らぬ大胆さ、優しさ、精神と性格の強靱さ、美に対する感覚。熱狂的なファンとは言えない人たちからも、そんな評判を聞いたものです。たぶん、欠点だっていろいろあったのでしょうが——僕は彼女と言葉を交わしたことは一度もないんです。歌うのは何度も何度も聴きました。でもそれ以上のことはその他大勢の一般人と同じく何も知りません。ただ友人には、彼女を知っている者が大勢いましてね、彼女についてあれこれ話を聞いた結果、どうも僕には彼女を崇拝する傾向ができてしまいました。当時は十歳も若かったんですからね。それが僕にとっては幸いしたようです」

アヴィモア卿は数分間、押し黙っていた。やがておもむろに口を開いた。「私は君とは気性も違えば、住む世界も違っているのだな、トレント君。私はこの世の何物をも崇拝などしない。だがレディ・アヴィモアについて、君はあながち間違ってはおらんと思うよ。かつては私は違う見方をしていた。花形歌手《プリマ・ドンナ》、世界中で肖像写真が売られ、衣裳や、私には自己顕示行為としか思えんようなことに、湯水のように金をかけることで有名な女と、自分の長兄が結婚しようとしていると聞いた時にはな。兄からその婚約を告げられた時は仰天したよ。ノルウェーの小作農の娘との結婚ということで、憤りを覚えたことも否定はせん」

「では彼女は、山処育《やまが》ちなんですね。彼女の子どもの頃のことはあまり知られていません」

「そうだ。孤児で十歳の時、彼女の兄の農場のロッジにスタマー大佐夫妻が釣りに行って見出したのだ。夫妻はこの子をいたく気に入り、自分たちに子どもがなかったので養女に迎えた。この話はみな、兄から聞いたものだ。兄は私の考えそうなことはわかっていると言った。彼女に会って、自分の選択が良かったか悪かったか判断してくれとだけ言った。むろん、なるべく早く紹介してくれと私は言ったよ」

　アヴィモア卿は言葉を切り、感慨深げに肖像画を見つめた。「彼女は近寄るすべての者を惹きつけてやまなかった」やがて彼は話を続けた。「私はその呪縛に抗った。だがふたりが結婚してから、さほど日が経たぬうちに、彼女は私の偏見をことごとく打ち砕いたのだ。才能のおかげで人々にもてはやされ、また、もたらされる巨額の収入に、彼女がまるで子どものように嬉々としているのを私は目の当たりにした。だが実際に大人げないというわけではなかった。いわゆる知的なタイプではなかったが、卑小さやひねくれたところなどみじんも含まない、たぐいまれな広い心を持っていた――彼女の生まれ育ったノルウェーの海と山の風景にどこか似ている、と私はよく思ったものだ。彼女は、君の言う通り、並はずれて美しかった。金髪の生粋の北欧民族の美しさだ。私の兄と彼女の結婚は、私が知る中で、もっとも幸福に満ちたものだった」

　彼はふたたび口をつぐんだ。トレントは黙々と筆を動かした。まもなく、瞑想にふけるような低い声でふたたび話が始まった。「私がシチリア島のタオルミーナからの痛ましい知らせを受け取ったのは、今から六年ほど前の今頃――三月半ば――私がカナダから戻った翌日のことだった。ただちに彼女の元へ駆けつけたよ。彼女を見てひどく驚いた。感情をまったく表に表わさなかったのだ。だがその平静さには、私がこれまで感じたことのない、もの凄まじい虚脱感が感じられた。時々、彼女は独り言のように繰り返していた。『全部、私のせいだわ』とね」

トレントが驚いて声を上げると、アヴィモア卿は顔を上げた。「この悲劇の全容を知る者はほとんどいない。地震のちょっとした衝撃が引き金になって別荘が倒壊し、瓦礫の下から兄と子どもが死体となって発見された、と世間に伝えられた。レディ・アヴィモアは、その時、家の中にいなかったと伝えられたものと思う。のちに彼女は入水自殺を遂げたと伝えられた。だが、そのシチリア島への旅の終わりに死が待っているという予感を、私の兄が抱いていて、最後までそれを振り払おうとしていたことは伝えられていないようだ。妻が夫の虫の知らせを、断固とした常識で笑い飛ばしたこともな。だが、私たちはケルトの文化を今に残すスコットランド北部高地地方《ハイランズ》の出身でな、トレント君、その血筋と伝統を継いでいるのだ。兄が抱いたような内なる警告は、私たちにとっては軽々に扱うべきものではないのだよ。しかし、彼女は魔法にかけるように夫の不安を払いのけた。兄はすっかり不安を振り払ったと、彼女は私に言った。シチリアに滞在して十日めに、彼女の夫とひとりっ子は死んだ。人は偶然の一致と思うかもしれんが、彼女はそうは思わなかった。事件のショックが彼女の精神状態をすっかり変えてしまったのだ。その時には彼女は、私が信じたように、その場所へ行けば死が待っていることを、兄がひそかに予知していたのだと信じていた」彼はふたたび黙り込んだ。

「ご主人が亡くなった直後に、レディ・アヴィモアと一緒だった、弁護士のセルビーという男を、僕は少しだけ知っていますけど」とトレントは言った。

アヴィモア卿はセルビーを憶えていると言った。そう言った彼の顔からは表情がまったく消えさっていたので、セルビーの話題はたちまち途切れてしまった。そして、世間が未だにリルマー・ヴェルゲランとして記憶する女の悲劇がそれ以上、彼の口から語られることはなかった。

それから数ヶ月経って、アヴィモア卿の肖像画が全国肖像画協会の展覧会で公開されることになった時、トレントはアーサー・セルビーから親しみのこもった手紙を受け取った。絵を賞賛した後、セルビーはトレントに個人的な話があるので、日時を決めて自分のオフィスに来てほしいと続けていた。手紙にはこうあった。「貴君にある話を聞いてほしいのです。問題がある話です。私自身、手に負えぬものと、ずっと以前に諦めてしまった問題ですが、貴君の手になるA氏の肖像画を拝見し、謎解きの名手としての貴君の評判を思い出したような次第です」

こうして数日後、トレントは、この非常に有能で、いささかめかし込みすぎの弁護士が共同経営者のひとりとして働いている法律事務所のオフィスで、セルビーと差し向かいになっていた。ふたりは例の肖像画について話し、それからトレントは、肖像画のモデルと亡き女性について語り合った時の、不思議な昂揚について触れた。セルビーはいくぶん渋い顔をして耳を傾けていた。

「手紙に書いた話というのは、アヴィモア家に関する話なんだよ」と彼は言った。「かの伯爵未亡人は存命中、私が代理人を務めていたんだ。未亡人が自殺した時も一緒にいた。今は彼女の遺言執行人をしているよ。絶対に極秘で、私は知る限りのことを君に話して、君がどう考えるか、聞きたいんだ」

そう聞くとトレントは全神経を集中させた。彼は強く興味を引かれ、はっきりとそう言った。セルビーは、ふたりが向かい合っている大きな書き物テーブルの上で腕を組んで、暗い目をして語り始めた。

「あの不幸な事故については、すべて知っているね。三月十五日、アヴィモア卿と息子がタオルミーナの墓地に埋葬された時のことから話そう。私が関与する以前のことだがね。レディ・アヴィモアはすでに自分のメイド以外、すべての召使いに暇を出し、自分はそのメイドと、ホテル・カヴールで暮らしていた。後になって知ったことだが、彼女はホテルの部屋からめったに外へ出なかった。決して生きる意欲を失っているようには見えなかったが、疑うべくもなく、例の事件に打ちのめされていたんだ。彼女の義理の弟、現在のアヴィモア卿が、やってきて彼女に付き添っていた。彼はカナダから戻ったばかりだった」――セルビーは指を立て、ゆっくりと繰り返した――「カナダからだよ。憶えておいてほしい。確か、移住を考えてそこへ行ったんだったと思う。レディ・アヴィモアが旅に耐えられるようになったら、家に付き添って帰るつもりで、彼はホテルに残っていた。

タオルミーナにいる自分のところへ、うちの事務所から代表して誰かを送ってよこすようにという長い電報が、彼女から私たちの元に届いたのは、十八日になってからのことだ。至急、執務について話し合いたいが、まだ旅ができる状態ではないと彼女は言ってきた。たまたまイタリア語が割と話せるもので、多少の不都合をしのんで、私自身が出向いたというわけだ。わかってるだろうが、すでに自分の資産をかなり持っていたレディ・アヴィモアが、夫の遺言で莫大な財産を相続したんだ」

「彼女はわがままを通せる依頼人だったというわけですね」とトレントは評した。「あなたがすでに彼女の顧問だったなら、彼女はおそらく、あなたに来てほしいと思ったんじゃないですか」

「その通りだ。さて、言ったように、私はタオルミーナへ向かった。私が着くとすぐ、レディ・アヴィモアは私に面会し、自分が亡き夫の遺言の内容を知ったこと、今度は自分の遺言状を作りたいということを、ごく平静に告げた。私は彼女の指示に従い、ただちに遺言状を用意したよ。翌日、英国領事と私とで彼女の署名に立ち会った。憶えているかもしれないが、トレント、彼女の死後、遺言の内容が公になった時には、かなりの注目を集めたものだ」

「初耳ですね」とトレントは言った。「その時、休暇を取っていたとすれば、世間の動静には疎かったはずです」

「まず、親しかった友人たちに宝石などが形見として遺された。ノルウェーのミクルボスタードに住む、兄のクンツ・ヴェルゲランに二千ポンド。これもノルウェー人で、長いこと彼女に仕えていた、メイドのマリア・クログに百ポンドが遺された。彼女は残りの財産をすべて、無条件に義弟、つまり新しいアヴィモア卿に遺したんだ。これには驚いたよ。なにしろ、彼があの結婚にひどく反対し、自分の考えを、彼女に対しても他の誰に対しても隠そうともしなかったことは聞き知っていたからね。しかし彼女は少しも恨みを抱いてはいなかった。それはわかった。タオルミーナで彼女が私に何と言ったかと言うと、自分の義理の弟をおいて、この金をうまく生かしてくれる人は他に思いつかない、とそう言ったんだ。その点から見ると、彼女は正しかった。彼は手に入った金を九割がた、あらゆる種類の慈善事業に費やしたそうじゃないか。それが本当かどうか、疑う筋合いではない。ともかく、彼女は彼を相続人にした」

「それで彼は、そのことについてなんて言ったんです？」

セルビーは言い渋った。「彼女が死ぬ前に、彼が遺言の内容について何か知っていたという証拠はないんだ。証拠はね」彼はゆっくり繰り返した。「のちにそのことを告げられた時、彼はほとんど何の感情も表わさなかった。もちろん、彼はいつもそうだがね。しかし、今は話を先に進めさせてくれ。レディ・アヴィモアは、タオルミーナを離れるまで執務を代行してくれと私に頼んだ。彼女がタオルミーナを離れたのは三月二十七日のことで、アヴィモア卿と私、それにメイドが一緒だった。列車で旅する距離を短くするために、船でまず、イタリア南東部のブリンディジという港町へ、そこからさらに船でヴェネツィアへ行き、そして故郷まで列車で帰る計画を立てた、と彼女は私たちに言った。ブリンディジからヴェネツィアまでの船は、みな日中に航行するものだった。ただ、週に一度、イオニア諸島のコルフ島から来る船が、夕方着いて、夜十一時頃出港した。彼女はこの船に間に合うようにブリンディジに着くことに決めた。それで私たちはそうしたんだ。ブリンディジで何時間か、待ち時間があったので、そこで夕食を済ませ、十時くらいに乗船した。レディ・アヴィモアはひどい頭痛を訴えて、すぐに自分の船室に向かった。そこは甲板船室で、彼女はできるだけ早く眠りたいし、寝ついてから起こされるのはいやだからと、すぐに誰かに自分の乗船券を取りに来させるように私に言った。すぐにそうしたよ。船が岸を離れてまもなく、メイドが自分の船室に行く途中で私のところに寄って、奥さまはお休みになりましたと言った。港を出てすぐ、私も床に入った。その時、アヴィモア卿はレディ・アヴィモアの船室に通じる甲板の手すりの、船室から少し離れたあたりに寄りかかっていた。付近には他に誰も見あたらなかった。ちょうど風が吹き荒れ始めたところだったが、別に煩わされることもなく、私はぐっすりと眠った。

アヴィモア卿が私の船室にやって来たのは、翌朝八時十五分前のことだった。ひどく青ざめて動揺していた。伯爵未亡人が見つからないのだと彼は言った。七時三十分にメイドが起こしに行くと、部屋はもぬけの殻だったと。

私は飛び起きたよ。そして彼と一緒に船室へ行った。彼女が持ってきた化粧道具入れはそこにあった。毛皮のコートも、帽子も、宝石箱も、ハンドバッグも、寝た形跡のない寝台の上に残されていた。その他のものと言えば、宛名のない手紙が一通、テーブルの上に広げて置いてあっただけだ。アヴィモア卿と私は一緒にそれを読んだ。ヴェネツィアでの事情聴取の後、その手紙は私が保管している。これだよ」

セルビーは便箋帳からはぎ取られた、一枚の薄い罫紙を広げて手渡した。トレントはしっかりした、大きな丸っこい書体で書かれた次のような手紙を読んだ。


「この結婚が、こんな形で終わるなんて、死ぬよりもずっとむごいことです。すべて私のせいなのです。悲しいなどという生やさしいものではありません。なにもかもが、こなごなに砕けてしまいました。今まで、ひとえに、あのふたりを失った日に心に誓った決心だけを支えに、これからしようとしていることだけを考えてまいりました。私はもうこれ以上、身を置くに堪えない、この世界とお別れいたします」


L・Aという頭文字がその後に続いていた。トレントは、世界中の悲しみを一身に背負い込んでいるかのような、この哀しいメッセージを何度も読み返した。それから目を上げて黙ってセルビーを見た。

「イタリアの警察は、彼女が海に身を投げて水死したとの判断を下した。彼らには他に考えようがなかったんだ。私もそうだがね。しかしだね、トレント、彼女が死んですぐ、ある考えが頭に浮かんだんだ。さんざん頭をしぼってそのことを考えたんだが、たいした結果は出ずじまいだ。もっとも、ひとつふたつ、わかったことがある。私に何か見つけられたのなら、たぶん、君ならもっとずっとうまく解き明かせるはずだと、先日、そう思い至ったんだよ」

なおもその手紙にじっくり目を通していたトレントは、この賛辞を無視した。「で、セルビー、その考えというのは?」

セルビーは単刀直入なこの質問をはぐらかして言った。「今言った、わかったことというのを話そう。その紙は、おわかりのように、何の変哲もない罫線つきの便箋帳からはぎ取ったものだ。製紙関係の仕事をしている友人に見せたことがある。ヨーロッパでは売られていない製法の紙だが、カナダでは広く普及しているそうだ。次に、レディ・アヴィモアは一度もカナダに行ったことはない。そして彼女の化粧道具入れその他、船室のどこにも便箋などなかった。つけペンとインク、あるいは万年筆もだ。インクは、見ての通り、薄いグレーのものだ」

トレントはうなずいた。「つまり、欧州大陸のホテルで使っているインクですね。すると、この手紙はホテル——おそらくはあなた方がブリンディジで夕食をとったホテルで書かれたということになります。もちろん、彼女の筆跡であることは間違いないわけですね」

「きっとホテルのペンだろうが、粗悪なペンで書かれたと思われるほかは、彼女のいつもの筆跡だよ」

「他に何か証拠の品は?」短い間を置いてトレントは尋ねた。

「これだけだ」セルビーは抽斗から凝ったビーズの飾りをあしらった女物のハンドバッグを取り出

した。「後日、彼女の貴重品や身の回りの品を整理する件でアヴィモア卿と会った時に、このバッグがあるという話はしたんだよ。中にいくつか、取るに足らないものが入っているとね。『棄ててくれ』と言われたよ。『君の好きに処分してくれ』とね。それで、まあ」セルビーは少々きまり悪げに、後頭部のあたりを撫でつけながら言った。「私が持っていたようなわけなんだな。何というか、その——思い出草って感じでね。中の物は私には何の意味もないものなんだが、ちょっと見てくれ」彼はテーブルの上にバッグの中身をあけた。「そら、ハンカチ、紙幣と小銭、爪やすり、鍵、白粉、口紅、櫛、ヘアピン——」

「ヘアピンが四本」トレントはそれを手に取った。「まだ新品と言っていい。これが僕たちに何か示しているんでしょうかね、セルビー?」

「さあ、さっぱりわからんね。ただのありふれた、黒いヘアピンだ。君の言うとおり、新しくてぴかぴかで、使われたことはないようだ」

トレントはテーブルの上にできた小物の山を見つめた。「それで、最後の、これは何ですか——この小さな箱は?」

「イクスティルの箱だよ。船酔い止めの薬だ。二錠なくなってる。確かに、よく効くようだ」

トレントは箱を開けて、ピンクのカプセル錠を見つめた。「では外国で買えるんですか?」

「彼女がブリンディジでそれを買った時、私も一緒だった。船に乗り込むほんの少し前だ」

ふたたび、トレントはしばらく黙り込んだ。「ではあなたが妙だと気づいたのは、カナダ製の便箋と、手紙が前もって書かれたものらしいということだけですね。確かに、それだけでも妙なことではある。でも、最後の一日か二日に溯って、あなたがレディ・アヴィモアと過ごしていた間に、奇妙だと気づかれた点は何もありませんでしたか？」

セルビーは指で顎をさすった。「そう言われてみると、当時、変だなと思ったことをひとつ、思い出すよ。それが何か関係があるとは思ってもみなかったんだが――」

「ええ、そうでしょう。でもここで僕に事件を正しく見直せと言ったでしょう？　僕の質問は型通りの質問のひとつですよ」

「いや、単にこういうことなんだ。シチリアを発つ一日か二日前、郵便が来る時間に、私はホテルのロビーに立っていた。自分宛てに何か来ないかと待っていると、届いたばかりのしゃれた包装の小包を、ポーターがカウンターに置いた――私の言っていることがわかると思うが、一流の店でするような包装の小包だ。大判の本か、チョコレートの箱か何かみたいだった。フランスの切手が貼ってあったが、消印には気がつかなかった。そしてその小包はマリア・クログ嬢宛てだった。憶えているだろうが、伯爵未亡人のメイドだよ。彼女はそこで待っていて、係はすぐに彼女にそれを渡した。マリアがそれを持って行こうとすると、ちょうど、女主人が大階段を降りてくるところだった。彼女は包みを見ると、手を差し出した。そうしたらマリアは当然のことのように、女主人に包みを引き渡したんだ。そしてレディ・アヴィモアはそれを持って階段を上がっていった。彼女がメイドの名前で何かを注文したのだとしたら、奇妙なことだなと私は思ったよ。だがそれ以上、そのことは考えなかった。レディ・アヴィモアがその晩、そこを発つ決定を下したし、気を配らなければならないことが山ほどあったからね。もし君が知りたければ」トレントが喋ろうとして口を開きかけると、セルビーが話を続けた。「マリア・クログの現在の居所については、私に話せるのは、ロンドンで彼女にノルウェーの港町、クリスティアンサン行きのチケットを取ってやったということだけだよ。彼女はそこに住んでいて、そこへ伯爵未亡人の遺産も送ってやった。受け取ったという返事ももらっている。これでいいんだろ」

トレントは弁護士の口ぶりに笑い出した。セルビーもつられて笑った。トレントは暖炉の前へ歩いていき、考え事にふけりながら、ネクタイを結び直した。「では、これで失礼しますよ」と彼は言った。「金曜日にカクタス・クラブでご一緒に夕食でもどうです？　その時までにこの件について思いついたことがあったら、お話ししましょう。いいですか？　よかった。では八時に」そして彼は急いで帰っていった。

だが金曜日に、トレントには何も思いついたことはないようだった。彼がその話題に触れるのに気が進まないようなので、セルビーは彼が何も摑めなかったことを悔しがっているのだと思い、それ以上無理に聞き出そうとはしなかった。


それから六ヶ月後の九月のよく晴れた午後、白い雪の冠を峰に頂く遙か前方の山を名残惜しげに見ながら、トレントはミクルボスタードの谷あいの道を歩いていた。傍らではその山を源とする急流が二十フィートの滝となって轟き落ちていた。町と名のつく一番近い場所からモーターボートで七時間かかる、このヨーロッパの辺陬《へんすう》の地で、彼は一週間を過ごしたところだった。陽光と雨が日日、この世のものならぬ清浄さに磨きをかけている、水の豊かな風景の自然のままの美しさは、自分の絵筆にかなう絵のモチーフを探しにきたという口実に、彼が望むよりはるかに真実味を与えた。彼は絵を描く傍ら、調査をし、できる限り、付近の住民のことを知ろうとした。情報はほとんど集まらなかった。というのも、彼が部屋を借りた郵便局長はほんの片言のドイツ語しか喋らない上、彼が調べた範囲では、他の誰もがノルウェー語しか話さず、トレントの方はノルウェー語は旅行者用会話集で覚えた以上のことは知らなかったからだった。だが彼は谷の住人のすべてに会い、谷では裕福で、一番大きな農場を所有するクンツ・ヴェルゲランの所帯を注意深く調べた。表情の乏しい初老の農民である彼とその妻は、郵便局からさほど遠くない、屋根に芝草の茂る古い農家で一人の下僕と一緒に暮らしていた。その家には他には誰も住んでいないとトレントは確信した。

ついに彼は好奇心から出たミクルボスタードへの旅は当て外れだったと結論を下すに至った。クンツと妻はつましい百姓夫婦に過ぎない。ある日、彼が家の近くでスケッチをしていると、夫婦は食事を出してくれた。そして穏やかながら頑として、どんな謝礼も受け取ろうとしないのだった。ふたりとも完全に信頼でき、とびきり上等な生活に満ち足りているという印象を彼に与えた。

その日、トレントが山を見上げていると、彼の左側で谷を囲んでいる、切り立った崖の上から下までを覆っている樺の茂みの間で、日光が反射するのが彼の目を捉えた。彼のいる場所から半マイルほど離れたところで、明るい光がちらちらと瞬いているのだった。光は同じところに動かず、その上下にも何箇所か、同じ明るく輝くものが見えた。樹間を縫って、切り立った丘の斜面に、使い込まれたワイヤーが張られているに違いないと彼は気がついた。トレントはワイヤーが上へと続いているらしい場所へ向かって道を歩いて行った。それまでそちらの方向へは行ったことがなかった。数分歩いて、元気一杯の登山者しか登ろうとしないような傾斜度で岩と木の根の間を上へと続く、でこぼこの小道の始点になっている林間の空き地へとやってきた。近寄ってみると、茂みの縁に一本の高い柱が立っていて、柱のてっぺんから一本のワイヤーが枝の間を小道と平行に上の方へ伸びていた。

トレントはその柱を音が反響するほどひっぱたいた。「なんてこった！」彼は声を上げた。「セーテル（北欧で夏期に使用する山中の放牧地）のことをすっかり忘れていたよ！」

　そしてすぐさま、彼は登り始めた。


　丘の頂上で樺の茂みが途切れたところから、豊かな牧草の分厚い絨毯が始まっていた。牧草地はゆったりした傾斜の高地に何マイルにもわたって広がっていた。四十分悪戦苦闘して登って来た後で、息を切らしながらトレントが開けた場所に来ると、草を食《は》んでいる二十頭ほどの牛の頭が、眠たげに彼の方を振り向いた。その向こうにはさらに多くの牛たちがうろついていた。そして二百ヤードほど離れたところに、屋根に芝草の生えた、ちっぽけな小屋が建っていた。

　この高原が、谷の農場に付属する夏の牧草地、セーテルだった。このノルウェーの田舎生活の特色について、トレントはずっと以前に聞いたことがあったが、それ以来思い出すこともなかった。決まった時期に、牛たちはもっと楽な迂回路を追い立てられて、山の牧草地へとやってきて、夏休みを過ごすのだった。そこへは農民——普通は若い娘——が付き添って、牛の群れと共に独りで暮らす。彼が見たワイヤーは、毎日、上から大型のミルク缶を伝い下ろして、下の道にいる農場労働者が受け取るので、いつもぴかぴかだった。

　そして、小屋の傍らに、ひとりの女が立っていた。近づいていきながら、トレントは女の雑な作りの短いスカートと麻袋のような粗末な上着、厚いグレーの靴下と、不格好な木靴に気がついた。薄い金色の髪をきつく編んで、帽子を被らない頭にぐるりと巻いていた。トレントの足音を聞いて、顔を上げた時、この地方の中年の百姓女の典型といえる、日に焼けてやつれた顔のそばで、二つの重い銀のイヤリングが揺れた。

　女は大きなチョコレートの塊を削ってボールの中に入れる作業の手を止めて、上背のある身体をまっすぐに伸ばした。痩せた手を腰に当てて微笑みながら、彼女はノルウェー語で彼に挨拶した。

　トレントは適切な答えを返した。「そして」と彼は自国の言葉で言い足した。「今のが僕の知っているノルウェー語のほとんど全部なんです。マダム、あなたは英語をお話しになるんでしょう」女の薄青い瞳に困惑の色が浮かんだ。そして下の谷を指差して、また何か言った。彼がうなずくと、彼女は楽しげにわけのわからない言葉で話し始めた。小屋の中から、彼女はどっしりした取っ手つきのカップをふたつ持ってきて、ボールの中のチョコレートを、それからトレントと自分自身を、すばやく指で示した。

「それは何よりのおもてなしです」と彼は言った。「この国のみなさんと同じように、あなたはとても親切で暖かい。言葉が通じないとは残念ですね！」彼女は彼に腰掛けを持ってきて、チョコレートの塊とナイフを渡し、身振りで彼に削り続けるように指示した。それから、小屋の中で小枝で火を焚き付け、真っ黒な深鍋に湯を沸かし始めた。ここで彼女が暮らしているのは明らかだった。トレントがこれまで目にしたうちで、最もみすぼらしい住まいだった。ふたつの小さな棚に、縁の欠けた陶器がいくつか並んでいるのが見てとれた。藁《わら》を敷き詰め、きちんと畳んだ二枚の毛布が置いてある木の寝床が、小屋の三分の一の場所を占めていた。普請はどこもみな、ひどくお粗末だった。片隅の小さな櫃《ひつ》から、彼女はビスケットの缶を出してきた。中には黴《かび》臭い堅焼きの平たい黒パンが半分ほど入っていた。その狭い場所にあるその他のものといえば、焚き付けにする小枝の小山だけのようだった。

彼女はふたつのカップにホット・チョコレートを作り、それからトレントの無言の勧めで、たったひとつの腰掛けに坐って小屋の外の粗末なテーブルにつき、客の方は、搾乳用の手桶をひっくり返して腰掛けた。彼が半分の黒パンをやっとのことで食べ終える間、彼女は相変わらず愛想よく、理解不能なお喋りを続けた。

「マダム」空のカップを置いて、彼はようやく言った。「あなたはご自分の声の響きを聞くためだけに話してらっしゃるようだ。あなたの場合は、それも許されます。あなたは英語がおわかりにならない。それなら面と向かって言ってしまいましょう。ほんとうに素晴らしいお声です」彼は考え深げに言葉を継いだ。「きっと、あなたはこれまで世に出たうちで、最も偉大なソプラノ歌手のおひとりだったはずだと言ってもいい」

彼女は彼の言葉を静かに聞いていたが、理解できないというように首を振った。

「いいえ、僕はそのことを誰にも洩らしてはいません」とトレントは言って、立ち上がった。「マダム、あなたがレディ・アヴィモアであることはわかっているんです。僕はあなたの隠遁生活に闖入してしまいました。そのことについてはお詫びします。でもあなたにお会いしない限り、確信が持てなかったんです。他の誰も僕が見つけ出したことは知らないし、今後も僕から聞くことはないとお約束します」彼はやって来た道を戻ろうとするそぶりを見せた。

だが女が片手を上げて制した。その浅黒い顔に不思議な変化が現われた。寂しげな青い瞳に、今や生気溢れる気魄が宿った。彼女はもう一度微笑んだが、今度はずっと聡明な微笑だった。やがて彼女は英語で話し出した。流暢だが、わずかに自国の訛りがある英語だった。

「あなた、今までほんとうに礼儀正しかったわ。楽しかった。セーテルにはあんまり楽しいことがないのよ。ね、説明を聞かせてくださらない？」

彼は手短に、彼女がまだ生きているという疑いを抱いたこと、自分が入手した事実を熟慮して、彼女がおそらくこの場所にいると考えるに至ったことを話した。「僕が正体を見抜いていることを、あなたが察せられていると思ったので」と彼は言い足した。「あなたの秘密を守るとお約束するのが一番いいように思えました。お話ししたことは間違っていましたか？」

片手で頬杖をついて彼を見つめながら、彼女は首を横に振った。やがて彼女は言った。「あなたは私に不利なことはしないと思うわ。そんな感じがするの。なぜあなたが私の秘密を探り出したいと思ったのか、そして真相に気づきながら、なぜそれを黙っていてくれたのか、よくわからないけれど」

「秘密を探り出したのは、僕の好奇心が強いからですよ」と彼は答えた。「それを誰にも言わず、これからも秘密として守るのは——それは、秘密があなたご自身のものだから。そして僕にとって、リルマー・ヴェルゲランがある種の、女神のような存在だからです」

彼女は突然笑い出した。「お上手ね！　こんなぼろを纏《まと》って、こんな掘っ建て小屋に住んでいるこの私を！　この小さな染みだらけの安い鏡に映る顔ときたら、もう嫌になってしまうというのに……！　まあでも、あなたは遠路はるばる来てくださったんですものね、詮索好きな方。ではもう少し好奇心を満足させてあげなくては、つれなすぎるというものかしら。お話ししましょうか？つまりは、簡単なことだったのよ。

その決心がついたのは、あの不幸のすぐあとだった。躊躇なんてなかったわ。シチリアへ行ったのは私の過ちだったから——その話はお聞きになった？　そう。顔に書いてあるわ。私は私の知っている、そして私を知っている世界を棄てなければならないと感じたの。実際に自殺を考えたことは一度もなかった。修道院という道もあったけど、あそこは残念ながら、私のような性分の人間が行く場所ではないわ。私はただ消えようと思った。そしてうまくやる唯一の方法は、死んだという評判を立てることだったの。何日も、昼も夜も考え抜いたわ。それから、私がよくステージ用の小物を買ったパリのあるお店に、メイドの名前で手紙を書いたのよ」

「それです！」トレントは声を上げた。「そのことを聞き込んだんですよ。そこから推理したんです」

「お金を送って注文したわ」彼女は話を続けた。「濃い褐色のかもじ——女言葉で鬘《かつら》のことですけどね、肌色を黒くするドーラン、いろんな顔料、眉墨、その他の一切合切のがらくたをね。メイドは私が何を送らせたか、知らないわ。届いた小包を私に渡しただけ。メイドのマリアは、私のためなら、たとえ火の中にでも飛び込んでくれたでしょうけれどね。小物が届くと、私はイングランドに戻るとみなに告げたの。たぶんあなたもお聞きになった経路でね」

彼はうなずいた。「ヴェネツィアに夜間航行する経路ですね。そしてブリンディジで船室で変装して、船が出港する前に夜陰に乗じて抜け出したんです」

「まさか。私、それほど馬鹿じゃありませんよ」と彼女は言い返した。「船がブリンディジを出る前に、何かの拍子に私がいないことがわかったらどうするの？　ありそうなことだわ。そして私の自殺というお芝居は水の泡。そうではないの。ブリンディジに着いたら、そこで何時間か空くことを私は知っていたわ。夕食をとるはずのホテルに荷物を置いて、私は厚いベールをつけて、ひとりで外出したの。港の近くのオフィスで、ヴェネツィア行きの二等のチケットを一枚、自分のために買ったわ。ミス・ジュリア・シモンズという名前でね。私が乗る予定にしていたのと同じ船よ。あと一時間で接岸するって言われたわ。それから町のみすぼらしい通りへ入って行って、とても品のない服と靴、化粧道具やなにかを買ったの」

「黒いヘアピンも」トレントがつぶやくように言った。

「もちろん、黒でなくてはね」彼女は同意した。「私の金メッキのピンは、褐色の鬘には浮いてしまうし、鬘をしっかりピンで留める必要があったのよ。安い小型のスーツケースも買ったわ。そして買った物をその中へ入れて、それからタクシーを拾って桟橋へ行くと、船が着いていたわ。船員のひとりにチップをやって、チケットの名前の寝台に案内してもらい、荷物も運んでもらった。そのあと、もう一度、船を降りて買い物に行ったの。シモンズ嬢にぴったりの長いレインコートと小さくて変てこな縁なし帽を買ったわ。それをホテルへ持って帰って、私の大きなスーツケースにメイドがすでに詰めた荷物の下に押し込んだのよ。

汽船に乗って、マリアが下がってから、私は船室のドアに鍵をかけて、ひとりで浅黒い、意地悪そうな顔にメイクしたわ。それからシモンズ嬢の髪をつけて、レインコートを着て帽子を被ったの。船が桟橋を離れ始めると、ドアを一インチ開けて、外の様子を窺ったわ。案の定、みんな手すりから外を見ていた。それで――善は急げってことで、私はそっと抜け出して、船室のドアを閉め、船の反対側にあるシモンズ嬢の寝台へまっすぐ歩いて行ったの。……あとはお話しすることはあまりないわね。ヴェネツィアで私は他の人たちを探さなかったし、彼らには会わなかった。私はパリに行って、兄のクンツに手紙を書いた。私は生きているって。助けてくれるなら、私がどうするつもりかってね。生粋のノルウェー人にとっては、こういうことはそれほど気違いじみて見えるものではないわ」

「こういうことというと？」トレントは尋ねた。

「深い悲しみ、病める魂、現世からの逃避といったこと……。兄と嫂《あによめ》は誠実で私によくしてくれた。私は嫂の従妹のヒルダ・ビョルンスタードということになったわ。私は遺言で遺産をふたりに残したわ。兄夫婦が私のために使うお金を補って余りあるほどね。でもふたりは、ここに私を迎え入れてくれた時は、まだそのことを知らなかったのよ」

彼女は話をやめ、トレントに曖昧な微笑みを向けた。彼は山の稜線に目を据えて、彼女の話を反芻していた。

「ええ、もちろん」彼はうわのそらといった態で、ようやく答えた。「そういうことでした。おっしゃるように、とても簡単なことでした。今度は僕に話させてください」口調を変えて彼は言葉を続けた。「あなたがお忘れになっているいくつかの細かな点を。

ブリンディジで、他の人たちと船に乗る直前に、あなたはイクスティルという薬を一箱お買いになりました。天候が悪くなりそうだったからです。説明書通りに、あなたはすぐに一錠飲み、少し後にもう一錠飲みました。ヴェネツィアに着くまでにもっと薬を飲みたかったかもしれませんけど、買う時にセルビー氏が一緒だったので、あなたはご自分が姿を消す際、それは後に残していくのが賢明だと考えたんです。それから、ハンドバッグの中に、たぶん何かのはずみで、ばらけて落ちた四本の新しいヘアピンを忘れて、セルビーに発見されています。レディ・アヴィモア、僕をこの事件に引き込んだのは、セルビーなんです。彼は知っていることをすべて話してくれました。そして、あなたのバッグとその中身を見せてくれたんです。でも彼は、今、僕が挙げたふたつの物に、重要な意味があるとは気づきませんでしたけどね」

彼女はちょっと眉を上げた。「わからないわ、なぜ彼がそんなことに気づかなくてはならないのかしら。それになぜ、彼があなたなり誰かなりを引き込んだりしたのかしら」

「それは彼が、あなたの義弟があなたの死の原因を作ったか、あるいは少なくとも、あなたの自殺の意思を知っていたという漠然とした疑いを持っていたからです。あからさまに彼の口からそう聞いたことはありませんが、それが彼の胸中にあったことは間違いありません。セルビーはできることなら、僕にこの点を解明させたかったんです。あなたの義弟はあなたの死によって、大変な利益を得たわけですからね。そしてそれから、自殺を予告する手紙の件がありました」

「予告したのはほんとうのことだわ」と彼女は言った。「もはや身を置くに堪えないこの世界とお別れするって書いたわ。あの言葉にはもうひとつの意味があったのよ。でもあの手紙がどうしたのですって？」

「まったく嘘偽りのない手紙がペンとインクで書かれましたが、ペンもインクもあなたの船室にはありませんでした。便箋帳からはぎ取った便箋に書かれていましたが、便箋帳は見つかりませんでした。そしてまた、あの製法の紙はカナダでは売られていても、ヨーロッパではまったく売られていないんです。あなたはカナダへいらしたことはありません。あなたの義弟はカナダから帰ってきたところでした。そうですね？」

「だけどセルビーったら、チャールズが聖人君子だってことが、わかってなかったのかしら？」いらいらしたように彼女は疑問を投げた。「一目瞭然なのに。清貧の聖フランチェスコというより、精力的な聖ドミニクスってとこだけど、いかにも聖者だわ」

「彼について僕がわずかばかり知る限りでは」とトレントは言った。「どうもそのようですね。でも、ご存じのように、セルビーは弁護士ですからね。弁護士は聖人君子を理解しません。おまけに、あなたの義弟は彼を嫌っていたようです。それでいきおい、彼を見るセルビーの目が厳しくなるんだと思います」

「ほんとだわ。彼はセルビー氏なんて目もくれなかった。めかしこんだ、俗っぽい人たちを嫌っていたもの。でも今は話を戻しましょう。あの晩、ブリンディジのホテルで、私は例の手紙を書こうと思って、チャールズが今にも書きだそうと手にしていた便箋帳から一枚もらった、それだけの話よ。ホテルの書斎で手紙を書いて、それからバッグに入れて船室に持ち込んだのよ」

「僕たちはあなたが前もって手紙を書いたと考えました」とトレントは言った。「そして、そのことが、まず間違いなく、あなたが生きていると僕に思わせたことのひとつでした。説明しますとね、僕たちが考えたように、あなたがホテルで手紙を書いたのだとすると、あなたの自殺は前もって計画されていた行動ということになります。しかし、あなたがイクスティルの錠剤を買うのをセルビーが見たのはその後です。あなたが二錠服用したこともわかっています。セルビーにはそうとは映らなかったようですが、海に飛び込んで死のうと決意している人間が、船酔いの手当てを始めるなんて、およそありそうもないように僕には思えたんです。

それから、あの新品の黒いヘアピンです。あれを見つけたのは天啓でした。というのも、僕はもちろん、その髪にあなたが黒いヘアピンを使ったことなど、生まれてこのかた一度もないだろうということを知っていたからです」

伯爵未亡人は編んだ淡い金髪に手をやり、まじめな顔で一本の黒いヘアピンを彼に差し出した。

「この谷では、これしかなくて」

「ええ、この谷では事情は全然違うでしょう」彼は穏やかに言った。「僕が言っているのは、僕の世界——あなたが別れを告げた世界の話です。あのヘアピンのおかげで、あなたが姿を変えたと思いついたんです。そして、セルビーが話してくれた、あなたのメイド宛てに届いた小包の中に何が入っていたかも推理しました」

客を見る彼女の目に敬意らしきものが浮かんだ。「説明がまだ残っているわ」と彼女は言った。「なぜノルウェーだとわかったの。ここで、貧しい農場労働者として私が身を隠していることが、なぜ？　私のような人生を送った女がこんなことをするなんて、世界——あなた方の世界——で一番ありえないことのように、私には思えるのよ」

「それでも、僕は可能性が高いと思いました」と彼は答えた。「あなたにとって問題は、今おっしゃったように、身を隠すということです。それに、もうひとつ——なんとか暮らしていかなくてはならないということ。姿を消す時、おそらく小額の現金以外、あなたは持てる物のすべてを後に残していきました。そして女性は永久に変装し、演技することはできません。男なら髭を生やしたり、あるいは剃ったりできます。女性の場合は、変装している間じゅう、絶えず気を遣っていなければなりません。仕事に就くにしても、とりわけ、身元保証先もなかったら、それは不可能に近い」

彼女はまじめな顔でうなずいた。「それは身にしみてわかってるわ」

「そこで、こういう結論に達したわけです」と彼は話を続けた。「世界的に有名なリルマー・ヴェルゲランは早晩どこかに姿を現わさなければならない。顔写真がいたるところに出回って、その美貌が注目され、見紛いようのないリルマー・ヴェルゲランです。実を言うと、そんなことがどうやったら可能なのか、しばらくの間、僕にはどうしてもわかりませんでした。あなたが暮らしていくのに十分なだけの言語を操れる国は二、三ヶ国しかないはずだと思いました。そうした場合、あなたはいつでもその身体的特徴とアクセントで目立ってしまいます。人の注目を引いたが最後、見つかるのは時間の問題です。そこのところを考えれば考えるほど、僕がすべての話を聞いて真実を推理するまで、六年間もあなたが見つからないのは――あなたがまだ生きていると仮定してですが、驚くべきことのように思えました。

それからひとつの考えが閃いたんです。あなたの外見や話し方が、外国人としてあなたを目立たせることのない国がひとつある――あなたご自身の国です。そして気づかれずにすむというかなり強い確信を持ってあなたが行くような地方が世界にあるとしたら、ノルウェーの辺境の村もその中に含まれるでしょう。地図によれば最果ての村のひとつ、ラングフィヨルド沿いのミクルボスタードには、あなたの死亡推定によって、二千ポンドを手にしたお兄さんが住んでらっしゃる。それから、ごらんのように、僕は休暇を取ってスケッチをしにこの場所までやって来たんです」

トレントは立ち上がって、陽光を受けている谷の向こうの白い峰を眺めやった。「以前にもノルウェーに来たことはありますけど、こんなに楽しい時間を過ごしたことはありませんでした。今、人間たちの雑踏の中へ帰る前にもう一度、今日あったことはすべて、すぐに忘れるつもりだと言わせてください。僕をここまで引き寄せたのが、低俗な好奇心だけだとはお考えにはならないでください。かつて最高のアーティストがいました。彼女の才能は僕を虜にしたんです。彼女に起こることのすべてが僕の心を動かしました。僕にはほんとうに起こったことを探る、ある種の権利があったんです」

彼女は薄汚れた粗末な服を身にまとい、後ろで手を組んで彼の前に立った。その顔も態度も完璧な気品に溢れていた。「いいわ——あなたはあなたの権利を主張し、私は私の、自分の人生を決める権利を主張するのね。私の人生は私ひとりきりのものだから。私はここで生きて行きます。ここから私の人生は始まったの。私の魂はここで生まれ、それから外の世界へ出ていろいろ珍しい経験をしたわ。そして癒しを求めて故郷にそっと戻って来たのよ。あなたが言うように、ここなら見つからずにすむから、というだけのことではないの。ほんとうよ。それはとても重要なことだけれど、それと同時に私は私の場所、この遙か遠くの寂しい谷で、人生を過ごさなければならないと感じてもいたのよ。なにもかもがつつましくて、汚れていないこの場所でね。人間が現われる前に、神さまがお作りになったままの山々やフィヨルドの中でね。ここここそが、私の国なのだもの！

さあ、それじゃあ」不意に彼女は話を締めくくった。「私たち、お互いに理解しあえたのね。笑って別れましょう」彼女は手を差し伸べた。「あなたのお名前、聞いてないわね」

「知る必要があるでしょうか？」彼は尋ねた。彼は手を離すと、足早に彼女から離れた。下り道にさしかかった時、彼は一度だけ振り返った。彼女は彼に手を振っていた。

でこぼこな小道の途中で、彼は足を止めた。遙かな高みから、素晴らしい声がノルウェーの栄光を歌ってていた。

そう、素晴らしき我が父祖の国よ《ヤア・ヘアリット・エア・ミット・フォデラン》
かの地にて、時の歯牙に挑み続ける者よ《デア・エウィ・トロサー・ティデンス・タン》

と声は歌った。

トレントは自然そのままの風景を見上げた。「父祖の国か！」彼はひとりごちた。「ああ、そうだな。いちばん厳しい親がいちばん忠実な子どもに恵まれると言うからな」

解説　トレントと生みの親ベントリー

塚田よしと

はじめに

本書『トレント乗り出す』（一九三八）には、イギリスのジャーナリストE・C・ベントリーが、第一次世界大戦直前の一九一三年に、『トレント最後の事件』というユニークな趣向の長篇に登場させ、本来、タイトルどおりその一作で退場させるはずだった、探偵役フィリップ・トレントを、その後、好評にこたえ長期にわたって活躍させた、十二の短篇（うち四篇は初訳）がおさめられています。

簡単に、主役トレントのプロフィールを紹介しておくと――

画家の息子として生まれた彼は、父親の才能をうけつぎ、二十代のうちからイギリス画壇で注目を集め、商業的にも成功をおさめます。あるとき、新聞で話題を集めていた未解決の列車内殺人事件に興味をもったトレントは、報道記事をもとに推理をめぐらせ、関係者のなかから意外な犯人を指摘する投書をおこないました。これが正鵠を射ていたことから（いわゆる〝語られざる事件〟。これ自体は作品化されていないエピソードです）、投書先の新聞社《レコード》の社主、ジェームズ・モロイ卿の熱心な誘いをうけ、やがて不定期に《レコード》の特別調査員をつとめることになります。画家ならではの鋭い観察力と、旺盛な想像力を武器とするこのアマチュア探偵は、紙上で何度もめざましい成果をあげ、本業以上の名声を博しますが、明るくユーモアのある人柄から、警察サイドとも友好関係を結ぶことに成功しています。前記『最後の事件』では、ドン・キホーテを思わせるような骨ばった顔に、短い口ひげをたくわえた、背の高い、三十二歳の独身男性として登場しました――

さて、実作者としてはもちろん、研究者としても卓越した存在であったエラリー・クイーンが、ミステリ史にのこる路標的短篇集をセレクトした、有名な〈クイーンの定員〉にもあげられた本書には、そうしたフィリップ・トレントの多彩な活躍をえがいた、いかにもアンソロジーむきの佳品が揃っています。そのため邦訳頻度が高く、*ミステリ通なら、収録作品の多くは、過去に各種の傑作選などでおなじみかもしれません。しかし、シリーズ・キャラクターものの作品集の場合、一篇一篇の出来もさることながら、それらを続けて読んでいくうちにわきおこる、キャラクターや作品世界への親しみも、読後感を左右する大きな要因たりえます。〈ミステリーの本棚〉という好企画をえて、遅まきながら完全紹介が実現することになった本書をとおして、フィリップ・トレントの潑剌たる探偵ぶり、そして作者ベントリーの伸びやかなミステリ世界を、じっくり味わっていただければと思います。

＊〈収録作品既訳一覧〉

① The Genuine Tabard 「ほんものの陣羽織」宇野利泰訳（ハヤカワ・ミステリ『黄金の十二』、昭三〇・一〇）、同題・同訳（東京創元社《世界推理小説全集》71巻『世界短篇傑作集（三）』、昭三四・六）、同題・同訳（中央公論社《世界推理名作全集》5巻『ベントリー、シムノン』、昭三五・九）、同題・同訳（東都書房《世界推理小説大系》11巻『フレッチャー、ベントリー』、昭三七・九）

② The Sweet Shot 「みごとな打球」妹尾アキ夫訳（『新青年』昭一二・六増刊）、「見事なショット」吉田誠一訳（『エラリイ・クイーンズ・ミステリ・マガジン』昭三三・六）、「好打」井上勇訳（創元推理文庫『世界短編傑作集2』、昭三六・一）、「すばらしいショット」竹田勝彦訳（東京書籍『バンカーから死体が』昭六三・一〇）

③The Clever Cockatoo 「悧巧な鸚鵡」訳者不詳（『探偵小説』昭七・八）、「利口なおうむ」宇野利泰訳（東都書房《世界推理小説大系》11巻『フレッチャー、ベントリー』昭三七・九）、「かしこい鸚鵡」山田辰夫訳（『ミステリマガジン』昭四九・三）、「利口なおうむ」宇野利泰訳（創元推理文庫『毒薬ミステリ傑作選』、昭五二・七）
④The Vanishing Lawyer 「失踪した弁護士」宇野利泰訳（ハヤカワ・ミステリ『名探偵登場②』、昭三一・三）、同題・同訳（東都書房《世界推理小説大系》11巻『フレッチャー、ベントリー』、昭三七・九）
⑤The Inoffensive Captain 「無抵抗だった大佐」宇野利泰訳（創元推理文庫『探偵小説の世紀　上』、昭五八・一二）
⑥Trent and the Fool-Proof Lift 初訳
⑦The Old-Fashioned Apache 初訳
⑧Trent and the Bad Dog 「いけない犬」乾信一郎訳（ハヤカワ・ミステリ文庫『シャーロック・ホームズのライヴァルたち②』、昭五八・一〇）
⑨The Public Benefactor 初訳
⑩The Little Mystery 「ちょっとした不思議な事件」西田政治訳（『別冊宝石』世界探偵小説全集30巻、昭三三・六）
⑪The Unknown Peer 「顔を知られていない貴族」長谷川修二訳（『洋酒天国』第一〇号、昭三二・一）、「失踪した貴族」佐宗鈴夫訳（『ミステリマガジン』昭六〇・七）
⑫The Ordinary Hairpins 初訳

トレント誕生まで

エドマンド・クレリヒュー・ベントリーは、一八七五年（明治八年）七月十日、ロンドンのシェファーズ・ブッシュで、高級官僚の息子として生まれました。名門パブリック・スクール、セント・ポール校で、のちに作家、評論家として名をなすG・K・チェスタトンと知りあい、意気投合した二人が、終生にわたる友情を結ぶことになるのは、有名な話。このチェスタトンが一八九一年に創刊した学内誌『ディベイター』に、毎号、軽い読み物などを寄稿したのが、ベントリーの〝文筆歴〟のスタートとなります。

同時期、著名人の名前を詠みこんで、最初の二行とあとの二行でそれぞれ韻をふませる、ユーモラスな非定型四行詩を考案。これは学友たちのあいだでウケて、ノートを使ったその詩型の競作がおこなわれたりします。重厚を嫌うベントリー少年の手になる、当時の興味ぶかいサンプルをひとつ、見ておきましょう。

コナン・ドイル
さんざん油をしぼられる
お宝守る地精《ノーム》のはなし
『ホームズの冒険』のどこにもなし

後年、『トレント最後の事件』のチェスタトンへの献辞のなかで、ベントリーはこのセント・ポール校の日々を、「あの驚嘆すべき時代」と回想し、なつかしんでいます。

奨学金をえて、一八九四年にオックスフォードのマートン・カレッジに進学したベントリーは、ボート部のキャプテンや学生討論会の議長を歴任。卒業後は、法学院で弁護士の資格を取得しますが、最終的に、文才をいかして生計をたてるべく、ジャーナリズムの世界へ身を投じます。恋人との新生活のため、早く定収入を確保する必要もありました。《デイリー・ニュース》紙の編集スタッフにむかえられた一九〇二年に、彼は結婚生活もスタートさせています。

そして、同紙でコラムや論説を担当する十年間に、ベントリーは一冊の著書を世に問い、さらに一本の長篇小説を完成させます。前者は、学生時代に創った四行詩をまとめ、他ならぬチェスタトンに挿絵を依頼したもので、*Biography for Beginners* と題され、一九〇五年にE・クレリヒュー名義で刊行されました。この戯詩集は、商業的な成功こそ得られなかったものの、文壇で話題となり、このスタイルの詩自体がいつしか〝クレリヒュー〟と呼ばれ、追随者をうんでいくことになります(のちにイラストレイターとして大成する、ベントリーの次男ニコラスも、その一人。ちなみに、多芸なニコラス・ベントリーは、作家としてミステリの著作ものこしています)。

いっぽうの長篇小説が『トレント最後の事件』ということになるわけですが、原稿段階では、そのタイトルは *Philip Gasket's Last Case*(フィリップ・ガスケット最後の事件)でした。さきにチェスタトンから、『木曜の男』(一九〇八)を献じられたことへの返礼の意味もあって、一九一〇年に軽い気持から着手した創作でしたが、プロットづくりで難航し、完成までに大変な苦労を要したことから、タイトルの〝最後の事件〟という部分には、探偵小説を書くのはこれきりにしようという、作者の決意がこめられてもいました。

苦心の作は、一九一一年にロンドンの出版社が開催していた、賞金五十ポンドのファースト長篇コンテストに投じられます。しかし、翌一二年になって、たまたま晩餐会で同席したニューヨークの編集者から、その小説をアメリカで出版すれば五十ポンド以上になると助言されたベントリーは、応募先ダックワースの担当者にさぐりを入れ、自作がコンテストに入選する見こみのないことを知ると、ただちに原稿を回収し、これをくだんのアメリカ人編集者に託したのでした。結果、版権は五百ドル(当時のレートで百ポンド以上)で売れ、この年の二月、独立系の《デイリー・テレグラフ》紙に移籍し、論説委員として新たなスタートをきることになったベントリーへの、はなむけとなります。

アメリカの版元センチュリーは、探偵の名字をもっと魅力的なものにすることを要求し、かくしてガスケットはトレントに生まれ変わります。gasketという単語には〝詰め物〟という意味もあり、その皮肉なネーミングは、あとで触れる作品内容には則しているといえるのですが、営業上のこの指示は、作者としても得心のいくものでした。しかし、肝心のタイトルを、ロマンチック路線の *The Woman in Black*（黒衣の女）に変えられてしまったことには不満で、オックスフォードの同窓生ジョン・バカン（ミステリ・ファンには、一九一五年の冒険スパイ小説『三十九階段』の作者として、忘れられない名前です）の尽力で、彼が共同経営者をつとめるネルソン社から国内版を出せることになると、こちらは本来の意図にそった『トレント最後の事件』で送りだします（米版も、後の版からはこのタイトルに統一）。

諸説ありますが、初版の刊行は、英米ともに一九一三年三月のこととする意見が有力です。ときにベントリー、三十七歳。

黄金時代の先駆？

十七世紀のはじめに、スペインの作家セルバンテスが発表した『ドン・キホーテ』（前篇一六〇五、後篇一六一五）が契機となって、ヨーロッパの小説は、中世のロマンから写実主義へと、近代化の道を歩みはじめたといわれますが、そもそも『ドン・キホーテ』は、当時流行していた騎士道物語を、思いきりパロディ化した作品でした。あるタイプの小説が爛熟期をむかえると、それを否定するような小説がでて、今度はそれが新しい小説のもとになる――文学史において繰りかえされるパターンの、はしりかもしれません。

そして、探偵小説のジャンルで、この最初の近代小説『ドン・キホーテ』に相当する評価をえているのが（クイーンいわく「最初の、偉大なる現代推理小説」）、『トレント最後の事件』なのです。面白いことに、セルバンテスがアンチ騎士道物語を意図したように、ベントリーもまた、当時の探偵小説の代名詞ともいうべき、コナン・ドイルの〈シャーロック・ホームズ・シリーズ〉のアンチテーゼをねらいました。

長篇『緋色の研究』（一八八七）でデビューしたホームズは、やがて挿絵入り月刊誌《イラストレイテッド・マンスリー》『ストランド・マガジン』の読み切り連載で人気を確立、そのエキセントリックなヒーロー像が一世を風靡しました。一八九三年に、劇的な「最後の事件」（『シャーロック・ホームズの回想』収録）をもって、一度はシリーズも終幕をむかえますが、二十世紀初頭には、衰えぬ人気にあとおしされる形で復活をとげ、ノスタルジックな味わいの探偵譚が書きつがれることになります。

　ベントリーは、学生のころからホームズものに接してきましたが、ドイルのイマジネーションと、卓越したストーリー・テリングには敬意をはらいつつも、主人公の、前時代的な、不自然に誇張された人物造型は好きになれませんでした。またホームズ人気にあやかろうと、多くの作家がさまざまな雑誌に、それぞれのレギュラー探偵を活躍させていながら（そんな〝ホームズのライヴァルたち〟のなかでは、R・オースチン・フリーマンの堅実な科学者探偵ソーンダイク博士を、もっとも評価していたようですが）、全体としてホームズのキャラクターに呪縛され、重々しさをぬぐいきれないでいるのも不満でした。

　探偵が人間らしく見えるような、これまでにないタイプの探偵小説を書くこともできるだろうと考えたベントリーは、自分の探偵役を、堅物のホームズとは対照的に、おしゃべり好きの陽気な青年に設定しました（奇しくもベントリーが創作に着手した一九一〇年には、盟友チェスタトンが『キャッセル・マガジン』誌上で、やはりホームズ型のエキセントリックさを消しさり、まったく別種の個性を付与した名探偵、ご存じブラウン神父の短篇シリーズをスタートさせています）。

　そして、アメリカ経済界の大物が休暇でイギリスの別邸に滞在中、射殺された怪事件の調査に乗り出したこの主人公は、ベントリーの創意あふれるプロットのなかで、あたかも等身大のキャラクターであることを証明するかのように、事件関係者の女性に恋をして悩んだり、一見、みごとな推理を組みたてながら真相を指摘しそこない、ついには自分の無力を痛感し、探偵業からの引退を宣言したりすることになります。「探偵が人間らしく見えるような探偵小説」は、ホームズ時代へのレクイエムともいうべき、型やぶりのパロディとして結実しました。

第一次世界大戦後、エスケープ・リーディングの対象として、英米探偵小説の主流は、雑誌掲載の短篇から単行本形式の長篇に移行し、ブームの長篇探偵小説は、続々と登場する新世代の作家たちにより、荒唐無稽を排した知的なエンタテインメントとして、洗練されていきます。大戦終結の一九一八年から三〇年代までを、探偵小説の黄金時代と名づけた、評論家ハワード・ヘイクラフトは、名著『娯楽としての殺人』(一九四一)のなかで、主として「自然主義」的な見地から、『トレント最後の事件』を黄金時代の先駆と評価し、以後、その歴史的な位置づけが、キャッチフレーズ的に踏襲されていくことになります。

しかし、現代のミステリ読者が〝黄金時代〟といわれてまず思いうかべるのは、クリスティ、クイーン、カーらによって築かれた、大戦間の〝本格長篇の時代〟というイメージでしょう。そして、ゲーム小説としての側面が重視される、そうした本格探偵小説には、言うまでもなく、緊密な構成やフェアプレイ、解明の論理といった条件が付帯されます。充分にトリッキーであるとはいえ、戯作的な趣向がまさり、必ずしもそういったパズラー的条件を満たしていない『トレント最後の事件』に、そのリアルな作風が黄金時代を先導したかのような、特権的評価をあたえることは、いまとなっては違和感があります。

『トレント最後の事件』の近代性は、もっと別なところにあるのではないか？　筆者はそれを、ベントリーが従来の名探偵の役割をいじり、探偵小説を枠組から揺さぶってみせた点に求めたいと思います。この試みは、一発勝負のパロディにとどまらず、野心的な後続作家に、探偵という装置のちがった使いかた、一歩距離をおいた、新しい探偵小説作法を示唆するものとなりました。

近年、我国で再評価の気運が高いアントニイ・バークリー、あの名作『毒入りチョコレート事件』(二九)や『第二の銃声』(三〇)の作者は、あきらかに〝名探偵の失敗〟という『トレント最後の事件』のコンセプトを、作品テーマに押し進めています。また同時期、バークリーとともに英国探偵小説界の主導的立場にあったドロシー・L・セイヤーズの場合は、表面的には〝名探偵の恋〟という部分で、ピーター・ウィムジイ卿とハリエット・ヴェインの長篇連作に、その影響が見られますが、たとえば代表作『ナイン・テイラーズ』(三四)における、ピーター卿の皮肉な役まわりなどに、より昇華された形でのベントリーの影響をうかがうことも可能でしょう。

一九三〇年代に、ゲーム的な本格の頂点をきわめたエラリー・クイーンが、第二次世界大戦後、『十日間の不思議』(四八)や『九尾の猫』(四九)といった力作で、ベントリー的なコンセプトを深化させ、作家として新たなステップを踏みだしたことも、忘れてはなりません。

古さをのこしながら、いっぽうで、そこから黄金時代以降の探偵小説をも生みだす、可能性をひめた長篇。その意味で、ジャーナリスト作家の余技の一作は、時の経過とともに、まぎれもない探偵小説の古典となったのです。

中期から晩年へ

その『トレント最後の事件』を刊行した、翌一四年には、早くも『ストランド・マガジン』の要請にこたえて、「逆らえなかった大尉」「りこうな鸚鵡」というトレントものの短篇を発表していますから(これらはひとまず、『最後の事件』以前の事件簿というふうに設定されています)、結局ベントリーも、機会さえあればトレントを起用することにやぶさかではなかったのでしょうが、本格的に二足のわらじを履くには、やはり本業のほうが多忙だったようで、《デイリー・テレグラフ》の勤務を三四年にしりぞき、パディントンで悠々自適の生活に入るまで、探偵作家としての大きな活動は見られません。

しかし、一九三〇年にアントニイ・バークリーが著名な探偵作家を集めて設立した、親睦団体ディテクシヨン・クラブには、きちんと名前をつらねています。初代会長はG・K・チェスタトンであり、ベントリーも名誉会員的な存在だったのかもしれませんが、実作面でも、三〇年から三一年にかけて、クラブ員によるラジオ・ドラマ原作用のリレー長篇には協力しており、三六年にチェスタトンが亡くなると、あとを受けて二代目会長に就任しています。

そして、待望のトレント物の新作長篇が上梓されたのが、この一九三六年のことでした。人気者シャーロック・ホームズ同様、トレントも、〝最後の事件〟が文字どおりの最後の事件とはならなかったわけです（まあトレントの場合、かの先達のように滝つぼに落ちたり――あるいは、さる後輩のように絞首台の露と消えたり――して〝最後〟をむかえたわけではありませんから、きっかけさえ用意すれば、探偵としてカムバックさせること自体に、さしたる困難はないわけで）。

題して『トレント自身の事件』。友人のジャーナリスト作家H・ワーナー・アレンと共作したもので、アレンが自作ミステリ *Mr. Clerihew: Wine Merchant*（三三）で活躍させた、博識のワイン商クレリヒュー氏（！）がゲスト出演するほか、六歳くらいのわんぱく坊やの母親として、麗しのトレント夫人がチラリと登場する、読者サービスも盛りこまれています。『最後の事件』でトレントと知りあったとき、二十代なかばだった彼女は、依然その美しさをたもっており、このことと子供の年齢から、明確には規定されていない両作の作中年代のひらきが、実際にはどの程度のものなのか、想像をめぐらしてみるのも一興でしょう。

物語のほうは――面識のある慈善事業家の老人が、ロンドンの住居で射殺され、その殺人容疑が友人にふりかかったため、探偵仕事から足を洗ってひさしいトレントが、再び調査に乗り出すことになる（アマチュア探偵をやめた理由のひとつを、作中のトレントは夫人の犯罪嫌いにあると説明しており、今回、その夫人は息子を連れて別荘に出かけ、留守にしている）という設定ですが、残念ながら、出来はかんばしくありません。誰あろうトレント自身の存在が、じつは事件に大きくかかわっていた、そんなシチュエーションにベントリーらしい面白味はあるものの、『最後の事件』より、もっとストレートに黄金時代ふうの本格でありながら、黄金時代の技術的水準をクリアできておらず、冗漫さと解決の工夫のなさが目立つのです。

ともあれ、ひさびさに長篇を刊行したことがはずみになったのか、翌三七年からベントリーは、『ストランド・マガジン』に集中的にトレントもの短篇を発表するようになり、こちらは、多彩な物語性を印象づけることに成功します。本書にまとめられた作品の過半数がこの時期のものですが、次項で述べるように、この頃になるとベントリーは、もはや、『最後の事件』以前のトレントの業績をえがくということに、こだわっていないように思われます。

やがて、第二次世界大戦が勃発。*Those Days*（四〇）という回想録を出版して、ひとつの区切りをつけたあと、ベントリーは文芸部の主筆として、六年ぶりに《デイリー・テレグラフ》に復職し、戦時中、最後のジャーナリスト生活を送ります。四七年、退職。その二年後に、妻を亡くしています。

晩年は、ジョン・バカンの想い出に捧げる *Elephant's Work*（五〇）というスリラー長篇を執筆したりもしていますが、戦災で自宅を破壊されたため引きうつったロンドンのホテルで、アルコールに依存する日々が多かったようです。そして、一九五六年三月三十日、その八十歳の生涯を閉じました。

収録作品解題

本書収録の短篇は、これまで漠然と、トレントが〝最後の事件〟（マンダースン事件）で引退する前の事件簿、というふうに一括されることが多かったのですが、イギリスの探偵小説愛好家フィリップ・L・スコウクロフトは、八八年に同人誌 *CADS* に寄稿したエッセイで、その定説に疑義を呈しており、以下の解題では、スコウクロフトの説を参照しながら、作中年代を推定する手掛りについても簡単に触れておきます。

なお、『ストランド・マガジン』に発表され、初出が判明している作品は、カッコ内に掲載年月を付しました。

①「**ほんもののタバード**」（一九三八・一）

独立戦争グッズの収集家でもあるアメリカの富豪が、ヨーロッパ旅行の途中、イギリスに立ちより、地方の司祭館で貴重なタバード（官服）を発見、高額でこれを買いとります。しかし、その経緯を耳にしたトレントは、ある疑惑をいだき……

初出時は、Trent and the Mystery of the Genuine Tabard という長いタイトルでした（以下、同形式のタイトルは、前半部をTATMOTと略記）。推理の面では、いささか肩すかしの感があるものの、ユニークな騙しの手口と、それにともなうとぼけた味わいが印象的な一篇。一九四九年に、エラリー・クイーンが全米の識者を対象におこなったアンケートの結果、ミステリ史上にのこる傑作短篇〈黄金の十二〉に選ばれたというのも、詐欺ミステリとして、そのへんの妙味が評価されてのことでしょう。

「するとそんな昔に、ヴェルサイユ講和条約というものがあったんですね」（15頁）というトレントの発言は、第一次世界大戦の戦後処理のため、一九一九年に調印された、新しいヴェルサイユ条約の存在をふまえたものですから、これは必然的に、大戦前のマンダースン事件よりあとの話ということになります。三六年の『トレント自身の事件』以後に発表されている点に、注目。『自身の事件』を契機に、トレントは犯罪調査を再開したのでしょうか？

②「**絶妙のショット**」（一九三七・三）

ひとりでナイン・ホールを回ることを習慣にしていた、嫌われ者のアマチュア・ゴルファーが、コースのなかばで焼け焦げた死体となって発見されます。ひとまず落雷による事故死という評決はおりたものの、休暇でその地をおとずれたトレントは……

一種の不可能犯罪もの。トリックは、当時としては「科学時代の先端」をいくものだったと了解すべきでしょう。犯人の安易な手ぬかりに問題ありですが、仕掛けと背景の結びつきには、捨てがたい良さがあります。①とともに、ジョン・ロード編のアンソロジー *Detection Medley*（三九）に収録され、その後、エラリー・クイーン編の *101 Year's Entertainment*（四一）にも採録されました。

作中、英国空軍のパイロットによる目撃談がつたえられますが（40頁）、英国空軍の創設は、一九一八年。これもやはり、マンダースン事件以降のエピソードと見なされます。

③「りこうな鸚鵡」（一九一四・七）

休暇で、友人夫妻のイタリアの別荘におもむいたトレントは、女主人から悩みごとを持ちかけられます。彼女の妹が、ここに来てから毎晩、きまってある奇妙な発作をおこすというのですが……

探偵役の観察が読者に伏せられているため、フェアプレイとはいえないものの、推理に裏打ちされたトレントの行動と、事件の決着のつけかたは納得できるものです。シリアスな作品世界のなかにあって、鸚鵡のはたす役割も面白い。ドロシー・L・セイヤーズ編の *Great Short Stories of Detection, Mystery & Horror Vol. 1*（二八）に収録されたほか、同じセイヤーズのえり抜きアンソロジー *Tales of Detection*（三六）にも採られています。あるいはセイヤーズ自身の傑作中篇「ピーター・ウィムジイ卿の奇怪な失踪」（創元推理文庫『ピーター卿の事件簿』所収）は、本作にインスパイアされたものでしょうか？

具体的に年代を推定する材料は見いだせませんが、後述の⑤と同年に発表されていること、トレントのイタリア休暇に夫人が同伴しておらず、あってしかるべき彼女への言及が皆無であることを考慮すれば、まずマンダースン事件以前の出来事と仮定できます。

④「**消えた弁護士**」（一九三七・八）

弁護士事務所の所長が自宅から失踪し、過去数年にわたり、公金を横領していた事実があかるみにでます。《レコード》紙の調査員として、弁護士の追跡に乗り出したトレントが、仕組まれたトリックを見破り、たどり着いたさきは……

初出タイトルは TATMOT Vanishing Lawyer。解決をまえに〝永遠の命題〟として語られる、「利口な人間は木の葉をどこへ隠すか」は、G・K・チェスタトンの名作「折れた剣」（創元推理文庫『ブラウン神父の童心』所収）からの引用ですが、本作の場合、隠れ場所に機知の要素はないので、あまり効果をあげているとはいえません。手のこんだ欺瞞工作は、チェスタトンより江戸川乱歩の味わいか。

『トレント最後の事件』のマーチ（首席）警部が登場すると同時に、『自身の事件』で重要な役割をつとめる、女優のユーニス・ファヴィエルも顔を見せます。『自身の事件』によればファヴィエルは、トレントより夫人のほうと付きあいが長いことになっており、それからいくと、トレントとは彼の結婚後、夫人をとおして知りあった可能性が大。となると、本篇はマンダースン事件よりあとの調査ファイルでしょう。やはり、『自身の事件』をへて、トレントは《レコード》紙の仕事を再開したのでしょうか？

⑤「**逆らえなかった大尉**」（一九一四・三）

脱獄囚は盗んだ宝石の隠し場所にむかっているのか？　逃亡まえに、刑務所で彼が父親あてに書き、差しとめられた手紙のなかに秘密のメッセージが忍ばせてあると見たマーチ首席警部は、部下をとおしてトレントに、その解読を依頼するのですが……

謎解きよりも、ユーモアとウイットに富んだ犯人像のほうに見所があります。思わず笑いを誘うギミックという点では、①にも通じる味があり、ドロシー・L・セイヤーズ編の*Great Short Stories of Detection, Mystery & Horror Vol. 2*（三二）や、G・K・チェスタトンの序文で知られる*A Century of Detective Stories*（三五／邦訳では、創元推理文庫『探偵小説の世紀　上』）に採られています。
『トレント最後の事件』では、単にロンドン警視庁の警部と思われていたマーチが、実は首席警部だったことがわかります。最初のトレントもの短篇らしく、「トレントはこの時——マンダースン事件を解決して人生の転機を迎える数年前で」（111頁）という説明がありますから、マーチが昇進したわけではありません。

⑥「**安全なリフト**」

五階建ての独身者用フラットで、家主が昇降機《リフト》のシャフトへ転落死をとげます。当時、不在だった甥をたずねて来て、不注意から事故にあったのか？　しかし、《レコード》紙のため調査をはじめたトレントのまえには、数かずの疑問点がうかんできて……

初訳作品。昇降機利用の犯罪というシチュエーションは、チェスタトンの「アポロの眼」（『ブラウン神父の童心』所収）などを連想させますが、〝なぜ犯人は、事故死に見せかけられる殺人に余計な細工をほどこしたのか？〟という謎づくりに、特色をだしています。解決は、もう一工夫ほしいところ。

初出不明の作ですが、「まわりにパセリを添えてな」という、ブライ首席警部の発言をうけたトレントが、「前にもその科白は聞いた憶えがあるな」（152頁）と応じているくだりは注目されます。というのは、この（ギデオン・）ブライ首席警部は『トレント自身の事件』に登場したさい、同様のセリフを口にしており、今回のトレントの返答は、あきらかにそのときのことを指しているからです。『自身の事件』以降に発表され、作中年代もそれに準じると見てよいでしょう。

⑦「**時代遅れの悪党**」（一九三七・五）

引退して片田舎で暮らしていた初老の法律家が、何者かに襲撃され重傷を負います。《レコード》の依頼で現地へ飛んだトレントが地元警察からしめされた手掛りは、奇妙なフランス語を綴った紙片でしたが……

これも初訳作品。初出タイトルは TATMOT Old-Fashioned Apache。トレントの直感から、真相が芋づる式にあきらかになる、イージーさはあるものの、あばきだされる犯人像と異様な犯行動機には、タイトルと裏腹に、きわめて現代的なインパクトがあります。

洋書店E・L・チェンバーズ・アンド・サンの住所表記〈ロンドン・W一〉（180頁）が、年代を推定する手掛りになります。別なところ（⑨）でトレントは、「郵便局が地区を示す文字の後に数字をつけたのは第一次大戦中だった」と指摘していますから、そうなるとこれも当然、マンダースン事件よりあとの話ということになるわけです。

⑧「**トレントと行儀の悪い犬**」（一九三七・九）

カントリー・ハウスに滞在していた大酒飲みのアメリカ人客が、留守居の最中、背中にナイフを突き立てられて殺されます。《レコード》の調査員トレントが関係者の証言のなかに見いだした、ある矛盾とは？

初出タイトルは、TATMOT Bad Dog。短篇では珍しく、トレントがストレートに殺人事件に取りくむ話ですが、犬ミステリとしての興味はあるものの、短い枚数のなかで、ミステリ的な趣向を消化しきれなかったウラミがあり、犯人の大胆不敵なトリックも浮いてしまっています。

この作に関しては、とくに作中年代をうかがわせる記述は、見当りません。

⑨「名のある篤志家」

モンテ・カルロに逗留中の、もと治安判事は、このところ身辺で続発する、数かずの異変に悩まされていました。混乱する記憶。自分は狂いはじめているのか？　運よく同地で、この友人の危機を知ったトレントが着目したのは……

初訳作品です。つきつめればサスペンス小説になりそうな、まるで悪夢のような謎の投げかけが魅力的。反面、種明かしの他愛なさは否めませんが、背後に流れる執念には圧倒されます。

「……一九一二年――もう十四年も前のことだ」（222頁）という作中の発言から、事件の発生は一九二六年（もちろんマンダースン事件後）と確定できます。初出不明ですが、発表年度も、おそらくそのへんと考えられます。

⑩「ちょっとしたミステリー」（一九三八・六）

最近、外出中に、施錠してある自分の部屋に誰かが侵入して、くつろいでいる形跡がある――知りあいの娘から、そんな奇妙な訴えをうけたトレント。一見、ものものしい犯罪とは無縁の、〝ちょっとしたミステリー〟だったのですが……

初出時のタイトルは、TATMOT Unseen Visitor。そんな莫迦な、と思いながらも、ついそのユーモラスな奇想にひきこまれてしまいます。コナン・ドイルの得意パターン（「×毛×合」ですね）にベントリーが挑んだ一篇ですが、日本人読者には、④同様、きわめて江戸川乱歩的な発想が、興味ぶかいところです。ハワード・ヘイクラフト編のアンソロジー *Fourteen Great Detective Stories*（四九）に収録されました。

作中年代を規定する、具体的なデータはありませんが、トレントが二十二歳のマリオン・シルヴェスターを、「ほとんど生まれた時から知っていた」という記述（237頁）はヒントになります。作者の筆づかいから、二人は幼なじみなどではなく、トレントは彼女の亡父に近い世代と推察できますから、そうなると、この作の時点で彼が、三十二歳（マンダースン事件当時）以前とは考えにくくなります。

⑪**「隠遁貴族」**（一九三八・三）

隠遁生活を送っていた貴族が、ドライブ旅行の途中で消息を絶ちます。海岸のそばに乗りすてられていた車。波に洗われ、打ちあげられた帽子。状況は入水自殺をしめしていますが、《レコード》のため調査を開始したトレントが、貴族の旅程を逆にたどっていくと……

初出タイトルは TATMOT Unknown Peer。手なれたトリックを中核にして、動きのあるストーリーで読ませます。解明の端緒となる手掛りは、ある知識がないとピンときませんが、①⑤あたりにくらべれば、一般教養の範囲内でしょうか。ベントリーが編者となったアンソロジー *The Second Century of Detective Stories*（三八）には、自身の作としてこれを選んでいます。

ワインのヴィンテージ（265頁）に注目。時代背景は、確実に一九二四年以降です。

⑫**「ありふれたヘアピン」**（一九一六・一〇）

六年まえ旅行先のイタリアで、事故のため夫と息子をいっぺんに失った傷心の歌姫は、船上に遺書をのこし、みずから海に身を投げたものと信じられていました。しかし、ふとしたことからトレントは、若き日のあこがれの存在だったこの歌姫の最期に、謎が秘められていることを知り……

ドロシー・L・セイヤーズが、米版アンソロジー *Second Omnibus of Crime*（三二）に収録した本篇（今回が初訳！）は、謎解きの興味とともに情感をも満足させてくれる、シリーズの白眉といっていい出来ばえです。探偵役のトレントが、そのリアクションをとおして、もっとも自然に「人間らしく」描かれているばかりか、傍役の造型にまで、いつになく心理的な深味が感じられます。

フィリップ・L・スコウクロフトは、作中のトレントが中年のように思えるとして、これはマンダースン事件以後のエピソードであると断定していますが、個人的には、多少の無理に目をつぶっても、この出来事のあとにトレントが『最後の事件』をむかえ、そこで人生のパートナーを見いだす――という運びを夢想したいところです。読者の皆さんの判定はいかがでしょう？

ともあれ、荘厳な背景のまえでおとずれるフィナーレは、嫋々たる余韻をひびかせて、見事に作品集の掉尾を飾っています。

E・C・ベントリー著作リスト

A　トレントもの探偵小説

1　Trent's Last Case (1913)［米題 The Woman in Black］「生ける死美人」延原謙訳（『探偵小説』昭七・七）、『トレント最後の事件』同訳（黒白書房、昭一〇・七）、同題・同訳（雄鶏社、昭二五・五）、同題・同訳（新潮社《探偵小説文庫》、昭三一・五）、同題・高橋豊訳（ハヤカワ・ミステリ、昭三一・五）、同題・田島博訳（東京創元社《世界推理小説全集》8巻、昭三一・九）、同題・延原謙訳（新潮文庫、昭三三・一一）、同題・田島博訳（創元推理文庫、昭三四・七）、同題・同訳（東京創元社《世界名作推理小説大系》5巻に収録、昭三五・九）、同題・大久保康雄訳（中央公論社《世界推理名作全集》5巻に収録、昭三五・九）、同題・同訳（中央公論社《世界推理小説名作選》、昭三七・八）、同題・宇野利泰訳（東都書房《世界推理小説大系》11巻に収録、昭三七・九）、同題・同訳（講談社《世界推理小説大系》3巻に

収録、昭四七・六)、同題・大久保康雄訳（創元推理文庫、昭四七・九)、同題・宇野利泰訳（講談社文庫、昭五一・一〇)、同題・高橋豊訳（ハヤカワ・ミステリ文庫、昭五六・四)、同題・大西央士訳（集英社文庫、平一一・二)

2 Trent's Own Case (1936)『トレント自身の事件』露下弴訳（春秋社、昭一二・二)。H・ワーナー・アレンとの共作。邦訳は、ベントリーの単独名義で刊行された。ちなみに同訳書は、戦前の抄訳本としては、原文の目立った削除は見られないほうだが、訳文の質自体に難がある。

3 Trent Intervenes (1938)『トレント乗り出す』好野理恵訳（国書刊行会、平一二・六）短篇集。本書。

B その他のミステリ

1 Elephant's Work : An Enigma (1950) [米版ペイパーバック改題 The Chill]

2 The Scoop *and* Behind the Screen (1983)『ザ・スクープ』（中央公論社、昭五八・九／『屏風のかげに』を併録)。BBCの依頼で、ディテクション・クラブのメンバーがラジオ・ドラマ用に執筆したリレー長篇（放送後『リスナー』誌に連載）を復刻。『屏風のかげに』（三〇）では第五章を、『ザ・スクープ』（三一）では第三章「フィッシャーのアリバイ」と第八章「ポッツの正体」を担当している。

C 単行本未収録ミステリ短篇

1 Greedy Night (1936)「大食祭の夜」浅羽莢子訳（『創元推理』平八・冬号)。ハッチンソン社の Parody Party に書き下ろされた、ドロシー・L・セイヤーズのピーター卿ものパロディ。Ellery Queen's Mystery Magazine（以下 EQMM）四二年一月号に再録されたのち、ジェームズ・サンドー編による、ピーター卿短篇全集 Lord Peter（七二）にも収録された。

2 The Ministering Angel (Strand Magazine, 1938. 11)「救いの天使」田中海彦訳（番町書房『世界暗号ミステリ傑作選』、昭五二・一〇）、同題・宇野利泰訳（創元推理文庫『暗号ミステリ傑作選』、昭五五・二）。発表時期の関係で、唯一、A—3（本書）に収録もれとなった、トレントもの短篇。初出タイトルはTAT MOT Ministering Angel。EQMM四三年九月号の再録をへて、クイーン編のアンソロジーTo the Queen's Taste（四六）に収録され、現行タイトルに落ちつく。

3 The Feeble Folk (EQMM, 1953. 3) ホラー・テイストの作品。

D　戯詩集・その他

1 Biography for Beginners (1905) E・クレリヒュー名義の戯詩集。

2 Peace Year in the City, 1918-19: An Account of the Outstanding Events in the City of London During Peace Year (1920) 私家版。

3 More Biography (1929) 戯詩集。

4 Baseless Biography (1939) 戯詩集。

5 Those Days (1940) 回想録。

6 Far Horizon: A Biography of Hester Dowden, Medium and Psychic Investigator (1951)

7 Clerihews Complete (1951)［米題 The Complete Clerihews］1、3、4の再編集による合本。G・K・チェスタトン、ニコラス・ベントリーらのイラストを添えた、百篇あまりの戯詩を収録。

8 The First Clerihews (1982) 八一年になってセント・ポール校の図書館で発見された、ベントリーと学友たちの戯詩を書きつらねたノートをもとに編集。

E　編著

1　More Than Somewhat (1937)　ベントリーのお気に入りだった、アメリカの都会派ユーモア作家デイモン・ラニアンの選集。

2　Damon Runyon Presents Futhermore (1938)　ラニアンの選集第二弾。

3　The Best of Runyon (1938)　米版選集。

4　The Second Century of Detective Stories (1938)　探偵小説傑作選。序文もベントリーが執筆。

主要参考文献

●Chris Baldick, Introduction to E. C. Bentley, *Trent's Last Case* (Oxford University Press, 1995)

●Geraldine Bearne, *Index to the Strand Magazine* (Greenwood Press, 1982)

●E. C. Bentley, *Those Days* (Constable, 1940)

●E. C. Bentley, 'Meet Trent' (in *Meet the Detective*, Allen & Unwin, 1935)「探偵トレント」訳者不詳（『探偵春秋』昭一二・三）

●John Cooper & B. A. Pike, *Detective Fiction—The Collector's Guide—Second Edition* (Scolar Press, 1994)

●J. P. Penderson (ed.), *St James Guide to Crime and Mystery Writers* (St. James Press, 1996)

●Philip L. Scowcroft, 'Some Thoughts on *Trent's Last Case*' (*CADS*, No. 9)

●浜田知明「E・C・ベントリ短編リスト」（ROM87号）

末筆ながら、資料や情報の提供で多大のご協力をいただいた、新保博久、土屋政一、浜田知明、森英俊の各氏に、この場を借りて厚くお礼申しあげます。

ミステリーの本棚

トレント乗《の》り出《だ》す

二〇〇〇年六月二〇日初版第一刷発行

著者――E・C・ベントリー
訳者――好野理恵
発行者――佐藤今朝夫
発行所――株式会社国書刊行会
東京都板橋区志村一―一三―一五　電話〇三―五九七〇―七四二一
印刷所――明和印刷株式会社
製本所――大口製本印刷株式会社
装丁――妹尾浩也
編集――藤原編集室
ISBN――4-336-04242-X
●――落丁・乱丁本はおとりかえします

訳者紹介

好野理恵（よしのりえ）

東京都生まれ。早稲田大学第一文学部卒業。翻訳家。訳書に、P・マクドナルド「Xに対する逮捕状」、R・ペニー「甘い毒」（以上、国書刊行会）などがある。

ミステリーの本棚

四人の申し分なき重罪人　G・K・チェスタトン　西崎憲訳

「穏和な殺人者」「正直な偽医者」「我を忘れた泥棒」「高貴な裏切者」の4篇を収録した連作中篇集。逆立ちした奇妙な論理とパラドックスが支配するチェスタトンの不思議な世界。

トレント乗り出す　E・C・ベントリー　好野理恵訳

ミステリー通が選ぶ短篇ベスト〈黄金の12〉に選ばれた「ほんもののタバード」他，本格黄金時代の幕開けを飾った巨匠ベントリーの輝かしい才能を示す古典的名短篇集，初の完訳。

箱ちがい　R・L・スティーヴンスン＆L・オズボーン　千葉康樹訳

鉄道事故現場で死体が見つかった老人には，組合員中，最後に生き残った一人だけが受給できるという莫大な年金がかかっていた。『宝島』の文豪が遺したブラックコメディの傑作。

銀の仮面　ヒュー・ウォルポール　倉阪鬼一郎訳

中年女性の日常に侵入する悪魔的な美青年をえがいて，江戸川乱歩が〈奇妙な味〉の傑作と絶賛した「銀の仮面」ほか，不安と恐怖の名匠ヒュー・ウォルポールの本邦初の傑作集。

怪盗ゴダールの冒険　F・I・アンダースン　駒瀬裕子訳

〈百発百中のゴダール〉は素晴らしい泥棒だ。その偉大な頭脳は如何なる難関も打破し，あらゆる不可能を可能にする。〈怪盗ニック〉の先駆ともいうべき怪盗紳士ゴダールの冒険談。

悪党どものお楽しみ　パーシヴァル・ワイルド　巴妙子訳

元プロの賭博師ビル・パームリーが，その豊富な知識と経験をいかして次々にいかさま師たちの巧妙なトリックをあばいていく連作短篇集。〈クイーンの定員〉中，随一の異色作。